双鞭将

赵焕亭 ◎ 著

民国武侠小说典藏文库·赵焕亭卷

中国文史出版社

赵焕亭及其武侠小说（代序）

　　赵焕亭，民国时期著名武侠小说家，被评论界和学术界称为"北赵"。他本名赵黼章，但发表作品上均写作赵绂章，生于清光绪三年正月初六，卒于1951年农历四月，籍贯直隶省玉田（今河北省玉田县）。

　　据新的有关资料记载，赵焕亭祖上是旗人，隶汉军正白旗，始祖名赵良富，随清军入关，携家落户在距离丰润与玉田交界线不远的铁匠庄。第五代赵之成于乾隆三十六年考中辛卯科武举，于是赵家迁居至玉田县城内西街，由此在玉田生活了一百多年，至赵焕亭已是第十代。

　　赵家以行伍起家，入清后应有相当经济地位，但无籍籍名。自赵之成考中武举，赵家在地方上开始有了一定名声。之成子文明曾任候选布政司理问，孙长治更颇受地方好评。据光绪《玉田县志》载："赵长治，字德远，汉军旗籍，监生，重义气，乐施济，尤能亲睦九族，世居丰之铁匠庄。悯族中多贫，无室者让宅以居之，捐附村田为义田以赡族。卜居邑城西街，遂家焉。嘉庆癸酉、道光庚子，两值饥，豁全租以恤佃者，计金三千有奇，乡里称善人。"

　　赵长治的儿子赵大鹏克承家风，再中己酉科武举人，至其孙赵英祚（字荫轩），则一变家风，于清同治九年中举人，同治十年连捷中第二百七十二名进士，位列三甲，曾三任山东鱼台知县，一任泗水知县，还曾署理夏津、金乡等县，任内主修过鱼台和泗水县志。

赵英祚生四子，长子黼彤，附贡（即秀才）。次子黼清（字翊唐）光绪二十年中举，二人似未出仕。三子黼鸿，字青侣，号狷庵，光绪十九年举人，二十一年二甲第七十六名进士，入翰林院，三年后散馆以工部主事用，1903年复入翰林院，1907年选任为江苏奉贤知县，但被留省，直至次年年底方才正式到任。辛亥革命爆发，他弃官而走，民国时又担任过常熟县知事。据说他和著名藏书家铁琴铜剑楼主人有交往。赵黼鸿大约于1918年去世。四子黼章就是赵焕亭。

抗日沦陷期间，《新北京报》上曾刊登了一篇署名雨辰的《当代武侠小说家赵焕亭先生小传》（以下简称《小传》）。作者自承"与先生为莫逆，知之甚详，因略传梗概"。据该文介绍，因赵英祚长期在山东为官，赵焕亭的出生地实际是济南，玉田系籍贯所在。

赵焕亭在济南念私塾，还和其二哥、三哥一起，拜通家至好蒋庆第和赵菁衫二人为师，学诗和古文。

蒋庆第，字箸生，玉田人，咸丰壬子进士，文名响亮，著有《友竹堂集》。他历任山东武城、潍县、峄县、章丘等地知县，官声很好，甚得百姓拥戴。赵菁衫，名国华，丰润人，进士出身，曾为乐安知县，"以古文辞雄北方，长居济南"，著有《青草堂集》。《清稗类钞》中说他"清才硕学，为道、咸间一代文宗"。赵自署的集句门联很有趣："进士为官，折腰不媚；贵人有疾，在目无瞳。"（赵的左眼看不见。）

赵焕亭的开蒙师父叫赵麟洲，栖霞人，学问好，对教学有独到见解。

兄弟三人在名师的指导下，学业大进，在济南当地读书人中号称"玉田三珠树"。据《小传》所述，赵菁衫看了兄弟三人的习作，曾感叹道："仲、叔皆贵征，纪河间皆谓兴象，且早达。季子虽清才绝人，然文气福泽薄，是当作山泽之癯，鸣其文于野耳。"

果然，麟清、麟鸿二人很快先后中举、中进士，麟章则"独值科举废，不得与焉"。根据赵焕亭在小说中留下的只言片语，他参加过乡试，而且应该不止一次。在短篇小说《浮生四幻》开头，他写道："光绪中，予应秋试于洛（时功令北闱暂移河南）……"

北闱秋试移到河南举行，在清代科举考试历史上是独一无二的，发生于光绪二十八年和二十九年，考试地点在今河南开封。原因是受到义和团运动和八国联军攻占北京等事件的影响，本该于光绪二十六年举行的乡试被迫停办。赵焕亭究竟参加了其中哪次乡试不详，但显然没有中举，之后科举就被清政府宣布废除。

在其武侠小说《大侠殷一官逸事》第十七回中，也有一小段作者的插入语："……原来那四十里的石头道，自国初以来，一总儿没翻修过。您想终年轮蹄踏轧，有个不凹凸的吗？人在车子里，那颠簸磕撞，别提多难受咧！少年时，入都应试，曾亲尝这种滋味……"

据最后的寥寥十几字推测，赵焕亭在河南参加乡试之前，还曾经参加过在北京的顺天府乡试，估计以光绪二十三年丁酉科可能性最大，他当时已经二十一岁，正当年。其兄赵麟鸿、赵麟清分别于光绪十九年、二十年中举，那时他不过十六七岁，一同参加的可能不是完全没有，但应该不大。

无论如何，赵麟章一袭青衿的秀才身份应该是有的，只是两次乡试都不成功，待科举废除，就再没机会了。传统上升之路中断之时，他还不到三十岁，但没有因此而茫然，继续认真读书。《小传》中说他"矻矻治诗文辞如故"，同时大约为践行"读万卷书，行万里路"的古训，"北之辽沈，南浮江汉，登泰山，谒孔林，登蓬莱、崂山，揽沧溟，观日出而归"。游历之余，他还注意记录、搜集山东、河北等地的风土人情、逸事趣闻，老家玉田本地的名人掌故逸事更是他一直关注和搜辑的对象。这一切都为他后来的小说写作积累了大量素材。这些素材和人生经历是上海十里洋场中的才子们所不具备的，也是赵焕亭终成为"北赵"，并与"南向"分庭抗礼，远胜同期南派武侠作者们的一个重要原因。

赵焕亭正式开始投稿卖文的写作生涯，据其在 1942 年《雨窗旅话》一文所述，始于民国初年。文中写道："民国初，颇尚短篇之文言小说。一时海上各杂志之出版者风起云涌，而文字最佳者，首推《小说月报》并《小说丛报》，以作者诸公，如恽铁樵、王西神、钱基博、许指严等，皆宿学名流，于国学极有根底也。余见猎心喜，乃为《辽东戍》一篇，试投诸《小说月报》，此实为余作小说之动机，并发轫之始。"

《辽东戍》刊登于《小说月报》第五卷第二期，时间是 1914 年 4 月。但据目前发现，早在 1911 年 6 月的《小说月报》第二年第六期上就刊有署名玉田赵绂章的短篇小说《胭脂雪》。关于这篇小说，赵焕亭在《辽东戍》篇末自述中是承认的，他写道：

> ……有清同光间，吾邑以诗古文辞鸣者，为蒋太守箸生、赵观察菁衫，世所传《友竹堂集》《青草堂集》是也。予以通家子，数拜榻下，伟其人，尤好拟其文，随学薄不得工，顾知有文学矣。时则随宦济南，书贾某专赁说部，不下数百种，于旧说部搜罗殆尽。余则尽发其藏，觉有奇趣盎然在抱。后得畏庐林先生小说家言，尤所笃嗜，复触凤好，则试为两篇，各三万余字，旋即售稿去，复成短章《胭脂雪》一首，邮呈吾兄于京邸。兄颇激赏，以为殊近林氏。兄同年生某君，则驰书相勖，后时时为之……

赵黼鸿 1907 年离京赴江苏任职，辛亥革命爆发方逃回北方，是否在京无法确定，由此推测，赵焕亭的两篇试笔小说以及《胭脂雪》或许写于 1906 至 1907 年间。只是《胭脂雪》何以迟至 1911 年才发表，且赵焕亭似乎并不晓得此事，令人有些费解。倒是他自承笃嗜林氏小说，连所写短篇小说路数都被赞极有林氏风格，倒是研究赵焕亭包括晚清民国作家作品的一个新方向。

林译小说曾带动鲁迅、郭沫若、周作人等主动了解、学习西方文学，并促进了西方文学名著在中国的进一步译介，在文学史上已有定评。俞平伯先生晚年更认为"林译小说是个奇迹，而时人不知，即知之估计亦不高"。林译小说对于当时青年人的影响，用民国武侠、言情名家顾明道的话说："青年学子尤嗜读之，无异于后来之鲁迅氏为人所爱重也……以为读林译，不但可供消遣，于文学上亦不无裨益。"范烟桥在《林译小说论》中说，民初众人都在模仿林，赵焕亭之言正可为一有力旁证。

关于赵焕亭中青年时期的其他职业信息，目前仅知进入民国后，他曾经有若干机会可以入幕当道要人帐下，但他放弃了。雅号"民国老报人"的倪斯霆先生曾提及，据说赵焕亭民国后曾做过《汉口新报》的主笔，可惜未能找到这份报纸和相关资料，也尚未发现相关的新资料。

自1911到1919年之间，赵焕亭在《小说月报》和《小说丛报》上共发表小说十七篇，有十余万字。是否同期在其他报刊上有小说刊登，目前尚无线索，但凭这些精彩的"林味"文言短篇小说，"当时名士如武进恽铁樵、常熟徐枕亚、无锡王蕴章、桐城张伯未、费县王小隐、洹上袁寒云、粤东冯武越，皆与先生驰书订交或论文"。

赵焕亭后来稿约不断，小说连载与副刊专栏在京、津、沪等地报纸杂志全面开花，持续二十余年之久，应与结交了这么一大批南北方的著名报人、编辑和文化人有很大关系。

当1923年来临之际，赵焕亭进入了小说创作的"爆发期"。

1月，《明末痛史演义》六册出版。

2月上旬，武侠小说名作《奇侠精忠传》开笔，此时他已四十五岁。该书直接就以单行本面貌出现，初集十六回初版于1923年5月，此时"南向"的《江湖奇侠传》第十回刚刚连载完毕，结集的第一集似尚未出版。赵焕亭的写作速度相当惊人。

10月，长篇武侠小说《英雄走国记》开笔，取材于明末清初的各家笔记，描写南明志士的抗清故事，全书正续编共八集。

自1923年到1931年这八年间，赵焕亭除了完成上述两部百万字的长篇武侠小说之外，还陆续写下了《大侠殷一官逸事》《马鹞子全传》《殷派三雄》（含《殷派三雄续编》未完）、《双剑奇侠传》《北方奇侠传》（未完）、《山东七怪》（未完）、《南阳山剑侠》《昆仑侠隐记》（未完）、《惊人奇侠传》《奇侠平妖录》（《惊人奇侠传》续集）、《情侠恩仇记》（连载未完）、《蓝田女侠》和《不堪回首》（历史小说）、《景山遗恨》《循环镜》《巾帼英雄秦良玉》等十六部各类体裁的小说，至少五百万字，创作力之旺盛十分惊人。

进入20世纪30年代后，赵焕亭的新作以报刊连载小说为主，多数是武侠小说，少数是警世小说，如《流亡图》。1937年"七七事变"爆发，华北彻底沦陷，遍地战火，赵焕亭的连载就全部停了下来。截至1937年7月15日《酷吏别传》从报上消失，目前已知和新发现的京、津、沪三地报纸上的小说连载共十三部，分别是：

北京：《范太守》《十八村探险记》《金刚道》《剑胆琴心》《鸳鸯剑》；

天津：《流亡图》《姑妄言之》《龙虎斗》；

上海：《康八太爷》《剑底莺声》《侠骨丹心》《鸿雁恩仇录》《酷吏别传》。

以上这些小说多数都未写完即从报刊上消失，连载完毕的几种，如《流亡图》《剑胆琴心》等也没有结集出版单行本。需要单独提一下的是，《剑底莺声》就是《马鹞子全传》，只是在结尾部分做了一点儿删改。

此时的赵焕亭已经年近花甲，岁月不饶人，伴随而来的是精力和体力的持续下降，对于写作质量的影响不言而喻，这一点其实在20世纪20年代的写作大爆发后期就已经有所显现。当然，稿约缠身、疲于写作也同样影响到写作质量。而20世纪30年代全国时局的不停动荡——"九一八事变""淞沪抗战""华北事变"……对于社会的安定造成相当的影响，自然也波及报纸的生存乃至写稿人赵焕亭的生活和写作。

再有一个影响赵焕亭写作状态的重要原因，即赵妻张引凤于1932年夏天去世，对赵焕亭的打击异常大。他曾写了一副悼联，刊登在《北洋画报》上，文曰：

夫妇偕老愿终违何期卿竟先去；
儿女未了事正重此后我将如何？

张赣生先生评此联语"痛极反似平淡，一如夫妇日常对语"，可谓一语中的。赵焕亭本来于1933年开始在上海《社会日报》上一直连载武侠小说新作《康八太爷》，到3月份突然暂停，刊登了一批于1932年10月间写下的文言掌故小品，在开篇序言中更道出了对亡妻的深切怀念之情："则以忆凤庐主人抱奉倩神伤之痛，以说梦抵不眠，复冀所思入梦耳……以忆凤为庐"，专栏名"忆凤庐说梦"。原来，妻子周年忌辰临近，勾动了他的伤痛，于是停下武侠小说连载，转发"忆凤庐说梦"，足见伉俪情深。但从另一方面看，丧妻之痛对武侠小说创作有着直接的影响，也毋庸讳言。

当北方京、津及至上海一带战事暂告一段落，沦陷区的生活和社会局面也相对稳定下来，赵焕亭与报纸的合作又有所恢复。自1938年至1943年的六年间，他陆续写下《侠隐纪闻》《黑蛮客传》

《白莲剑影记》《天门遁》《侠义英雄谱》《风尘侠隐记》《双鞭将》《红粉金戈》《荒山侠女》等九部小说，不过遗憾仍然继续，这些小说中只有《双鞭将》的故事勉强告一段落，聊算是不完之完。其他的均是半途而废，有的甚至只连载数月就消失不见，最长的《白莲剑影记》连载三年多，但从情节看，似还远未结束。

从有关信息推测，"七七事变"前后，赵焕亭已在玉田老家居住，抗战期间似也未曾离开。作为当时知名的小说家，自然经常有人向他约稿。从作品遍地开花的情况看，赵焕亭对于约稿有求必应，或许因此备多力分，造成不少作品烂尾，当然不排除有报方的原因。另外一直流传一个说法，谓那时不少作品实为其子代笔，或许这是造成作品连载未完就遭下架的另一个原因，不过目前没有发现确凿证据，仅聊备一说而已。

1943 年以后，报刊上就看不到赵焕亭的作品了。目前仅发现一篇《忆凤庐谈荟·名士丑态》于 1946 年发表在上海的一家杂志上。同年 12 月，北京《一四七画报》记者曾发文，征询老牌作家赵焕亭近况。两周后，《一四七画报》报道："本报顷接赵焕亭先生堂孙赵心民来函，谓赵焕亭先生及其哲嗣彦寿君，刻均在玉田，此老仍康健如昔，知友闻知，均不胜欣慰。"

之后的报刊和市场上，再也没有出现赵焕亭的作品，但他在武侠小说史上，已经占据了应有的位置——"北赵"。

1938 年金受申《谈话〈红莲寺〉》一文中即出现"南有不肖生，北有赵焕亭"一语，估计这一评语的真正出现时间应当更早，因为针对二人的武侠小说成就，在 1928 年 5 月的《益世报》上，就刊有署名木斋的读者发表了《评〈北方奇侠传〉》一文，该作者指出："近时为武侠小说者极多，而以（赵焕亭）氏与向恺然氏为甲。"并认为："（赵焕亭）氏之长处为能以北方方言、风俗、人情、景物，一一撷取，以为背景。盖氏本北人，于此如数家珍，而向来技勇之士，亦以北人为多，故能融合于背景之中，使卖浆屠狗之徒跃然纸上，读者亦恍若真有其人，为其他小说所不易见。其描写略似《七侠五义》及《儿女英雄传》，而卓然自成一家，盖颇具创造之才，非寄人篱下者也。"

对于与赵焕亭齐名的、同为武侠小说"甲级高手"的"向恺然氏"及其小说，木斋却并没有做进一步评价和比较，反而以当时著名的南派通俗小说家李涵秋与赵焕亭做比较，认为"苟取二氏全部著作之质量较之，则赵之凌越李氏，可无疑也"。

从这个角度看，木斋虽然把赵焕亭与向恺然相提并论，但他对赵氏武侠小说特色的评论，可以用之于任何小说。或许木斋心中对于小说类别并无定见，一定要遵循小说上的标签，但从另一方面来说，赵焕亭小说的"武侠特征"与向恺然相比，颇不相同。

简而言之，"南向"偏"虚"，而"北赵"重"实"。"南向"《江湖奇侠传》等小说是玄奇怪诞的江湖草莽传奇故事；"北赵"《奇侠精忠传》等小说则是在一幅幅市井、乡村生活画中，讲述的历史人物传奇故事。

虽然是传奇故事，总的来说，赵焕亭小说中的大部分故事都有所依据而非向壁虚构。《奇侠精忠传》据一部《杨侯事略》敷衍而成，《英雄走国记》则采明末笔记中人物和故事而成书，《大侠殷一官逸事》来自河北蓟县大侠殷一官生平逸事，《山东七怪》《双剑奇侠传》则依据山东济南、肥城一带真实人物的乡野传闻等。对于情节中涉及的历史事件，他的基本态度也是尊重历史记载，如《双剑奇侠传》中，浙江诸暨包村人包立身率众抗拒太平军，最后兵败身死。赵焕亭基本是完全采用相关笔记记载，连所谓的法术传说也照搬。为了故事情节的充实与好看，他当然会做一些发挥和演绎，比如把包立身这个普通农人改为武艺高强、韬略精通的英雄，同时还有好色的毛病，但这类演绎都不会改动历史事件本身的结果。

9

而对于不涉及历史事件本身的内容，赵焕亭就表现出化用材料的本领。在《续编英雄走国记》中，有一段谈到广西的"过癞"（俗称大麻疯，一种皮肤病）之俗，当地女子若不"过癞"给男子，自己就会发病，容毁肤烂，于是，很多过路人因此中招，而一个广东公子因女方多情善良，得以免祸。该故事原型出自清代著名笔记《客窗闲话》，发生地本在广东潮州府，"发癞"人也是男方，不惧牡丹花下死而中招。幸得女方情深义重，主动上门照顾，后来无意中让男的喝了半缸泡了乌梢蛇的存酒，癞病豁然痊愈。赵焕亭改变了故事发生地，发病人则改为女方，于是，一方面表现了女子的多情重义，另一方面又展现了男子一家的明理与知恩图报。治癞之方则仍然是那半缸乌梢蛇酒。

　　"北赵"的重"实"，还体现在小说内容的细节上。举凡山东、河北等地的风景名胜、美食佳肴，或出自前人笔记如《都门纪略》之类书籍，或出自作者往来京、津、冀、鲁各地的亲身经历。就连书中不经意间写到的地方风物，也同样是实景实事。《北方奇侠传》中有一段情节写向坚等几兄弟于苏州城外要离墓前给黄萧饯行。此地风景如画，"左揖支硎山，右临枫泾"，不远处是"隐迹吴门，为人赁春"的梁鸿墓。笔者曾根据上面这段描述向苏州一位熟悉地方文史的朋友询问，他证实苏州阊门外确有支硎山这个古地名，今天见不到小山了，清代曾在那里挖出过古要离墓的石碑。

　　赵焕亭的长篇武侠处女作《奇侠精忠传》，洋洋洒洒上百万字，以清朝乾嘉年间杨遇春兄弟平苗、平白莲教事为主干，杂以江湖朝野间奇侠剑客故事以及白莲教的种种异术奇闻，历史味道看似浓厚，然而里面有关奇侠剑客的内容所占比例并不算大，平苗和平白莲教的战争与武打场面也有限，倒是杨遇春师兄弟及各色人等的日常生活与交际、各类生活琐事的碰撞与解决则占了相当大的篇幅，农村空气中漂浮的乡土气味仿佛都能闻得到。其他长篇小说如《英雄走国记》《北方奇侠传》《惊人奇侠传》等也莫不如此。

一触及生活内容，赵焕亭手中的笔就显得格外活泼，村夫野叟村秀才，恶棍强盗恶婆娘，还有诸如闲唠家常和赶庙会的农村妇女、混事的镖师之类过场人物，其言语举止、行为谈吐，或粗鄙，或斯文，或虚伪，或实在，展示着世间的人情百态、冷暖人生。比如《大侠殷一官逸事》中，名镖师李红旗的镖车被劫，变卖家产后尚缺几百两银子赔款，以为和北京镖局同行交往多年，这最后一点儿银两多少能得到点儿帮助，结果各位大小镖头该吃吃，该喝喝，拍胸脯的、讲义气话的、仗义执言的……表演了一个够，最后镧子儿不掏，躲的躲，藏的藏，还有捎回点儿风凉话的，把李红旗气得半死。已故著名民国通俗小说研究学者张赣生先生称赞这段文字不让吴敬梓《儒林外史》专美于前，而类似的文字在赵氏小说中也不止一处。

虽名"武侠小说"，而满纸人世间的生活百态与人情勾当，使得赵焕亭小说表现出与大部分武侠小说颇为不同的特色。书中的侠客奇人们更多地表现出"世俗气息"或曰"世情味"，而缺乏"江湖气"。他们活动的地方多在乡村、市镇乃至庙会中、集市上，除了头上被作者贴上个"大侠""武功家"之类的武侠标签外，其日常言语、行为与普通市民、村民并无二致。若说"南向"小说中人物是"江湖奇侠"，那么"北赵"书中人物最多称得上是"乡村之侠"。即使是已成剑仙的玉林和尚、大侠诸一峰、南宫生等，也没有在名山大川中修炼，反而在红尘中如普通人般生活，有当塾师的，有干算命的。《奇侠精忠传》和《英雄走国记》属于赵焕亭小说中历史类武侠，书中正反面人物各个盛名远播，也仍然近似普通人，而无我们常见的武林人面目。

应该说，这样的侠客源自他心中对"侠"的认识。在《大侠殷一官逸事》（1925 年）序言所述："予独慕其生平隐晦，为善于乡，被服儒素，毕世农业。侠其名，儒其实，以是为侠，乌有画鹄类鹜

11

之虑乎？……俾知真大英雄，必当道德，岂仅侠之一途为然哉。"

再如次年所写的《双剑奇侠传》，男主角山东大侠梁森武功大成之后，"恂恂粥粥，竟似一无所能，武功家的矜张浮躁之习，一些也没得咧。……绝口不谈剑术。春秋佳日，他和范阿立有时巡行阡陌之间，俨然是一个朴质村农"。活脱脱是大侠殷一官的又一翻版。

可见，"儒其实"才是赵焕亭认可的"侠"之本质，侠行、侠举只是外在表现。真正的英雄豪杰，必是重操守、讲道德的人物，苟能如此，又不一定只有行侠一途了。他有这样的认识，无疑与前文述及的自幼年即长期接受儒家思想的教育密不可分。其实，在更早的《奇侠精忠传》中，他就是完全按照儒家的做人标准来写主人公杨遇春，一个类似《野叟曝言》主人公文素臣般的完人。其人武功高强，处处以儒家的忠孝礼义廉耻观念要求自己，也教导、劝诫贪淫好色的师弟冷田禄，更像个老夫子，不像个名侠，刻画得不算成功，但"侠其名，儒其实"的观念已经形成，并一直贯彻到后面的作品中。如1928年写的《北方奇侠传》，主人公黄向坚事亲至孝，终于学成绝艺，最后万里寻父，同样也是"儒其实"的表现。

就这一点而言，"北赵"之侠或又可称为"儒侠"。"南向""北赵"之别不仅在于两人的地理位置之不同，也在其侠客属性有所不同。

作为"儒侠"的对立面，自然是"恶徒"，武侠小说中不能没有这样的反面角色。赵焕亭自然不能例外。值得一提的是，赵焕亭小说中的不少主要的反面人物并不是一出场就开始作恶，甚至很难说是一个恶人，如《奇侠精忠传》中的冷田禄，虽是名师之徒，但屡犯淫行，品行不佳，但在杨遇春的不断劝诫与行为感召下，心中的善念在与恶念的斗争中，曾一度占了上风，于是冷田禄力求上进，千里赴京，追随杨遇春投军，在平苗战役中立了不少功劳，但最后还是恶念占了上风，彻底滑入邪魔外道中。又如《大侠殷一官逸事》

和《殷派三雄》中的赵柱儿，本是聪明孩子，性格上有缺点，虽有师父、师兄的提点、劝告，但终不自省，终于蜕变为真正的淫贼。《马鹞子全传》中的主人公马鹞子，由乞丐小童成长为武林高手，然而不注重品德修养，逐渐热衷功名富贵，不论大节与是非，反复无常，最后羞愧自尽而亡。马鹞子王辅臣是真实的历史人物，最后结局确实如此，小说中发迹前的故事多是赵焕亭的自行创作，讲述了一个武林好汉如何变为热衷功名、三二其德的朝廷走狗的历程。

上述这类角色身上都或多或少反映了人物性格的复杂和多变，赵焕亭或许并非有意塑造这样另类的武林人物，但与同期包括之前的武侠小说相比，大约是最早的，有些角色也是比较成功的。

对于这些角色包括书中的真恶人，其为恶的途径与发端，赵焕亭却处理得很简单，基本归于一个字——淫。恶人无不是好色之徒，也往往由各类淫行，终于走上为恶不归之路。更有甚者，普通人物也往往陷入其中，招致祸端。如此处理人物未免过于简单，只是赵焕亭在这类事情上的笔墨也花得有点儿过多。

顺带一提的是，时下论者都认为"武功"一词用于形容功夫系赵焕亭所创。其实他用的也是成品。清朝著名笔记《客窗闲话》续集里有《文孝廉》一文，其中就有"我虽文士，而习武功"一语。准确地说，赵焕亭的贡献是在民国武侠小说中率先使用而非创造该词的新用法。赵焕亭自己肯定没有想到，这个词竟然成为日后百年间武侠小说作者的必用词语，也成为日常生活中的常用语。

赵焕亭的武侠小说具有其他名家所没有的"世俗风情"，以此似完全可以单独撑起一个"世情武侠"的门户，与奇幻仙侠、社会反讽和帮会技击诸派别并立于武侠小说之林。

作为掀起民国以来武侠小说第一波高潮的领军人物"北赵"，作品无疑极具研究价值，可惜一直未能得到应有的重视。1949年新中国成立后，直到20世纪90年代才有零星的赵焕亭武侠作品出版，至今二十多年间，仅出版过四种。

此次中国文史出版社全面整理出版的赵焕亭武侠作品，大部分是新中国成立后从未出版过的，所用底本也尽量选择初版或早期版本，即使如出版过的《双剑奇侠传》《奇侠精忠传》《英雄走国记》和《惊人奇侠传》，也都用民国版本进行校勘，由此发现了不少严重问题。《奇侠精忠传》漏字、漏句和脱漏段落十余处，近2000字；《惊人奇侠传》漏掉了大约15万字；《英雄走国记》20世纪90年代的再版只是正编。这些意外发现的问题已经在此次整理中全部加以解决，缺漏全部补上，《续编英雄走国记》也将与正编一起出版。

此次出版的作品集中，还有几部作品需要在这里略做说明：

《南阳山剑侠》是赵焕亭写于20世纪20年代的文言武侠小说；

《江湖侠义英雄传》，又名《江湖剑侠英雄传》，系春明书局1936年出版的长篇武侠小说，封面、扉页均未署有作者名字。从赵焕亭所撰序言看，也许另有作者，他则如版权页部分所示，为"编辑者"；

《康八太爷》和《风尘侠隐记》都是未曾结集的报纸连载，也没有写完。为了让广大读者和研究者全面了解赵焕亭20世纪30年代和40年代不同时期的小说特点，特地予以抄录，整理出版；

《殷派三雄》在天津《益世报》上一共连载四十回，未完。天津益世印字馆出版单行本三册，仅三十回。此次出版据报纸补充了未曾出版的最后十回，以示全貌予读者。

笔者多年来一直留意赵焕亭的有关资料，幸略有所得，今效野人献芹，拉杂成文，期副出版方之雅爱，并就教于识者。

是为序。

顾　臻

2018 年 8 月 20 日于琴雨萧风斋

目　　录

第一回

逞凶顽衔恨劫翠姨
遭白眼途穷识奇士

在一个僻野的荒郊，一抹斜阳悄悄隐去了，在山头上还露着黯淡余晖，映得大地一片灰黄颜色。光线一点点地缩短，西边阴影却徐徐倒压下来，尚有片片霞云在空中飞舞。炊烟笼罩下，云枝渺茫，一行行归鸦各寻栖枝。微风拂来，天空晴得水也似，凉风继续吹，吹落夕阳，又引上一钩早月，万籁俱静，被月光普照了，仿佛薄薄地覆上一层霜雪，真是轻逸极了。在此景况下，任何人都要有一种说不出的感想。林木被风吹得籍籍作声，地上枯叶随着风滴溜溜乱转，使人觉得格外静寂恐怖。

突然，远远似乎一声尖厉厉口哨声，接着掌声相应，月光朗朗之下，远远似乎从山峰上奔下数条黑影，欻然不见了，隐入森林。许多林栖野鸟嘎啦啦飞起，啾唧惊噪而去。

在这声中，从林中嗖嗖嗖一连蹿出十余条人影，一声声掌鸣，十数人影似乎就掌鸣声中紧拢一起。当头一大汉，生得身高七尺，膀大腰粗，紫黑面孔，一双牛卵般眼睛，蒜头酒糟大鼻下，衬着一张蛤蟆口，堆腮下一部络棕刷虬须。上身穿紧身袖衣，下着青绸甩裤，腰中一条四指宽生丝板带，当头结了个二龙戏珠纽儿，足下一

1

双牛皮鞋子，一双腿裹人字式打得紧绷绷，明晃晃露着一双短攮子，佩了一柄宝剑，左右双镖囊，头裹青巾，扎成燕尾式武士巾。那虬髯汉子霍地拔出宝剑，迎风一晃，一道白光，诸人齐聚将来。

虬髯汉子道："兄弟们都到齐了吗?"

诸人道："到齐。"

虬髯汉子道："人既齐了，咱便上工了。"

诸人道："当得。"

虬髯汉子道："这次非同寻常活儿，不易做。因为他家还有一只大虫呢。"

诸汉一个个挺胸道："大哥休长他人志气，咱流血汉子，便凭一颗脑袋血淋淋结识他，再说那只大虫，与咱们夙日无恨，焉知便与咱为难，不然可不懂交情咧。"

虬髯汉道："也未可知，那大虫当年困迫，很得人家一手提起，不但救命之恩，便近来也是另眼看待，弟兄们小心为是。"大家唯唯。

虬髯汉子将剑一招，诸人嗖嗖拔出雪亮单刀，随了虬髯汉子风也似而去，月光之下望得分明，直奔山麓一小小山村，顷刻没入林中。虬髯汉子到了山村外，倾耳一听，夜静更深，十分静悄，只有一声声更柝声、犬吠声随风飘来。虬髯汉子与诸汉一径跃过村栅，奔向一所阔绰宅院。虬髯汉子一个鹞子翻身翻上垣去，只捏唇一声呼哨，诸人相继飞跃登垣。早有二三人轻轻跃入院，几人延垣直奔内宅。宅内上夜人听得有变，当当当警锣鸣。虬髯汉子已拽了宝剑，统了三四弟兄抢入内宅，上夜人大叫有贼，挺刀来斗，被虬髯汉子顺手一个虚刺法，刺死一人，余人回头就跑，登时一阵大乱。

虬髯汉子抢入内宅，内宅中妇女惊醒了，慌得赤身露体乱钻，一个个大白羊般挤作一团。贼人已跳入五六人，分头大掠起来。

虬髯汉子却不掠财物，一手提过男子骂道："俺有何愧对你，只弄弄你老婆又未丢掉一丝肉，你竟敢听姓高的话，与俺作对，今天还有何说？"说着一刀杀死那男子，回身抱起一美人，就腮上吻了两口道："翠姨，咱姓白的不含糊吧？"说着一臂挟了，用剑指诸贼道："弟兄们咱美人到手，齐人。"说着一声口哨，三五大贼挺刀抢出，一个个满意掳掠，回身放火燃着房屋，一齐跳出短垣。

这时虬髯汉方挟了美人蹿上短垣，可怪那美人竟不害怕，舒眉展眼，反倒双舒玉臂，紧紧抱了虬髯汉之臂。

正这当儿，突有人叫道："狗贼休走！"

虬髯汉一惊，早见自房上跳下一人。那人生得虎背熊腰，白皙面孔，一身夜行衣裤，双目精光四射，抱了一柄三尺钢锋，一见虬髯汉子似乎一怔。虬髯汉子用剑一指白皙人道："呔！姓高的，不干你事，老实说，俺白某便是为这翠姨而来。"说着便想跳下。

白皙人大怒，冷森森双目一闪，大叫："忘恩负义之贼，俺与主人报仇！"说着手一扬，脱手一连飞出两支飞镖，衔绫直奔虬髯汉子。虬髯汉子真不含糊，低头一闪让过第一镖，二镖到处，只用剑一撩，铮一声飞去了。一翻身跳过垣去。白皙人反身一纵，双手扳住房檐，一个珠帘倒卷式，翻上房檐，一望见虬髯汉子已挟了美人飞跑，十余院丁与五六大贼单刀劈剁作一团。白皙人认得分明，一个轻燕掠水式，唰一声平跃落在短垣上，忙跃下，丢开蜻蜓点水步法赶下，其速如矢。

虬髯汉方跑到外垣下，白皙人赶到，当虬髯汉后脑便是一个金刃劈风式。虬髯汉听得后面脚步响，反身来斗，二人登时翻滚滚杀作一团，十余合不分上下。白皙人一口剑直如闪电，趁虬髯汉子一剑刺空，急进一步，一个顺水投梭式，明晃晃剑锋挨虬髯汉子剑锋平削过去。虬髯汉子见势急掣宝剑，挺腕一翻，便是一个拨云掠月式，荡开来剑，随手一道剑锋刷过去。白皙人步下好不敏捷，赶忙后退一步，伏身一个结草式，宝剑着地一旋儿下去。虬髯汉子吼一声，一个老鱼投梭式，只闻当的一声，白皙人之剑竟自应声磕回。虬髯汉子乘势健跳飞起，呼一声，已从白皙人头上刷过去。白皙人赶忙前进一步，只觉脑后分明是剑激空气之声，白皙人不敢回头，忙掣回剑势，反臂一下，只闻当的一声响亮，激出一溜火光。原来虬髯汉子落在白皙人背后，回手便是一个金刃劈风式，单剑着力劈下，当时二人霍然一分。白皙人转怒，挺剑一变招数杀过，二人重交起手来。

这一来但见二剑着地流走，光华翻卷，虬髯汉子虎吼跳浪，白皙人从容不迫，杀了四十余合，白皙人一口剑，直迫得虬髯汉子步步后退。这时壮丁齐到，与诸贼杀作一团，人头便如弹丸般乱滚，火势已延烧断中间巨阁，嘣隆隆大梁断折，火球漫天四飞。

突然当啷啷警锣大鸣，黑压压拥来许多乡勇。那虬髯汉子与诸贼慌了手脚，白皙人乘势一紧宝剑，一个长虹套日式，一剑突过。虬髯汉子怆然之下，忙闪未及，哧溜一下戳透左颊，连二牙齿搧掉，血淋淋滴下。虬髯汉子猛然一个踉跄，直抢出丈余远近，几乎栽倒，忙一捏唇，一声呼哨，越垣便走。其余贼见了，喊一声，白刃卷处，直从刀锋影中突出。只闻一阵大乱，"捉！捉！"喊成一片，百十乡勇自外合围来，诸贼走不脱，合力抢开单刀，哼的一声一齐冲入乡勇包围阵中，顷刻鲜血激飞，人头乱滚。乡勇都是村中壮汉，虽略知武功，怎敌得贼人，早有十余乡勇排头倒地，其余人杀到了，足下收不住，一面墙似塌倒，直如蛆虫般乱搅翻滚，诸贼早已浴血逃走。

且说虬髯汉子腋下挟了一个美人，越上垣去，宝剑一抬，党徒已一齐越垣先走。虬髯汉子就腰下束了剑，一转身就要跃下垣去。

白皙人大叫："狗贼休走，可知得俺高某了！"一挫剑锋跟着赶下去。突然虬髯汉子大叱一声，右手一扬，早打出一支钢镖，红绫飘风，一道电也似直奔白皙人。白皙人正蓄势想往垣上跃，突然见暗器来袭，赶忙止步，右手宝剑迎来镖只一拨，那镖翻着筋斗，滴溜溜斜刺里激飞。

白皙人拨开来镖，虬髯汉子已然不见了。白皙人急忙飞跃登屋，四顾不见贼人，只有一片火光，焰腾腾自正厅烧起来，噼碌碌一阵怪响。那人率了庄丁逡巡一番，不见贼人影子，大家返回，合力扑灭火光。那焦尸白骨，拖得满院均是，好不惨目。

这刀光剑影血淋淋杀了一阵，究竟是怎个交代呢？原来这山庄名石帆村，便是京东迁安东北地面，挨近长城，远眺辽关，女墙连延起伏之势，遥遥在览。石帆村处在万峰拱奉之中，一带细石白茫茫铺得数里，乃是山水暴发，那洪流冲下来的。古林蔽日，野草绝途，登高一望，白石坡下，直如水流下一般，高下的草木便是行云迷雾。一个小小山村低落之势，恰似一叶小舟，因此得名。

村头一曲小溪，半护如缺月，源头发自三仙山，适过狼峡，入马头峰之饮马池中，从池中角潺潺泄下，水势虽微，可是那马头峰与三仙山有六座高峰并立的名梅花峰，水自三仙山流出正面平台，一数丈阔山穴，水完全注入穴中。此穴土人名为海眼，常发出嗡嗡之声，土人谓之海鸣，其实是水流奔逐之声。海眼直通狼峡，水自海眼泻入狼峡。狼峡乃全山最险要之处，两壁并立，屹然如削，上架天然石梁，形如牴角，海眼之水流下入狼峡，以高临下，水花飞得丈八高，水势到此也便汹奔激流，一条银蛇相似注入饮马池中。此池乃是三五亩阔之小湖，泛于马头峰下，远望那马头峰，活脱一个马头形式。据土人传说，时有一匹巨马来池中饮水，因此池名饮马池。土人以为马是山神化得，于是在三仙高峰上，建了一座山神庙，这山神庙年久失修，又没有僧道，便成了盗薮之所。石帆村一带山村，很不安靖。

大家商议拆毁山神庙，许多父老一个个摆得小辫乱晃，有的道："庙宇只能修，俺们不但不能修山神庙，又拆毁，倘触怒神，纵下狼豺虎豹，如何是好？刻下虽有些蟊贼隐藏，也成不了什么大事，还是不拆的好。"因此罢手了，不想这座破庙便被贼人利用了。

自南方来了一伙山贼落草，大领头名路铠，绰号青风怪，善用一双钢铜，尤为特长的是打得一手飞石子。二领头名哈赤，号赤发鬼，生得丈来高，鹰鼻凹眼，一头紫黄头发，猬须如针，丑陋异常，善用一双铁戟，有万夫不当之勇。这两个魔头占了三仙山，愣从左近山庄内掳得许多壮汉，搬石运土，就山上拣树木放倒，就山神庙造起一座大寨，远望乌烟瘴气，好不凶实。

三仙山本是边关大路，这一来闹得行旅绝途，山贼得不着油水，便向各村发展。首先要粮米银，后来居然索美女若干，这一来各村方慌了手脚，谁肯将女儿牺牲？贼人看村人竟违抗，马上借故焚掠起来，村中妇女稍有姿色的，一个也幸免不了。

石帆村中有一家富户，主人姓宋名全兴，家有百万私产，阔绰得很。全兴生得身矮肥硕，为人刻薄不过，很没人缘。全兴除了酒肉享受外，广置小娘，花枝般娘儿便是四五个。全兴通常养着两个武师护院。因为在太平日月下，全兴打算未免不值，于是将两个武师辞退了。后来年月不靖，宋全兴又想没有武师不成，临渴掘井，现抓哪里来得及？闹得全兴连夜不敢合眼，自己想自己财产丢掉点儿不算什么，自己这几个花枝般小娘哪里去藏？倘被贼老哥劫去，如何是好？

这日，本村来了一卖艺汉子，生得精壮壮。宋全兴得信去看卖艺的，全兴到了，卖艺汉子早已去了。有人道："这卖艺汉子一定是色鬼脱化的，刚刚哼哧哧跳了一阵，得几文老钱，又去孝敬婊子去了。"

全兴一打听，原来这卖艺人衣履不整，已来了四五日，终日除了找点儿生意外，便在北坑沿一带土娼处遛脚，听说那卖艺汉子在村东头一片广场，每日打场比武，现在没有一人去试一下。

又一人道："听说黄黑子想比试一下呢，不过打败了须输白银十两，黑子吃他老子骂了一顿，打消此念。"

次日宋全兴闲了没干，到村东头去看比武的，果然一个卖艺汉子，正在打开场拉开架式道："在下白恒，河南人氏，走南闯北二十来年，一向未遇过对手，如有人能胜俺双拳，愿输白银十两，不然如数赔偿。"说着四顾。观众鸦雀无声，半响没人答言。

白恒道："哈哈，人说燕北尽多能人，原来是虚话。"

全兴听了，顾左右道："可惜俺二武师走了，不然一定打翻他，免得被他外路鸟小看咱村。"

正说着，黄黑子与五六个村少拥来，一个个花拳绣腿，打扮得直如戏台上的黄天霸一般。全兴一看，都是武社少年。原来年月不靖，时闹贼盗，各村都创立武社，造就人才，以防贼盗。石帆村武社成立，苦了没有老师，村中黄屠户儿子生得傻大漆黑，很有些膂力，小名黑儿。因为黑子幼年入塾，黄屠户手有了点儿积蓄，便打算丢掉旧营生，供出儿子，挣挣前程也能荣光耀祖。不想黑儿直脖喊了两年"人之初"，每日头上牛角般爆栗继续不断，塾师都敲得腻烦了，黑儿苦读两年，连百家姓字都不认得。塾师无法，只好与黄屠户交代清了，请您另找高明吧。黄屠户望望自己儿子，生得虎羔的一般，有甚不成？真被塾师冤苦了。决心成全一下，改文就武。从武师学了二年，虽说飞檐走壁能为没有，笊篱般的大手、巴棍子般的胳膊真有些闷劲儿。黄屠户望着黑儿终于嘻着嘴，将来自己至少举人爸爸是稳当的。不想连连下场，都是名落孙山，黄屠户一腔举人爸爸念头打散九霄。于是重新与黑儿预备一套行头，是一条油布围裙、一条丈八长木棒、一把雪亮牛耳尖刀，依然是个小屠户。这时石帆村没有武师，于是将黑儿捉弄出来。

黑儿笑道："咱多年未玩这个，哪里来得及？俺有两个弟兄，倒还勉强。"

村人一问是哪个，黑儿道："便是俺幼年同学，一个是后街的快腿张六，一个是北坑沿的柳三多。"大家听了哈哈笑成一片。

原来张、柳二人乃是本村两个魔头，张六平生习就一把泼风短刀，步下伶俐，很有些功夫，做得神偷生涯。柳三多生得麻面，五短身材，善用一条白杆，祖传的盗墓子本领，二人行为不端，为村人不齿，其实二人更是血性朋友。当时大家一听，因为缺人，二人倒也勉强，于是由黄黑儿请来二人。

张柳笑道："承大家推戴，但俺们无本领，恐不当众位雅意。"

村人笑道："这也是公事见举的事，二位无须推辞了。"

二人道："可有一样，俺二人夙日未能服人，倘武社人故违号令，失了统系怎好？"

父老道："不打紧，统由村会处罚是了。"

张、柳二人大喜，与黑儿组起武社来，便在村东头静化寺中作为社所。张、柳、黄任教练，村中少年大半加入，每日刀枪角逐，闹得眩目。村人以为这一来便可吓住贼党，哪知烧纸引鬼，从此引出一场血淋淋厮杀。

这时正当新年，大家恭喜发财，闹得不亦乐乎，一个个衣冠焕然，互相串门儿，家家预备各样食物，任客来吃。大家抹得油晃晃的嘴巴，闷了逗纸牌、赶老羊，再不然拿出压岁钱，打个平浮（彼此出钱聚餐，谓之打平浮），大鱼大肉，白干酒灌得肚皮绷亮，非至日色平西，一个个吃得一溜歪斜不肯便散。正是：

鹅湖山下稻粱肥，豚栅鸡栖对掩扉。

桑柘影斜春社散，家家扶得醉人归。

石帆村中新年无事，一个个乐得肥了腮帮子，闲着没事，大家去看卖艺的。有的大家花个吊八百，找个瞎先生说书，什么《李三娘打水》《孙悟空大闹火焰山》《白袍将征西》，鲜艳一点儿的有《小寡妇上坟》《小姐俩争夫》等等。

闲话按下，且说黄黑儿正在社中操练，听说卖艺汉子又打开场了，武社与卖艺场相对，黑儿大怒道："这分明是回人门口卖猪肉——没事找事。"说着与几个少年拥过。见宋全兴在内，大家忙点头哈腰道："宋大爷，哪里来的野鸟，敢来此卖弄？"说着一齐抢入。

白恒一看来了一群劲装少年，知道是来寻事，忙点头道："诸位赏脸，有下场的吗？"

黑儿摩擦双拳，又恐栽了，一个少年一推黑儿道："俺来打你这野鸟。"黑儿不容不动手了，一个箭步蹿在当场，双拳一分，当白恒面前一拳，白恒一闪，黑儿乘势赶进一步，一翻健腕一个凤凰单展翅式，斜刺里一拳突过。白恒右腿一起，偏身一旋，顺手平击一拳，黑儿抽回拳当儿，白恒早在上面虚击一拳，趁黑儿一手来挡，伏下身一腿扫过去，黑儿一跳落在白恒背后，随手一拳打过，白恒略闪，顺手接住来拳，黑儿往后便拽，白恒故意后拉，猛然一放手，黑儿收不着脚，登时闹了个仰面朝天。

诸少年大怒，大叫"反了，快寻柳武师、张武师，打他娘的"。说着，跳过三四少年，一齐奔过去，有人去找张六、柳三多。黑儿羞怒之下，与诸少年围了白恒。不想三五朝面，被白恒一腿一连扫倒二人，余者东倒西歪，有的挨了一拳，一个个鼻青脸肿脱逃了。

黑儿寻了一把单刀，决死斗，被全兴阻住。柳三多等赶到了，一阵乱骂，摩拳擦掌，以备厮打。全兴摇手道："刻下正在用人之际，大家息怒，何不留他？多少是个助手。"柳三多等方去了。全兴将白恒邀入己家，细细一问，方知白恒河南人，因歉收流落，没得归处，故流浪做卖艺生涯。因自己自幼习得一身武功，到处设下擂场，为的是多捞些银子。

全兴道："刻下俺庄中正少一武师，足下便补充如何？"

白恒大喜，于是便留在宋全兴家。白恒善用方天画戟，全兴特与他打造一柄，重五十余斤。

那三仙山来了强盗，石帆村幸未被盗，村长伍广除了操办武社外，又挑选了乡丁防守村坊。因为村垒年久失修，伍村长打算重修起来，先发下精探打探三仙山虚实。

探子回报道："三仙山确有强盗，大寨就在神庙而起，置于梅花峰上。"

原来三仙山分六座高峰，围成梅花形式，路铠的大寨便在主峰上。伍村长得了真实消息，忙到静化寺鸣钟聚众。一会儿村人接续到了，伍村长说明一切后，一个白须老儿摸胡道："俗语说得好，兵来将挡，咱预备武社干吗的呀？"

伍村长道："刻下强盗凶横未实暴，咱最好休撩拨他。"

那父老听了，登时小胡子一撅，掉头不然道："不用说兵贵神速，只说二人抓架，还是先下手为强。现在贼人雄踞梅花峰，不过距此六七里之遥，贼老哥只微一撒欢就到了。如想令贼人不敢正眼瞧咱，必须当头先试一棒，左右咱武社十分打腰，何不一试身手？"

大家听了，一齐咋舌，没作理会。那白须老儿便与武社成心为难一般。武社少年凤日意气飞扬，听了这话，一个个慌了手脚。

宋全兴道："不可，还是自卫为妙。贼不犯来切不必撩拨他，或咱村备雄厚，贼人知道不敢来犯，如此便可相安下去了。"

武社人乘势齐道："有理。"究竟全兴说话压得住人，大家都不分说了。

伍村长道："咱村既备防贼，须先修村垒，方可固守。"

宋全兴道："正是，如兴工，俺出白银千两。"

大家一听，宋大户从来未有如此慷慨，不消说，便是贼人劫掠也是先拣大的拿，宋大户一定畏怕，有这千两银子，修垒已足用，俺们也沾个光儿。村长大喜，由村长督众兴工。

次日，全兴果然送来千两银子。宋全兴心想：处在这年月，以财方能结人心。于是更了刻苟方针，凡公所之事，自己当先提议，经费自己担去大半，大出金资救济村民，免得趁火打劫，这一来刻苟名儿登时洗掉了。村人见了宋善人的头衔加上，全兴好不喜悦。

伍村长与诸父老连日忙乱，督工修垒，好在村外旧垒重修省手得多。伍村长终日忙得脚打后脑，一条小辫歪在肩头，虾腰越发佝偻了。月来日，村垒告竣了。分东西北三门，均是老松打就大栅，门外包铁叶，好不牢固。村垒南面无门，因为根据南方属火之说，于战不利，这都是伍村长的策划。全兴又荐自己武师白恒为教练，统系全村乡壮。全村大喜道："妙得很，得白恒武师还怕什么。"

伍村长道："如此三位教练有了帮手了。"张、黄、柳三位教练大悦。全兴请来白恒，大家一看白恒，硕大丑恶，说起话来瓮声瓮气，耸声一笑，直如鬼叫，声震屋瓦，胆小的见了乱藏乱躲。

全兴令白恒当场试技，白恒道："梅花桩子有趣，现在没得，只好试咱画戟耍子。"于是大叫戟来。一会儿全兴家人两人抬了一支画戟，放在地上，嘣隆一声，二人只管抹汗道："好重家伙。"

大家驱出，白恒撩拽长衣，大踏步到了一片广场，伏身单手一提，五六十斤画戟竟随手而起，轻如拈草，吓得大家倒吸了一口冷气。黄黑儿吐舌道："俺以为自己有些笨气力，竟与白爷动手脚，怪不得吃跟头哩。如今方晓得了，不见泰山，坟头土堆都摆样儿。"

这时白恒已双手提戟着地一旋，便是一个梨花春雨式，戟锋荡起，白茫茫一片霞光，戟锋漫泻下，点点雪花，大家齐跄跄一个伸脖瞪眼，跷了脚趾张望。但见白恒猛然掣戟，势如狂风，呼呼呼早兜了老大一片白圈，云丝儿般翻卷。白恒前进后退，画戟随了乱滚，舞到玄起处，叱咤跳浪，猛然一滚，一路戟光散下，掩了人影。大家正张得忘其所以，只见白恒一旋身，一个龙门跳跃式，飞起一片戟光，直奔大家颈项，大家吓得啊了一声，只觉一股凉风自头上刷过，只闻咔嚓一声巨响，大家再望白恒，面色不改地卓立当场，只手中铁戟不见了。

大家怔然之下，白恒笑道："取笑取笑，如临阵戮敌如此才有趣呢。"大家四顾，见那戟不知何时远远地钉在一株老橡树上，尺把长钢锋，不余分寸了。吓得大家目光齐瞬，将白恒重新打量一番，半晌方一声暴雷似的彩声喝出来。张、黄、柳三位教练越发倾慕，大家一阵大赞。

有的道："除了古时的楚霸王，别人是来不及的了。"

一个老头摸着须道："什么楚霸王，你何时见戏台上的霸王耍戟来？白武师这戟，纯粹吕布家数，说不定这戟还许是吕布用过的呢，不然怎有这斤两？"

大家一阵驴唇不对马嘴胡论，黄、柳、张三位教练统了武社人与乡勇，受白恒统领，三位教练各统一部，白恒任总教练。全村大喜，争送上劳犒那三部壮丁，从此无不日夜练习起来。白恒指挥得法，十多日壮丁大不似以往，有时群操，一队队的壮丁飞跃腾跳，生龙活虎一般。白恒又选了一部步下速敏少年，教习刀牌功夫，操演起来，观众塞途。那刀牌队劲装伶俐，左手藤牌，右手短刀，拉开队伍直如一条怪蟒飞驶，刀光如电，舞牌如云，那勇悍矫健，真有追风逐云之势。

石帆村村丁勇悍至此，震动梅花峰山贼。又打听得内中有个白教练，能力斗生牛，倒拔老树，路铠等不敢大意。

一连过了五六个月，石帆村见山贼居然未来捣乱，自然无事方好，怎会去撩拨他们？石帆村自得白教练，全村安堵。白恒闲了没事，拼命灌下老白干酒，醉了便仰面朝天睡起来。稍不如意，活该庄丁遭瘟生，真是功高则骄。白恒日久现了原形，动不动便吹胡瞪眼，那贼像好不怕人，便是伍村长宋全兴都须让他三分，因为指望他撑台柱。这一来便如火上浇油，白恒凶横日甚。

白恒每月接得村中犒劳委实可观。可是白恒除了每日教练时，换上一身武装，不然便破衣拉胯，不是酒店中寻周公，便是北坑沿一带私娼处胡混。所有钱财，大半花在婊子身上，这也不在话下。

却说宋全兴，自梅花峰落草一群强盗，终日吓得他提心胆跳，所顾念的但是自己那一群花朵般小娘。自从白恒充教练，武备齐全，山贼真个未敢滋毛，宋全兴方放下心，每日花天酒地。可是他一生刻薄性子，一发教训过来，他以为年月不靖，说不定吃悭吝的亏，于是拉个顺风旗，白花花银子水也似流出。

全兴一日携了一小厮赴会所寻人谈天，方一出巷口，见远远枫树下围了一群人，全兴以为是做江湖小生意的，方想挤入一看，突然观众一闪，一个个掩了鼻头，有的道："哪里来的穷花子，倒卧在这里？"

又一人道："自作自受，瞧他两手抚着那话儿，咬牙切齿，说不定是那风流症儿，死了也落个色鬼。"说着一拽那人道："快躲开这里，不然得着那风流症，可对不起咱大嫂子。"回头望见宋全兴，二人忙笑道："咦，宋大爷闲在呀，您快走一步吧，不要被臭气扑着您。"说着，当头一推观众道："喂，哥们儿真没见过啥，一个倒卧穷花子也值得看西洋景般地看？得了，闪开闪开，宋大爷来了。"

大家一听，呼一闪，望着全兴争着点头哈腰。宋全兴望地上一望，见直僵僵躺了一个花子。那花子三十左右年纪，一身破烂衣服，左边露着一块光腔。花子生得身高八尺，膀大腰圆，好个骨骼，只满面铁青颜色，瘦得瘪了腮帮子，咬得牙吱吱怪响，双手抱了肚皮不住搓揉。真是人在衣服马在鞍，任他怎的英俊，到这般地步也抬不起头来。

全兴踅过一看，花子似乎在重病，旁边还歪露着半段松纹古剑，除了剑外别无所余。全兴不由心下不忍，忙打发小厮返回，唤来几个仆人，将那花子一溜歪斜抬回家中。

全兴叫弄点儿滚水与花子饮，花子闭了牙关，哪能饮得下？一仆人摸摸花子身上，已半冷，惊得跳起来道："老爷不好了，这花子原来是死僵就了的。"

全兴叱道："胡说，方才俺还见他双手揉搓，没的你们这些狗才一定嫌肮脏是不成的。"

仆人道："委实死了。"

全兴过去一看，听听呼吸，鼻尖还在微微动着。过了一会儿，花子呼吸强一点儿。见花子双手抚了肚皮，全兴令仆人与他将开裤，仆人没法，龇牙咧嘴，喘了一口气道："哈，噎死人。"

全兴一看，花子肚上一碗口大疮，只那老厚疮痂便是寸来厚，不住地流下红白相映的臭水，便如猪脑，臭不可闻。

全兴道："这人说不定是远方旅客，落得这般境界，离乡背井，委实可怜，看他那病，全是此恶疮所致，快取俺那金疮药来与他敷上试看。"

14

仆人应声去了，一会儿取来药，与花子敷上。全兴令将花子安置一所静室调养，许多仆人厌气得什么似的。过了数日，仆人报说："花子肚上恶疮，竟流了许多脓水，又要吃又要喝，不如趁早赶掉他。"

全兴反笑道："如此甚好，你们休慢待他。"又命与花子更药加意调养。

又过了十多日，花子之疮上结了一层铁痂，只有刺痒了。花子自己起卧都可，一定要拜见主人，只仆人不肯与他通报。花子没法，只一连住下来。一晃个把月过了，花子之疮痂脱落，落一块大红疤痕。仆人张发见花子好了，一定要见主人，张发冷笑道："人真没足，瞧你这穷哥们儿，一住便是个把月，吃得油晃晃面皮，病也好了，还不走你的清秋大路，死赖因着，难道见了俺主人，还说着养老不成？"

花子道："管事说的什么话？俺受主人活命之恩，焉能不辞而去？"

张发哧地一笑道："说得好冠冕，干脆说，穷叽咕了，求个盘川钱便是，何必弯子转子的？"

花子叹了口气，别转头去，仰面叹了一口气，自语道："左右不见主人，俺不行的。"

张发大怒道："呸，人穷穷个志气，瞧你这花子，还呕因到老了吗？"说着去了。

花子望了张发后影微微一笑道："这般人晓得什么，唉，不见主人怎便上路？"

花子慨叹一番，屡欲见主人，都被张发冷激热讽叱回。花子闲了没事干，便在院中闲遛，有时打拳踢腿，兔赶鹘落，十分轻捷，再不然便舞剑为乐。张发见花子真个不走，想了一主意，每日不给足饭食，从厨下端来饭，半路上把与猪吃点儿。花子吃不足，也不言语。张发委实厌气，只主人未发话，不敢逐走，只好沉着苦脸送水送饭。

一日张发见花子手提着宝剑，用手指挥得铮铮作响，自语道："唉，真是人穷志短，马瘦毛长。如俺纵横江湖二十来年，凭一柄剑结交天下好汉，也是一个铁血男儿，生杀半世，却落得如此地步。沧海桑田，直如过眼烟云，真也不堪回首了。"说着慨然不置。

张发听了道："你这花子难道穷疯了不成？不用怨天恨地的，俺看你穷还扎住根了呢。"花子便如未见。

花子在一黄昏时候，红日未落，东方天空中已挂了一轮不显明的早月。花子在院中散一会儿步，望着天空发呆，又转而一笑道："看那明月在天，俺落魄他乡也不知几易了。"说着拔出宝剑，迎空一闪，一道雪亮白光冷飕飕映出。花子抚剑笑道："此剑伴我半生，这次穷途几乎分手，多承主人救活，可以返里，但未得见主人如何是好？啊呀是了，只好容俺日后报恩了。"

自此当儿，日色西下，明月在天，花子笑道："明日俺寻归路，且舞剑权当作别吧。"于是抱剑在怀，拉开架势舞起来。月光之下，一片剑花泻下，进退起落，好不捷疾。舞到酣畅处，人剑不分，只有剑光翻卷，便如风飐梨花，缤纷四飞。花子舞了一会儿，缓缓收剑，归了原势，卓然站在院中。

张发踅来，花子一看他手中端了一碗，知道是与自己送饭来了，连忙跑过去接。张发道："瞧你这穷花子，只管慢条斯理，快一点儿，难道怕跑大脚不成？"

花子忙伸手去按碗，张发故意一失手，碗一倾，内中面汤倾出及半。花子一面抄住碗，一面道："这好东西，糟蹋甚为可惜。"说着蹲身一手去拾倾出汤条。

张发冷笑道："瞧你多么少见，便如从来未食过一般。你若食不净，俺叫狗来帮你吃。"说着，嗯嗯嗯地叫过两只狗来争吃了。花子一看，点了点头，也没言语，端碗吃那半碗汤。

张发白眼一翻道："喂，穷朋友，别只管细嚼细咽了，俺总候着你不成？如果吃完，你自己送去，俺未免不放心，厨中什么鱼儿肉儿摆得哪儿都是，若被你悄悄捞摸吃了怎好？"

花子赶忙吃完，交与张发碗道："张管事，咱相伴月余，委实有缘，明天便要上路了。"

张发一听心中痛快得多，鼻孔里哼了一声道："早当走，难道谁还留你不成？"说着去了。

次日张发来了，见花子将房打扫洁净，花子依然破衣裤，佩了宝剑，见了张发道："张管事劳你了，今天俺便上路，咱后会有期，求您给主人一个话，俺叨扰多日，活命之恩日后再报。"

张发见花子真要走了，忙拦住花子。花子道："张管事不必依依，容后会就是。"

张发一翻白眼道："谁依依你？俺可不求后会，可熬出来了。"说着拉住花子，在破衣服内只管乱掏摸，一面说："俺家零零碎碎，你悄悄走掉，如挟掖点儿物件怎说呢？"

花子笑道："好小气。"

张发一听，心想凭一个穷掉毛花子，敢说俺小气？方想发作，突见花子佩剑委实可爱。张发心想：此剑至少值二两银子，俺何不讨过，多少是个捞摸。

花子笑着往外走，张发故意道："朋友真是要走吗？啊哟，俺还与你开玩笑呢。"

花子忙止步道："张管事容日后再会。"

张发满面不舍道："朋友，左右没事，咱刚混熟了，便又分手，弄得俺没着没落，岂不坑杀俺？俺也没别的好处，现在碎银二钱，把去路上寻杯苦茶。"说着塞与花子道："哟，咱哥们儿再见无日，这样便别过怎当纪念呢？"

花子一手拔剑道："此剑随俺半世，深为得力，人血也不知饮了多少，你瞧剑上水纹，便是杀一人留下一纹，如今也难计数，当俺困迫时，旅途卖马并未舍此剑，因此剑吹毛可断，削钢铁直如泥土，乃稀世之宝，便把来赠与管事，好生保存，权当纪念吧。"

张发接了剑，送出花子。花子方道一声再会，张发已砰然一声闭了门，几乎将花子足掩住一只。一面骂道："去你娘吧，谁耐烦与你这等啰唆。"

花子驻足门外，不由叹道："世道炎凉至此，唉，宝剑赠予烈士，此类俗物，只湮没俺剑，真真可惜。"自语一会儿，走出小巷。

花子一边走，想着未辞主人而去，深为不安，无奈仆人不容拜见，也只好日后再说。于是奔向村头，望见十数把门壮丁正在扑跌熬气力。花子驻足回望，壁垒连延，铁桶相似，好不雄劲，垒上一队队巡逻壮丁，刀光闪闪。花子望了发呆，少时自语道："石帆村，是了是了，容改日再报活命之恩。"于是掉臂欲走。

突然暴雷似的一声大叱道："什么人在此探头探脑？"

花子一看，却是十余壮丁，一色的青布包头，劲装佩刀。

又有一壮丁道："老八瞧你惯来这把戏，拿神见鬼，一个穷花子怎的了。"

所谓老八的正色道："什么？你瞧这花子精精壮壮，只管端详壁垒，没的是哪话儿呀？"

诸壮丁笑道："瞧他饿得皮包骨，情愿咱将他捉下，乐得肚舒适些。喂，哥们儿，咱别只管没要紧。"于是放了花子。花子记下村名，扬长自去。

且说全兴仆人张发乐得花子去了，自己还得了一柄宝剑，拔出一看，端的是湛如秋水、锋芒映目。张发暗道："别说，此剑说不定是银胎子。"想着用手掂弄，嘻着嘴自语道："哈哈，时运来了城墙也挡不住。瞧这剑至少有十多斤银子，咱老张从此洗手，乐得上炕老婆下炕元宝，哪点不好？"

　　张发乐得手舞足蹈，一径跑向村东头穆银匠处去断认。不想方一出巷口，迎面来了一群人，张发一怔之下，赶忙缩脚不迭，早被人叱住，原来来人乃是宋全兴、白教练、伍村长等人，正自静华寺回头。

　　当时张发蝎蝎螫螫转出，面带恐慌之色。全兴叱道："狗才溜啾啾做什么事？"

　　张发哼哧半晌，未敢说出自己隐事，忽然心机一动道："好叫主人得知，小人正去寻主人，因咱家那病花子疮大好，今天去了。"

　　全兴拍膝道："瞧多么悖晦，便是前些日俺遇见一个病汉，好个骨骼，俺见他异乡人贫病交迫将死，委实可怜，便将他收养下来，不想一连多日俺竟忘掉了。伍兄你说这年头人心真是铁石变成，那汉子病也好了，竟拿脚走掉，不说见见主人。"

　　张发正挟了花子宝剑，藏掖掖没处掩避，听了全兴之言，忙道："哟，主人可不冤杀人。"

　　全兴道："好嘛，一定是那汉子求见主人，被你们这群懒东西掖起来。"

　　张发正色道："那小的怎敢？今天花子想见主人，因主人大早出门，未回。花子道：'主人未回俺不便久候了，便请诸位在主人面前说一声是了。'当时俺们道：'何必如此忙，主人不在，俺们怎敢放你去？'花子笑着，解下这物……"说着双手托了宝剑，接着道，"当时花子忙于上路，只好改日再拜谢了，此剑权作留别。"

全兴接到宝剑，猛然抽出，突见一片寒光逼人毛发。白恒失声叫道："端的好剑哩，但那人是什么样人？"

张发鼻孔里哼了一声道："两胳膊两腿的臭穷花子罢了，不过他时常摆弄这剑，有时鬼号般地击着剑，不知是哭是唱，还时常自己疯魔般捣鬼说：'俺高某生杀半世，真也是喷着热血汉子。'余言俺记不得了，大约是个屠宰老手，不然他怎说生杀半生呢？"大家大笑。

伍村长道："江湖尽多奇士，这贫汉子说不定是大有来历，可惜他去了。"

白恒只管在全兴手中接过剑，细细审看，赞不绝口。全兴不懂武事，可是富家子弟专讲究名剑好马，所以略懂一点儿。伍村长道："刻下咱村中正用人之际，说不定那贫汉武功了得，此机会焉可失去？"

柳三多道："大约他出村不远，何不派人追回？"

白恒摇手道："未必有真本领，不然会落得贫困？且由他去吧。"

全兴正色道："白教练说得却不然了，人有多大本领，怕不遇真知本领的人，所以古时埋没草野的英雄豪杰不知多少哩。"

伍村长笑道："正是如此。"

白恒道："话虽如此说，刻下咱村武备完整，有咱白恒在此，山贼休想生事，又何必多此一举？"

全兴知道白恒坏毛病，就是不许夸赞他人，当时也便将话掐断，大家分手。全兴到得家中，悄悄知会张发，备了两匹快马，自后园而出。张发还以为是出外试马，出得巷口，全兴道："那贫汉往哪路去了？"

张发顺口道："往东去了。"全兴策马当先，抖辔风驰出村。张发一挟马随后赶将去。

且说宋全兴自收花子，吩咐仆人等好生调养花子，有慢待的重罚。因为连日村中风声紧张，忙得全兴终日不得闲，还得提着一颗心。

原来近些日梅花峰大盗路铠、哈赤二人将距三仙山左近小村一扫而光，派探子打探石帆村虚实，探子回报道："石帆村颇有警备，不可大意。"因此山贼竟未敢来搅闹。梅花峰两个首领认为石帆村定有能人，不想多日，也未见甚动静。路铠请来哈赤，哈赤正预备统弟兄下山。哈赤到来，二人相见了，路铠道："石帆村距此六七里之遥，其余村均月供柴米，小娘随意挑选，石帆村未免太便宜了，俺想就此兵破石帆村。"

哈赤道："正是，石帆村富庶得很，岂能饶过它？依俺之意早动手了。"

路铠道："哈兄不可大意，俺闻石帆村兵备颇厚，且有几个精通武功教练。"

哈赤大怒，猬须飞蓬道："住了，路兄怎尽长他人的志气，灭自己威风，谅一个小小山村，有何能人？"

路铠摇手道："那也不尽然，当年咱在中牟山落草，与施屯打仗，谁知施屯有个仇春瀑，一杆大刀劈死弟兄刘一刃，便连白腾云何等武功，还失掉了，因此咱弟兄存站不得，才北来至此，这番岂可大意，自寻败辱？"哈赤方不言语了。路铠道："于今之计，只先探石帆村虚实，派去精目一人，先征粮草银子，如石帆村稳当当交付，便是虚弱无能，如强硬不肯交付，一定有把握，千万也大意不得，只可拘在面孔上，彼此不犯。"

哈赤道："此计甚好，只没有胆量精悍之人。"

路铠道："俺寨中大头目南甲，为人胆大精干，可靠得很。"于是叫来南甲，哈赤一看，果然劲健。路铠道："南甲，俺今差你入石

21

帆村征粮，你可敢去吗？"

南甲挺胸道："石帆村又非龙潭虎穴，有何不敢？"

路铠道："石帆村不比他村，且须小心在意。"

南甲拍胸道："俺南某走南闯北，从来未怕过死，寨主你放心是了。"

于是路铠修了书信，封交与南甲，令南甲明天便去。南甲掖了书信，次日一径赴石帆村。到得村栅外，抬头一看，果然村垒高耸，上面哨丁往来，一处处重卡红旗飘扬。南甲正张望当儿，早抢过十数壮丁，大叫捉奸细，南甲忙道："俺乃三仙山梅花峰好汉，奉寨主之命，特来拜见你村长的，快去通告。"

守门壮丁慌忙报入会所，柳三多、张六等迎入南甲。南甲道："俺便见你家村长，今天还须返去呢。"

柳三多等报与伍村长，伍村长会同宋全兴与几个父老，听说梅花峰差人到了，不由一怔，说不定山贼有什么要求。伍村长令黄黑儿速调武社少年，结束伶俐，一色的长刀，一队队地排在雨廊下。伍村长盛怒之下，吩咐带上人来。早听得壮丁应诺下去。伍村长等候了一会儿，早有柳三多等引来南甲。大家一看，南甲生得虎背熊腰，浑身武装，腰下一柄雪亮单刀，瞪着牛卵般大眼睛，四下一瞟，精光四溢，精锐得好不怕人。

武社少年见了，定要摆摆威风，见南甲昂然抢上厅来，武社少年挺胸腆肚，震天价的一声暴喊。南甲斜目望望，嘴牙一笑，十分轻视。柳三多、张六等簇拥南甲，直入正厅。伍村长气吼吼踞坐椅上，面上现出冷森森之态。南甲昂然站着，凶气四射，早将宋全兴等吓得藏之不迭。

南甲大叫道："哪个是村长？"

伍村长道："在下便是，有甚事体便请交对着。"

南甲尖厉目光将伍村长打量一下道："在下南甲，奉俺家寨主之命，特来下书。"说着伸手入怀，取出一封书札。左右方想去接，南甲早脱手嗖一声投在案头。伍村长打开一看，果然是梅花峰大寨主路铠之书，大意说异族当国，百姓流离，路铠纠合弟兄驻梅花峰以保护村民安堵，粮草为寨中所必需，三日内请贵村交纳白米百石、纹银千两，俟后拜谢。

当时伍村长惊怒之下，又不敢大意。南甲突然道："如此迟慢，须等不得哩。究竟如何，今俺还须赶回复命呢。"

伍村长道："且请先行一步，敝村公事，必须磋商，俟后必有报到。"

南甲冷然道："哪怕你没有信儿。"说着疾驱出厅，左右外送出栅，自去不提。

且说石帆村自南甲去后，登时锅滚水沸般闹起来。伍村长气得乱抖道："山贼分明是挑战，如果交纳，日后难以应付，如不付与，又恐招灾惹祸。"说着，急得只管来回走蹓着。大家七言八语，没个决定。

宋全兴吓得面如土色，呷嘴道："了不得，舍掉头颅还有什么？于俺看还是如数交付，暂避过一时。"

诸父老道："也是好计。"

张六道："路铠一定来探咱虚实，如数付与，可见咱村虚弱，定招祸害。还若不与。"

白恒也称善道："且咱有坚固村垒，武备教练均齐，何不拼一下子？路铠见咱强硬，还许不敢伸手弄脚。"

父老道："了不得，如招怒贼人，如何是好？柔能克刚，山贼也是人生父母养的，便没一点儿慈心？说不定山贼吧嗒过滋味来，从此罢手都不一定。"

张六道:"如此还做贼吗?"

村人不听张六之言,立刻送去白米银子如数,石帆村以为没事的一大堆,不料没过三天,路铠又派南甲到了,说山上弟兄没有妻室,免不了下山胡闹,火速送秀色小娘若干个。这一来石帆村人可真红了眼睛,谁家大姑娘肯把与山贼。伍村长气得白须飞蓬,那弯弯的虾腰几乎挺直,叱令驱出南甲。

南甲掉臂冷笑道:"真是慈心招祸,害于咱二寨主早汤洗了你龟窝,哪怕你村上秀色小娘不细皮白肉地出来?喂,咱老子没空与你嗑牙,咱骑驴的看唱本,走着瞧吧。"说着返身便走。

伍村长大怒,叱令捉下,早有白恒黄黑抢过,白恒一脚将南甲跌翻。南甲怒目叱道:"好好,你们竟敢捋咱虎须,哼哼,杀了俺算你有骨头。"

白恒过去单刀一摆,南甲一望叱一声儿道:"咦,老白,怎到这里?这相距不远,咱弟兄何不再闹个对盅儿?"

伍村长已叱令将南甲斩首,此后定使山贼不敢正眼瞧咱。于是将南甲竟一刀割下脑袋。南甲万也想不到,石帆村有此勇气,临刑直向白恒摆头求援。南甲被杀了,一颗头血淋淋飞上村栅挂了。伍村长知道这乱子一定惹得不小,立即招聚村人。村人得消息,慌了手脚,都说伍村长不该如此。

伍村长道:"诸位看来,山贼初次要粮稳当当把与,他们又猴上来了,要村中女子,如此咱还能活着吗?天长日久,终归一死。何不与贼一拼,或可开一条生路。"村人听得虽有理,终是惶然不宁。

伍村长道:"事已至此,咱即分头抗贼即是了。"于是立调壮丁登垒守护,登时满村啾唧起来,那队队壮丁荷刀奔走,越显得杀气腾飞。伍村长抖起精神,与诸教练指挥一切,闹了一夜,防御就绪。入夜时分,伍村长生恐贼来打村坊,于是分拨壮丁,轮班登栅逡巡。

又点起一盏盏红灯，故意布下旌旗刀剑，灯光之下，居然万道光霞，加着一队队长大壮丁不断趑来趄去，叫着口哨，一声声地接着更鼓，更显得严肃，这一来真被石帆村吓住贼人。

原来南甲二次入石帆村，竟一日未回，路铠便暴躁起来了。急请哈赤商议。哈赤正掠得两个小娘没人样，半晌方伸腰张哈地懒洋洋到来。路铠道："南甲素日为人机警，今日一天未返，大约有些不妥当。"

哈赤一个呵欠道："干鸟吗，咱干这祖宗勾当，用不着蝎螫，于咱老哈是给他个迅风扫败叶，一下子踏平鸟村，不省得三番五次倒弄得不痛不痒？"

路铠道："俗语说得好，兔子不食窝边草，咱如马上扫光山村，月久只好仰脖喝西北风，这不过是长久之计罢了。如果石帆村真个不知进退，可莫怪咱了。"

哈赤道："南甲一日未回一定被害，咱初到此，被芝麻大村庄捋了虎须，未免透着松了。喂，寨主只今天发与咱一部弟兄，马上荡洗石帆村，上秤地分银子，成车地载小娘，倒也有趣。"

路铠道："知己知彼所向必克，你想石帆村敢害咱使人，一定有所仰仗，说不定不是弱茬子，含糊了是不成的。今夜先派精细探子相探虚实，再动兵不迟。"于是发下二精探直奔石帆村。

二探趁夜去了，距石帆村里余，早已迎风听得叫号声，更鼓断续不绝。二探远远张望垒上，红灯点点，兵器闪闪，电般光霞，灯光之下恍如有些壮丁巡视。二探不敢前进，生恐被巡逻的捉去，张了一回跑回。见了路铠，只道石帆村警备甚严，不但村栅满布壮丁，便是狼峡西南距村里余，都是巡逻壮丁，俺二人险些被人捉将去。

路铠一听登时大怒，立即请来哈赤，商议一切。哈赤到了，路铠一说一切，哈赤瞪起牛卵大凶目叫道："可相没有天日咧，石帆村

25

竟敢如此，分明是与俺们为难，如此正好统兵攻打村坊。"

路铠道："俺也是此意，俺以为咱初到此，兵马不整，不可损兵力，故此想威逼各村，不动兵刀，坐获大利。不想石帆村顽强至此，与当年河南施屯相似。可是施屯有赫赫大名的仇春瀑，石帆村有什么人呢？虽说有个姓白的名恒，但江湖无名小辈，怕他什么。"于是下令调动兵马，一共千余小喽啰，预备攻打石帆村。

石帆村也是连日戒备。这日路铠便想动兵，因为连日与石帆村风云紧张起来，便将马头山狼峡一带均排下重卡，以防敌人来袭。兵未出，突人报道："下道人捉住一人，据说是石帆村大财神宋全兴了。"

路铠大喜，回顾哈赤道："宋全兴乃石帆村富户，富户既被捉，石帆村便如失去梁栋，此可以大捞一把。"于是叱令带上宋全兴，这且慢表。

且说张发伴了主人飞马离开石帆村栅，守栅壮丁笑道："大爷又去试马吗？"

全兴道："喂，方才有个穷汉子可从此过？往哪路去了？"

守丁道："不错，有个花子从此过来，骨碌着精目，还只管端相村栅，吃弟兄们叱喝一顿去了，此时不过里把地远近，宋爷打听他怎的？莫非是黑道上奸细吗？"

宋全兴道："那是俺朋友。"说着马上加鞭，二马腾云驾雾般风驰而去，顷刻绝尘没了踪影。

这里壮丁互相诧异道："宋大爷有这穷朋友？还巴巴赶下去吗？"

不提壮丁猜疑不定，且说宋全兴带了张发向大路上飞赶，顷刻十来里路，不见穷汉踪影。全兴驻马诧异道："那汉子怎的腿快，也不至这一会儿便走得没影没踪？"马上张望一会儿，不见影子。二人跳下马来，伏地张望，树林草坡一发没有。

二人正相顾诧异，突闻驴声嗳嗳，自岔道上转过一头毛驴子，背上骑了一肉头老儿，亮头皮直如抹油般滑亮，驴屁股上还横搭了一条米袋。老儿一身土布衣裤，腰束葛峰带，屁股后头垂了火镰烟包，一条茶杯大小烟锅的长烟筒，手中一条柳枝鞭，缓放着驴子，口中哼唧着小曲而来。

全兴道："快向老头打听打听遇见贫汉没有。"

张发将马交与全兴牵了，见老儿放驴驰到。张发顺手带住驴缰绳，那驴子走得正猛，突然一掉头，后足几乎飞翘起来，将个驴背上老头闪得不倒翁般地乱晃，拼命地拉了驴缰。张发见驴子踢起后脚，双手狠力一拉，意思想拽下驴头，不想驴子前蹄一蹶，老儿哧溜一下，竟从驴脖溜将下来，闹个后坐。老儿大怒，吹着小胡挣起，一抹额角汗，方想发作，突然见张发胯下宝剑，以为遇见拦路虎，吓得抖着道："咱老儿新从女儿家借得斗八升米，那么好汉拿去就是，千万驴子留下，因这驴子是豆腐坊老刘的上磨驴，好歹匀我用用，好汉拿去不要了俺老命？"

张发扑哧一笑道："喂，休胡说，俺和你打听打听，前面有个花子过去没有？"

老儿一听不是拦路虎，登时气壮，一翻小红眼道："咦，这不是成心搅吗，好好走得路，干啥带咱驴子？咱这个年岁，闪腰碰腿，可顶上你祖宗了。你若寻花子，北大庙留养局有的是。"说着，猛然夺缰掉头拉驴便走。

张发一把抄住老儿臂便拽，二人挣命般拉拉扯扯不通言语。老儿挣不脱，大汗布满亮头皮，便如颗粒粒的珍珠，没法熬过，只道前路上倒有个花子。张发大喜，一松手老儿猛然几乎闪了一跤。老儿上了驴，回头望望张发，骂道："贼瘟生，怔头磕脑，找寻你花儿爸爸不成？"说着扬长自去。

张生喜得打跌道："这老儿好不拧性，归根儿还是拧俺不过，告诉俺前面有个花子，大约是那穷朋友了。"

全兴见二人死拉扯笑得弯了腰，于是与张发飞身上了马，加鞭飞奔岔路而去。二人赶了五六里，地势越行越崎岖，地下满铺了白渣渣石子，马蹄走上咔咔乱响。又走了里余，仍未见花子影儿，只有一带长林飘风，峰峦兀突，一处处突径鸟道，峡壁飞瀑。全兴望了登时一怔道："这是哪里？"

张发被一句提醒了，吓得面如土色，低声道："这不是马头峰吗？老爷看那飞瀑处是饮马池了，过了此便是狼峡，不但青狼土豹出没，接近梅花峰，正是大盗路铠盘踞之地，险极了，主人快走快走。"

二人一齐变了颜色，抖辔掉过马头飞跑。刚刚转过山头，一处密杂杂橡林，山风暴起，呼呼怪响。二人抱了头拍马如飞，马蹄落地，空谷传声，好不响亮。二人正行间，突然前面唰啦啦拉出一队山贼，大叫留下钱财。全兴正拍马飞跑，猛然一惊，一个筋斗落马。张发吓得啊哟一声，早见单刀一闪，早有数贼将宋全兴捉了。张发惊极，狠命地一兜马，啪啪啪，皮鞭连连打在马屁股上，坐下马咳的一声，四蹄腾云驾雾般飞起，绝尘岔入山径。

且说全兴闭目等死。贼人叱道："你这汉子有银子留下。"

全兴抖着一看，一群怪魔般强盗，手中泼风短刀已架在自己脖颈上。全兴叫道："好汉饶命，俺没有银子，只有一匹马，完全在此。"

贼人叱道："既是旅客怎说没银子？"

全兴道："左不全在此，请好汉搜查即是，俺不是旅客，乃是石帆村人，名宋全兴。"

山贼听了大喜道："原来捉了个财神爷。"于是将全兴一径架上山寨。全兴好不后悔，无意中追个穷花子，自寻杀身之祸。想起自家美人，不由泪下。身不由己地被人拥入一座大厅，内中陈设桌椅，正面坐着两个汉子，一个英俊，一个丑恶，全兴屈膝跪下。那英俊汉子道："宋全兴你知俺吗？俺便是路铠了。"

全兴一听吓得浑身发麻，心想这恶贼一定是哈赤了。路铠道："不要怕，你只修书与你村中送上十万银子，便放你回去，不然乱刀切碎你。"

全兴发抖道："寨主饶命，容俺作书即是。"

路铠笑道："如此好了，俺不难为你。"于是命人扶起全兴。

突然哈赤雷也似叱道："宋全兴！"全兴登时吓倒，张了大口，吸了一口冷风。只见哈赤蓬着锋芒的钢须，凶睛直扫过来，接着道："你村竟与俺山寨相抗，听说你村有个白教练，不为这个早踏平你鸟村，论说便当先切你的头……"

路铠忙摇手道："哈兄慢着，俺们为的是什么呢？"于是将全兴架入一所静室，不带索绳，又备了酒肉款待，全兴方安下些心。

隔了一日，路铠亲自与全兴来谈天。全兴便似耗子见猫，如同浑身罩了一层铁箍。路铠只管盘问石帆村情形，全兴吓破了胆子，一句不隐。路铠笑道："早知你村只白教练一人当事，早洗光村庄了。"于是命人取纸笔，命全兴写索十万银子赎命。写完了，交与路铠，路铠自打发人送入石帆村不提。

且说张发落荒逃走，不管东西南北，有路便走，便如腾云般驰了一程，曲折折也不知走多少路，来到一处平原。觉得口干舌燥，下马望了日影，已将垂暮，万峰参差，晦冥变幻，前面一座山神庙。张发放马草地上食草，又到溪边饮了回水，突见庙中转出一人，双手揉着倦眼，还不住伸腰张哈，似乎余困未解。张发惊弓之鸟，又吓得心中乱跳。

突然那人道："那不是张管事吗？怎到这里了？"

张发一看，不由气冲斗牛，呸一口啐道："饿不死贼花子，怎又钻在这里？"

花子赔笑道："管事不要如此，咱总是缘分未满，所以又相遇。"

张发怒道："谁与有缘，咱主人为你被山贼掳去了，看你是丧门鬼、黑煞星。"说着带马便走。突被花子抄了一臂，张发猛然啊哟哟杀猪般怪叫起来。

花子笑着放手道："张管事，怎说主人被山贼掳去了？快说个究竟。"

张发呆望一会儿，还扭不过臂膀，龇牙咧嘴道："贼花子，什么怪招，弄得俺臂膀捋掉油皮般生痛？"

花子道："未着力呀，快说快说。"

张发甩袖道："这年头什么奇事都有，咱家白教练那等武功，还不敢轻视小贼，何况你一个皮包骨臭花子？"

突见花子纵声大笑，回顾拾了一块碗大石块道："人穷了便这般不济事，张管事看此。"说着，双手竟剥开石子，两手一磨，沙沙地碎如粉屑。

张发吓得张口结舌，咕咚声直撅撅跪倒道："小的瞎了眼睛，原来你老人家还有这本领呢。"

花子笑道："张管事快说，主人究竟怎的了？"

张发此时方明白，花子不是寻常贫汉，叩头不迭，细细一叙前情。花子慨然道："俺高某承主人活命之恩，又蒙此高情，真使人感铭无地。既然如此，只今日俺便入山，救出主人便是。"说着拍膝道，"只可惜俺宝剑不在。"

张发不由忸怩红了脸道："您宝剑现在小人身边。"当时解下剑。

花子接了剑笑道："此俺平生爱剑，失而复得，委实可喜，张管

30

事先行一步。"说着掉臂便走。忽又回头道:"不妥,不妥,刻下贼人掠得主人,必然加防,又不识主人,虽识得一面,那时在重病中,哪里记忆得?茫茫山寨,怎寻得来?"

张发道:"那么你先返村,与村中计较,协力打破山寨,救出主人。"

花子沉吟一会儿道:"主人已落贼手,不可鲁莽,咱先返村再作计较。"于是二人缓寻归途。抬头一看红日衔山、晚霞错落,花子道:"此是何处?"

张发道:"此处大约是饮马溪下游了,距村五六里之遥。"

花子道:"如此行甚迟缓,管事便请乘马赶一程。"

张发笑道:"这真赶上横着扁担过城门,有些过不去,左右前后走不一块儿,咱便二人骑一马,将就着些,多少歇歇腿子。"

花子笑道:"不当不当,你只管前走,咱不会落后的。"

张发只得上马,屁股未坐稳,花子就马屁股上拍了一掌,那马咴的一声,四蹄齐奋,绝尘驰去。张发猴在马上,生恐颠落,心中暗道:"坏咧,一定受花子骗了,他宝剑物归原主,将俺骗上马,岂不趁此溜之大吉?"急想勒马,偏那马被花子拍了一掌,不肯停蹄,顷刻转过山弯。张发觉得两耳生风,这时已夕阳西下,苍冥四合。张发目前总觉有个黑点子晃来晃去,已而不见。那马慢慢步下迟了,突然哟的一声,那马登时停蹄,将张发险些扑落马下,只闻有人道:"张管事怎不睁眼睛?这不是石帆村吗?"

张发怔然之下,如梦初醒,不知何时花子已在面前,正双手带住马缰。

张发道:"咦,你怎的在这里?"

花子道:"不瞒管事说,俺已等得腻烦了。"

张发狐疑着,带马引路,到了垒下栅已闭了。垒上健丁叱道:

"什么人？"

张发道："俺是宋大爷仆人张发。"

壮丁一看，认得张发，还携了一个穷汉，于是放入栅。壮丁道："白教练、伍村长正因宋大爷久未返纳闷，伍村长以为山贼做手脚，那么宋爷呢？"

张发道："俺主人被山贼掠去了。"

这一句不打紧，村人登时哟了一声，飞报入会所。伍村长正与许多当事人为了全兴之事纷纷谈猜。忽然得报，一齐吓得面如土色。

白恒道："反了反了，山贼竟敢捋咱虎须。"

伍村长道："慢着，俟张发到来再说。"

少时张发到了，还携了一个花子般健汉，生得威风凛凛、气概逼人。张发将宋全兴遇盗之事从头到尾一叙。伍村长长叹道："宋爷真个自寻苦恼，如此年光，一个花子追他干什么？可是说，江湖尽多奇士，但那花子不知什么人，反失了宋爷，这是怎说。"

突那贫汉拱手道："诸位想是本村当事人了，不瞒众位说，花子便是在下。"

大家一齐注目。伍村长道："足下一定是奇士了，得罪得罪。"

花子笑道："什么奇士，不过是个流血汉子罢了。"

伍村长道："张发怎又邂逅足下？"

张发一叙花子等等异怪，大家一齐惊怔。白恒抱拳笑道："足下武功如此，端的可敬，只这飞行逐马功夫，越发难得咧，敢请高姓大名？"伍村长等一齐逊坐，花子笑逊坐下，叙出来历。

原来花子姓高名岳字竹声，河南中牟县施屯人氏。高竹声为人好交，义气如云，平生习就一身武功，喜用一双虎尾钢鞭，真有出神入化之功，人呼为双鞭将。高岳武功根底既深，后又师从当代大侠仇九翁门下，习得点穴法、双剑、飞镖，武功越发了得，尤其是飞镖法，独得仇九翁真传。九翁生平有神镖之号，能单手连环式，梅花镖每一试技，衔绫飘风，流星般飞走，好不吓人。高岳深得九翁秘法，轻巧能灭香火而香不折，劲力能透钢甲，江湖人许多投师学技，均不得其妙。高岳常说，练武如同炼铁，非火候足透不能成精钢。人问他那镖穿钢甲之功，他说内功精深，罡气自然灌注镖头，并非尽在力气，必须有轻功之手法，譬如折枝，尽全身之力不能折，如用轻巧急脆之力，应手而断。高岳之镖从此传遍江湖，人称为第一绝，提起高家来简直无人不知。

仇九翁有一子名春瀑，与高岳同年，为人老成，一般习得家传绝技。因他身高力大，独长马上刀法，特打造一柄三环套月式大砍刀，重六十余斤，马上刀法非常了得，绰号仇大刀。仇九翁逝后，只高岳、仇春瀑二人袭得仇派，江湖人一提仇派双雄，无不一竖大指。

且说高岳挟技走遍大江南北，少年脾气，义气好交，专打不平，以游侠自命。这年高岳倦游滞留京师，仇春瀑之把弟金道年在北京顺利镖局充镖头，与高岳邂逅，邀高岳帮忙。高岳闲了没事，跟镖走了两次，委实得力。镖局主人汪云龙实意请教，高岳便在顺利镖局挂名充个总镖头。一连撑了四个年头的台柱，名声闯出。

这年高岳回家看视，镖局没多少买卖，有点儿轻镖，便由金道年走走是了。高岳家中无事，家有薄田数十亩，时常助佣工入田工作。见本村人张大少，一手提了破沙斗，一臂下挟了打狗棒，浑身油垢垢走来，见了高岳好不忸怩。

高岳道："喂，大少哪里去？"

大少叹道："高兄您别这么称道了，如今俺家道堕落，所余的只有一所破场房，村中已取消此称呼，唤俺张大花子，刻下中牟县城唱庙戏，俺去赶吃喝。"

高岳叹道："人生真是十年河东，十年河西，大少谁想你堕落至此。"

大少听了这话，嘴咧得瓢一般，哇一声哭了，一会儿又笑起来。原来张大少乃是施屯首户，当年阔绰得很。有生以来，娇生惯养，除了吃喝玩乐外，没有一技之长。大少父母丧后，大少自己挺不起门户，被施屯一干恶棍傍上了，每日与大少厮混，左右大少有的是钱，吃喝嫖赌，调花样玩，大少的银子也便水一般流出。人见这个大头鬼，谁不捞一把？于是四周设下圈套骗大少，有的故意弄个妍头招惹大少，俟大少落了圈，又冷不防拿六条腿大大竹杠敲下来。又有人将蜞螂涂上石灰，把与大少。大少一见白蜞螂是少见的，登时便是上万银子也得买过来。大少如此干了不上二年，铁桶般家私荡得精光，房子也抵押人了，一代阔少竟落得场房茅屋栖身。抬头一看，四壁一空。大少哪里受过这个，自以为自己交下一些好友，还饿着自己了不成？不想东走一家，西走一家，自己好友都见了自己冷冷一笑道："老张，这时你阔绰哪里去了？自作自受，休连带俺们，有了把与你点儿是人情，不然你拿脚走开。喂，家里的，还有剩锅巴没？少给狗吃点儿，把来与花子点儿吃。"

妇人道："呸，臭花子也会赶，真属唱牧羊圈的了，早饭已过，午饭未熟，一点儿刷锅刷碗已倒给狗子，那么只好从狗食盆中弄点儿把与他。"

大少一听，气得乱抖。原来自己夙日铮铮好友便如此呀！唉，悔交匪人，是俺双目不明，后悔也迟了，还有何可说？大少从此不寻朋友，朋友也不理他，见了都叫张大花子。大少想起当年又悔又恨，从此得了一点儿奇病，时哭时笑，疯子一般。

当时高岳十分可怜大少，便道："大少，七尺大汉，哪里寻不得饭吃？"

大少唏嘘道："高兄你是知得俺的，俺肩不能挑担，手不能提篮，如今落得乞讨，是自己造成。高兄量材磋用，当给我安置什么所在？"说着连连叹息，说着别过自去。

这日仇春瀑邀高岳赴中牟赶庙，高岳应允了。次日二人收拾去了。距城十余里，红男绿女，络绎不绝于途。二人兴冲冲入城，投在好友訾润堂家。润堂久未与高岳相见，甚为喜悦，置酒款待二人。

訾润堂年四十余岁，是个老秀才，生平善骑马试剑，拉得硬弓，箭法十分可观。訾家与仇家世代相交，訾润堂与高岳均是好友，中牟人称中牟四友，便是訾润堂、高岳、仇春瀑，还有一名关文藻。

这文藻祖居中牟县城内。文藻有个兄弟名大山，有一姐一妹，姐早出嫁，妹比文藻小一两岁，为人风流，不安于室，又天生一个美人胚子。大山生得浑伻好勇斗狠，不治生计，只每日与一班土混流氓打搅。文藻却不然了，是訾润堂同年，好骑马击剑，义气好交，很以游侠自命。文藻之妻张氏娘子，又温淑大方，处在这乱糟糟的家庭中，夫妇甚为不快意。文藻束管弟妹不得，时常气得十天半月不返家。

当时訾润堂乍晤好友，喜得什么似的，酒筵之下，润堂落下泪来，仇高不由高兴打消，二人停杯齐道："大哥难道有什么难过之事？何不与弟兄们说说？大家设法。"

訾润堂道："不瞒二兄弟说，俺并没有难过之事，想咱好友四人，生死之交，今咱三人饮酒，关兄弟与咱永别了。"

仇高二人听了，一齐一怔急道："怎说？关二哥哪里去了？"

润堂流泪道："已逝世了。"二人不由落泪。

仇春瀑道："高哥远游，俺在家怎并未知道呢？"

润堂道："你久未来怎知道？俺知你性如烈火，哪敢告诉你知道？刻下关家一门败落，关大山打死人逃走，真是人不该死，他近又返来了，较前越发凶了。因为本县太爷是他姐夫，使文藻之妹坠落青楼中，居然官居太太了，说来周折得很。"于是三人一面吃酒，一面谈起来。二人细询润堂方明白。

原来关文藻少年气盛，眼看弟妹二人胡闹，屡规劝不听。关大山之妻王氏，乃是某村王姓女儿，十六七岁即不安于室，其父没法，竟一狠心，将女儿活活埋了。大山知道，又悄悄拨救活，二人便算夫妇。大山交结些土混，终日猫气狗气厮闹，暗含着那些混混与王氏均干过一腿子，大山落得抽得肥钱。又搭上一个姐姐，大家打了一锅糨糊，七乱八糟。王氏淫悍，视张氏娘子直如目中钉刺。

这日大山引来一人，生得枯瘦瘦，半伛偻腰身，嘴巴下两撇小黑胡，一双圆眼骨碌碌乱转，一路走，一路四顾，摆得一条耗子尾巴小辫左右乱晃。文藻一看，乃是衙里刑幕尚才，绰号笑脸猿，为人狡诈多智，舞得一手好刀笔，屈心事不知做了多少件。因他心不正，笑里藏刀角色，人都知道，等闲没人敢惹他，都叫他一声尚三先生。文藻早知他作恶，见了他登时恨得牙痒痒的，只因自己弟妹均不务正，自己管束不得，文藻未免说话自己觉得不响亮，暗暗闭了气。

中牟县尊是个捐的官衔，女人浑得凶，斗大字认二升角色，可是爱财好色如命，与尚三先生正是一条腿人物。二人狼狈为奸，翻花样想钱。尚三先生从乡下雇了一仆妇，不过三十来岁，生得白致致，细条身材，八分姿色，不知怎的被三先生勾搭上了。仆妇丈夫觉得自己浑家对自己冷眼相加，提起三先生便眉开眼笑，心下含糊了，暗暗打听明白了，立即去三先生处辞工不干了。

三先生冷笑道："来由你，去由你，俺又不是泥人，由你摆弄？"

女仆的丈夫是地道的农人，没得说，越想越不对。自己老婆如久混下去，说不定更被三先生玩得不亦乐乎，于是告到官里去。三先生口如利刀，本来乡下人见了官班头衙役的，吓得猢狲般说不出话来。

三先生道："雇她通常的事，双方愿意，你说俺奸你老婆，有甚证据？这分明是诬俺，败坏俺名誉。"

乡农人无可说，被太爷敲了一顿，一气死掉。三先生乐得独霸佣仆。一日尚三先生入衙，太尊正歪身靠在椅上吸水烟，见了三先生道："老尚，怪不得多日未来闲坐，一定那人儿服侍舒帖了。"

三先生缩脖一笑道："多得太爷之力。"

太爷道："那么容俺置喙不呢？"

不想次日三先生竟将佣妇送来。太爷一看，倒是有些姿色，当夜佣妇又与太爷翻个上下，如此官场不言可知了。

次日三先生又跑来道："本乡花案，可捞一头子，法兴寺和尚处也能吃一头子。"

县太爷一听银子，当时眉开眼笑。三先生挨太爷耳朵咕嚼一会儿，二人拍手大笑。三先生辞出，一径去寻关大山。大山老婆正坐在炕上，围了一床棉被光着屁股喝羊汤。大山撅着屁股在灶下不知干什么，听得三先生脚步响，吓得一哆嗦，回头一看，却是尚才，登时笑道："三先生来了，俺当谁呢。"

尚才一看大山正在烧鸡子，三先生道："大山这些日不错吧，不然便弄鸡子吃？"

大山笑道："不瞒您说，近日没有捞摸，所以将邻居鸡子烧吃。"

王氏道："贼瘟生，今天将俺裤子当了，买碗羊汤吃，必得候着花胳膊刘四来了，把出几吊钱赎裤子。"

三先生一听，不由好笑。

第二回

色迷人大盗遭刑戮
财乱性捕头走险途

且说三先生听了关大山两口之言，不由好笑，于是拉了大山道："你不是没得油水吗？今天有一点儿美差，哥哥特来找你。"于是一说。原来唆使大山去法兴寺告和尚宿娼。

大山道："这硬栽木橛勾当，有把握吗？不然招太爷怒了，白赏俺一顿大板，俺怎当得？"

尚先生道："不打紧，太爷是咱一腿子人。"

大山依计，次日果然告到官中。三先生又跑到法兴寺。原来法兴寺和尚了清手中颇阔绰，本来是个酒肉和尚，又不时向某寡妇处溜脚。有次尚才来寺闲谈，和尚不知怎的得罪了尚才，尚才心恨了清，决心敲一竹杠。尚才到了法兴寺，了清接入，尚才道："了不得了，咱们素常不错，有事俺先通知你知道，便是著名土豪关大山，在县中诉你嫖娼。"

和尚慌了道："这岂不冤杀人，这可怎好？"

尚才道："不打紧，俺有一法，大老爷审问时，你只如此如此。"和尚受计，自以为妥当不过，于是悄悄塞与尚才三十两银子。

尚才道："哟，咱哥们儿还说上这个了，快收起来。"嘴虽说着，已接银塞入腰包便走。一面道："和尚依俺说法没错，有甚事俺先知道，再通知你。"说着去了。

次日衙役传去和尚，与大山对词。太爷惊堂木一拍，指和尚道："好和尚，竟敢偷盗庙产，吃酒嫖娼！"

和尚道："老爷明鉴，和尚怎敢？乃是关大山诬诉。"

大山道："了清和尚不但宿娼，还上某寡妇处溜脚呢。"

和尚道："什么？俺不但宿娼，便连你家都去过。可有一样，你拿不出实据来。"

大山立刻叩头道："老爷，和尚时上俺家溜脚，小人为了脸面上不肯说，这和尚自招了，求大老爷做主。"

县太爷立刻拍案道："好和尚还有你说？与我拉下重打五十板。"

和尚还想分说，已被拉下了，一顿大板打得怪叫。太爷道："先罚银五百两，然后加刑。"和尚好不倒霉，再诉说，老爷退堂去了，和尚被人架出。

三先生来了道："和尚，谁要你那么说，自己招认上关大山家中去过。"

和尚道："三先生，可害了和尚了，这不是你教与我如此说法吗？"

三先生故意拍膝道："你瞧，多么糊涂，那是俺给些比方的话，这是从哪儿说起？这没别的，你只好先交五百两银子，俺与你在太爷面前疏通疏通。"和尚无法，稳当当交了五百白花花银子。

次日三先生来了笑道："恭喜恭喜。"

和尚道："一定县太爷开恩了。"

尚才道："谁说不是呢，县太爷说，只要原告人不究，县中绝没岔子了。方才俺顺便寻寻大山，他说与和尚干上了，左不俺穷勾当怕什么。"

和尚道："哟，糟了，关大山老与我过不去怎好？县太爷虽赦过，这不容不究的。"

尚才道："和尚说得是，俺就是为这事没办法，于俺看关大山穷不起了，只须把与他点儿银子，由咱老面子压压，还许压得住。"

和尚道："关大山为人刁狡，三先生可有把握呀？"

尚才道："你瞧，连俺信不着了。得了，你不愿俺也不强迫，这不过是面子上过不去罢了。"说着甩袖便走。

和尚慌忙一把抄住道："三先生您怎的了？您说多少银子？"

尚才道："至少还不得这数吗？"说着一竖五指。

和尚咋舌道："唉，这些银子还了得吗？"

尚才道："和尚你不愿就算了，这数还是俺大胆说的，关大山那小子还不一定认可。"

和尚听了，鬼鬼祟祟拿出五十两银子，交与尚才道："左不此数了，无论怎着三先生替俺帮忙呀。"

尚才接了银子，龇牙一笑道："没错，俺不替你帮忙谁关照你呢？"说着去了，从此一去未回头。

和尚不放心去寻尚才，尚才道："哟，俺忙得脚打后脑勺，东也找我，西也寻我，将此事倒忘了，便是五十两银子，关大山不认可，吃俺叱喝了一顿，俺悄悄垫了十两银子方了事。"

和尚道："哟，这怎说呢？为俺事几乎跑得腿直，还要给垫银子。"说着掏了一会儿，交与尚才十两银子道："这只好补尚三先生垫钱了。"告辞而去。

笑脸狼尚才不多不少，落了三百余两白银，关大山落了三十两，县太爷落了三百五十两。只苦了了清和尚还在梦中。究竟纸包不住火，天长日久泄露了。因为关大山吃出甜头儿，不时寻笑脸狼，干伤天理勾当。大山与老婆王氏高兴一说，王氏一点点泄露，和尚知道了，原来满是坏蛋尚才的把戏，做得好瘟生。

这事被关文藻、訾润堂知道了，暗恨牙痒痒的。文藻道："尚才等为恶尚可，可恨县尊竟勾结一党，成什么事体了。"

一日文藻闲游，到了衙外，正逢大老爷坐堂，许多民众看审，文藻挤入一看，原来是一堂花案，小媳妇生得伶俐俐，总是带着微笑，粉色香腮现出两个酒窝，十分风骚。浑蛋太爷双目直勾勾瞅了不肯转睛，一会儿口内吸溜着道"不错"，一会儿摇头晃脑，手中朱笔乱画圈儿，做出一番丑态，竟忘了自己坐在这里干什么来了。心中想如这小娘把来挨挨蹭蹭，决解色劲儿。

太尊正丑态毕露，咋舌咂嘴，突然啪噼噼一记耳光，扇得好不清脆。太爷猛然吓了一跳，叫道："哟，了不得，什么人竟敢扇我老爷？捉捉捉！"

满堂大哗，人报方才关秀才甩袖去了。太爷道："快拿过来，这大耳光一定是他发的了。"

尚才忙悄悄道："不要声张了，关秀才是城内著名强侠，武功了得，不必招惹的好。"太爷果然不敢言语了，匆匆退堂。暗恨在心，屡想陷害，又不得手。

这日润堂正因文藻久未来念诵，忽然文藻妻子张氏娘子来了，润堂一看，张氏双目含着泪道："大哥可怎好？文藻病数日了。"

润堂道："怎病的呢？"

张氏道："据文藻自己说暗含着坐的病，因为家中弟妹行动，大哥还不知道吗？"

润堂道："他也太死心眼子，俺为了这个未少劝说，人不可规劝便罢，何必认真。"

张氏道："谁说不是，文藻之病已非一日坐成的，我看此次病发，恐怕不容易治好。他说想大哥，请大哥辛苦一趟。"

润堂带了点儿银子，随张氏到了文藻处，文藻正仰面躺在床上，呻吟不止。润堂一看，文藻面色苍白，双目尖锐锐。润堂道："兄弟数日不见，怎便瘦得这样？"

文藻一见润堂，两泪交流，拍着床请润堂坐下："不瞒大哥说，兄弟病不易好了。"又道，"因为俺环境所迫，使我闷气成病，此后俺无可念的，只弟妇正在青春，求大哥多关照吧。俺把弟兄四人，仇高二弟一面未会，俺倒很想念。只大哥在此，俺便放心了。"

正说着，一阵猫声狗气乱叫。文藻皱眉道："大哥听此可知。"原来关大山正与一群无赖，偷得两只看家狗煮吃。

润堂道："不必顾此了，俺带来十两银子，留下用吧，俟后有甚花用，只管说。"

文藻收下，润堂辞出道："明天俺自来看你。"

文藻看润堂去了，命张氏唤来关大山。大山来了，文藻见他叹道："大山，你七尺大汉，俺屡劝你疏远尚才、王大胆等人，因此辈均心不正。如今俺病至此，也管不了多少，望你俟俺死后，重整门户，杂人免连，俺便瞑目了。"

大山道："哥哥您不必说了，兄弟觉得是混饭吃，六亲不认吃谁喝谁？可恨咱老子只留下这破窝窝儿，岂不苦了咱。如有千顷良田，哥哥你也病不了，兄弟我也免得自己奔吃奔喝。"说着回头去了。

文藻叹道："人不学好，只好由他去吧。"

一会儿大山又转来，手中一条狗腿，往文藻口中便塞，一面道："哥子你尝尝这物儿，喷鼻香。"文藻摆头昏迷过去，大山笑嘻嘻自去。

次日文藻似醒不醒，见自己妹妹来了，刚说得一声"哥哥好点儿没有"，文藻闭目道："父母做甚屈心事，子女如此败坏家风，有甚面目再见我？"竟自一气而逝。张氏大哭，束手无策，大山竟扬长去。润堂赶到了，哭了一阵，分头差人备置后事，将文藻装殓，择日开吊，窀穸了，均得润堂一人之力。

张氏自文藻死后，因为处在这万恶情形下，张氏脚步越放得严了，等闲不出门，每日由润堂送银送米。一日润堂外出，归来已黄昏时候，见四人抬了一乘小轿嬉笑走来，一个笑道："白绅说了，咱事办好了，每人二两白银。"

一人道："哼，未免太损，瞧瞧关大寡妇多么安娴，自关秀才死后，大门不出，二门不迈，这可以说闭门家中坐，祸自天上来，只今晚上，乘小轿抬将去……"

先说话那人道："关大山方才提了酒肉过去，那小子得了卖嫂子二百两银子，又吃又喝。"说着已去。

润堂一听心中纳闷：轿夫谈的分明是关文藻家的事，难道关大山卖嫂不成？这还有世界吗？润堂放心不下，直赶上小轿，跟在后面。四个轿夫喘息息谈说，一个道："他家两个媳妇子，哪个是关秀才家里的？"

一个道："你不晓得，听说去了只按穿衣服的抢没错，因为关大寡妇新丧丈夫，必穿素衣。"轿夫说着抬轿入正街，白绅门外放下轿，竟入门去了。

润堂惊得目瞪口呆，想了想，将文藻妻子张氏匿起来，又恐来不及，或露了马脚，不得不避李下瓜田之嫌，文藻新丧，自己不能不照顾，踌躇没有办法。直在正街绕了一大圈，忽然得一计，径奔关家后门。后门是一柴扉，正半掩着。润堂悄悄进去，内中静悄悄，张氏正在洗衣，见了润堂方想说话，润堂连忙摇手，又往前指了指，张氏不敢说了。

润堂悄悄道："大山在吗？"

张氏道："方才他与白绅自前院来，从此门出去了。王氏去刘婆

43

子处赌钱。"

润堂道："乘他等不在家，俺告诉你，大山与白绅定计，将你卖与白绅了，得银二百两，今夜便抢娶人，你要小心。"

张氏一听，不由流泪道："大哥救我吧，我一个女人处此险境，可叫我怎好呢？"

润堂道："不打紧，他等之计俺已探得，以荤素为别，你今晚务必更上鲜艳之服装，便没错的。事不可疏，便依计而行是了。"说罢匆匆而去。

张氏衣也洗不下去了，走了润堂，自己觉得孤零零一点儿依靠都没有了，只落得流泪，自己处在四面虎狼之下，真是左右为难。唉，只好听天由命，如大哥之计。好便好，不然俺便自戕也好。打算定了，悄悄寻了一会儿，寻出鲜艳衣服，乃是自己新娘子时代衣服，花绿照目。张氏悄悄藏了。黄昏时候，王氏夫妇返来，大山沽酒市肉，请张氏来吃，张氏故不露形色。酒过三巡，大山道："今天是嫂嫂送别酒。"

张氏故道："这是何说？"

大山道："不必问了，定有知道时候，此后善恶由个人命了。"

张氏故意道："兄弟你不要远出，这个岁月家中没男人行吗？"

大山含糊不言。一会儿，饭罢了，王氏又陪张氏闲谈，这是王氏从来未有过的。张氏一看，王氏一身新花衣，便猜透润堂之言不虚，心中着急，生恐王氏久坐，自己连衣服没法换更可怎好？王氏东家下猫，西家养汉，胡扯了一会儿，张氏连连伸腰哈欠道："今天洗了一绳子衣裳，累得我通身似抽了筋一般。"

王氏笑道："那么咱休息吧，咱明天各食各家饭了，所以俺总舍不得你。"

张氏故笑道："又开甚玩笑？家中除了俺之外，便是你两口还是合着过的好，快别说这个。"王氏哼了两哼自去。

张氏赶忙闭了门，灯下坐了一会儿，听得二更将尽，张氏悄悄换上鲜艳衣裳，将灯吹灭了，合目而卧，以听动静。一会儿王氏复出，听了听又回去。不一会儿王氏又踅出来，张氏偷偷隔窗一看，王氏正望了天空。背后大山挤眉弄眼道："未到时候呢。"

突然门外嘁嘁嘁，一阵大擂，王氏大山连忙入屋，故作未闻。张氏方想秉烛去开门，只闻有人道："喂，老关，王福来找你掷老羊玩，去不哇？喂，快一点儿。"

大山一听是混混牌友王大胆，飞步跑出道："去你妈的，俺没说吗？今夜俺有事，你们只管啰唆，不去。"

王大胆似乎不服气道："爱去不去，干吗道高声大嗓？什么事猴在家中，等拿六条腿不成？"谩骂而去。

大山又赶入屋。过了一会儿，张氏隔窗一望，大山已熄了灯。只闻一阵喧声，张氏心中乱跳，接着大门擂鼓一般大敲，张氏知道不好，赶忙点上油灯出去开门。灯光之下一身红绿新装，好不照眼。开了门，呼一声拥入十余健汉，望望张氏道："不对，不对。"

张氏道："后面呢。"

健汉如飞抢入，灯笼火把，从大山屋中揪出王氏，拥入小轿中，四个轿夫抬了飞跑。大山大叫"错了，那不是呀"，人哪管他。大山牛性发作，大叫"这不是诚心搅吗？真拿咱老关的大头"。说着飞步便赶，小轿已出巷去了。

大山连喊带叫，十余大汉怒道："什么，你银子花了，不交人成吗？小子睁眼看看，白绅是什么角色？"

大山撞过便打，十余健汉与大山打将起来。大山武功虽了得，苦了手没家伙，健汉一色的木棒，三棍两棍被人打翻，一顿臭打，打得大山满地翻滚怪叫，鼻青脸肿爬回。望望嫂嫂仍更素服，一口

45

气没处发泄，认为白绅成心捣乱。次日清晨便去寻白绅，无奈白绅只认定王氏便是了，二人登时说岔了。白绅花了点儿银子，将大山硬弄到官里去，尝尝铁窗风味。大山这口气可就大咧，还是尚才关照大山，与县太爷通融了，提前将大山释放。大山气不出，回想自己卖嫂未成，丢了浑家，好不恨恨。

一日白绅赴夜筵返回，撞见大山，大山望了白绅，怒冲脑门，迎上去当头一拳，打倒白绅，脚踢拳打，白绅竟自呜呼哀哉。大山行凶后，赤手空拳逃之夭夭。

且说张氏受了润堂之计，竟自成功。次日润堂悄悄来了，把了张氏白银百两，令她悄离中牟，娘家过活去了。关家只余下文藻之妹。润堂令妻子接来收养，不想不上三天，竟自失踪。原来文藻之妹风骚好淫，润堂没法，只好出她自去。

訾润堂叙说之下，两泪直滚，又道："俺可惜文藻一生，并非为他，你瞧刻下关大山又混在中牟了。文藻之妹，也非当年气概。"

仇春瀑道："怎又返回来呢？打死白绅没人追究吗？"

润堂道："现在官场还提得？便是关大山打死白绅脱逃，流入绿林，坐得靠山王生活，那一带百姓很受些揉搓。"

为什么一个杀人不眨眼大盗又混到中牟呢？原来关大山是中牟新令丁星垣妻弟，当年丁星垣是个跳墙挂不住耳朵角色，每日在烟花柳巷混混，便结识下妖妓，花名春红，虽是中姿，床上功夫很不错，便将丁星垣灵魂吸住了。春红福至心灵，便一眼看透丁星垣将来一定有些发迹，于是破着自己积蓄，与星垣捐个秀才顶儿。丁星垣十分感念，埋头苦干两个年头，逢秋连捷居然得了个候补令希望。丁星垣这时穷得一身挂不住衣裳，多亏春红拉帮。后来丁星垣真个放了中牟县令。若论丁星垣真是一步登天了，还算有些良心，拍心问问，自己前程是谁给的呢？虽说人均有命，当年若不是春红，怕

46

不已喂了野狗吗？想着先将春红接出，便算夫妇。丁星垣一生不疴人屎，只这一点暗中积下点儿阴德。

当丁星垣去接春红，几乎酿出一场凶杀。因为春红那儿素日有一热客，名刘三黑。他身高七尺，膀大腰圆，面孔紫黑，一双死猪眼，疙瘩眉，赤溜溜血色糟鼻，一张鲇鱼口，短脖堆腮，满脸布满钱大油亮豹皮麻子，两嘴巴刷短须。说起话来瓮声瓮气，为人粗暴，动不动便讲刀头上交朋友。当三黑结识春红，大把白银子流水般滚来，春红也不知他究竟是干什么的，只刘三黑昼伏夜出，还有时一连十多日不出，不时便有野蛮汉子来找，满口侉声野气，令人听不懂。

春红日久生疑，便设法探询三黑来路。有一次春红晚妆初罢，半掩衣襟，露出一双鼓蓬蓬玉乳。三黑一脚跨入，一看春红春色毕露，不由扑上起腻。春红一搡三黑道："瞧你便如那喂不饱的馋狗。"

三黑不容分说，一把按牢春红，二人哧哧乱笑。三黑早已高居上峰。春红笑道："瞧你这丑八怪似的，俺贪你哪一点？"

三黑喘吁吁道："俺不是吹大气，除了皇上老爷子比俺大，还没咱自在呢。你瞧俺到处祖宗，也是一呼百应，南面王勾当。"

春红一撇小嘴道："说得好不冠冕，便那富绅千顷房子万顷地，难道也不如你不成？"

三黑笑道："你哪里晓得，现在坐第一把交椅好汉，你说是哪个？便是咱了。"

春红一听，登时吓得浑身无力。原来刘三黑乃当时著名大盗，绰号火判官。因他凶恶无比，每逢劫掠之余，必一把烧得精光方算了事，因此得了火判官之号。当时春红吓得说不出话来，刘三黑直闹得力尽筋乏，方死狗般委在床头。春红一想身边躺着一个魔王，偷偷一瞅三黑，越发狰狞得可怕。

三黑道："好人休怕，早晚咱接你出去，稳当当一位压寨夫人，千万不可说破俺行踪，不然俺部下弟兄怎饶得你。"春红不敢言语，越想越怕。

三黑一连多日未离开春红处，这日春红方将入寝，换好衣服，突然嘣嘣嘣门外一阵乱捶，刘三黑大惊，一个鲤鱼打挺式跳起，就壁上摘下单刀，早听得门外敲得一片山响，扑通通破门撞入二人。

三黑道："了不得，一定走了风声。"方想挑帘撞出，只闻有人谩骂，三黑一听，声音厮熟，知是自己弟兄到了。一个生得身躯高大，黑黪黪面孔，满脸大麻子，名关大山。那一个生得粗而且矮，一嘴巴短胡，琉璃眼，扁鼻子，地方鬼一般，名侯生。二人大叫道："老大在吗？"

刘三黑忙道："咦？你们干吗来了？"

二人气吼吼叫道："你只管钻入婆子海中，忘掉帮众什么道理？"说着一齐闯入。四只怪睛四下一扫，好不凶实。吓得春红带哭。三黑忙摇手道："兄弟慢吵，刻下咱身在什么所在呢？须避些耳目。"

关大山叫道："老大你知道避耳目，还一总不离龟窝。俺告诉你吧，刻下咱弟兄与官兵已见了两阵，官兵武官马上使了一把门扇子般大砍刀，一下便是十来个弟兄滚了刀头，咱两战皆败，老大你说怎办吧，不然大家散伙。"

三黑道："莫慌，咱从长计较。"

侯生道："计较什么？你便说说分晓是正经，俺们不容易混至此。"

关大山一眼望见春红，早跑过去一拍笊篱般大手，就香腮上摸来摸去，吓得春红哟了一声，往后便缩。

大山怪笑道："真个写意，怪不得老大不肯便去，没别的，咱也得替替班儿了。"说着揽过春红，香了一口，笑道，"喂，老大没别的，这人儿只好让俺玩玩。"

话未说完，侯生气吼吼一搡大山道："你瞧，放着正事不交对，只管在婊子身上着眼，等一会儿咱掏破她那话儿，免得你争我夺。"

大山正在高兴，登时吃侯生一抢白，怎肯服气，当时一翻白蛤眼道："咱未弄你老婆呀。便是老大还未敢呲毛，你便敢拦三挡四，吃得好飞醋。这次又要威风咧，上次与官兵接战，不着俺一箭救你小命，说不定这时你脑袋已朝了后脊骨。喂，小子，马蹄下爬出来的，快收起你那威风。"

侯生大怒，拍胸道："咦，老关咱是好话呀，你瞧不着俺不打紧，咱便打一场子。"

关大山一听，猛然一推，春红登时仰面翻倒。两只金莲飞舞之下，大山已一个箭步抢过。侯生双拳一捻，二人登时噼啪啪打了个不亦乐乎。春红小小香巢，愣做了临时战场。春红眼看着二人水牛般健汉滚作一团，房中什物齐飞，早吓得嗷了一声昏去。关侯二人吼叫如雷，打得起劲，被三黑极力叱住，二人兀自乱跳叫骂。

三黑道："你二人先返去，俺不出五日一定回帮中，料理一切。"

侯生红着眼道："好好，五日后你不回去不打紧，瞧咱老侯的把戏，如饶过婊子便算差了种儿。"说着二人愤愤趔去。

三黑唤醒春红，已花容惨淡。三黑道："不要怕，方才那二人是咱部下得力悍目，高的名关大山，矮的名侯生，因刻下正与官兵打仗，寻俺去料理一切，不日俺便去。俟扫清官兵俺再来。"

春红流泪道："你不必来了，俺吃不起吓。这班生杀野汉，你真也交做朋友？"

三黑道："俺们弟兄均是如此，说实了便是背着脑袋干的勾当。"

春红哪敢说什么闲话，勉强过了一夜。次日三黑去市酒肉，春红勉强挣起收拾一切。忽然进来一青衣大帽仆人模样人，春红一怔。

仆人道："丁大老爷来了。"

春红一听连忙跑出，只见丁星垣衣帽鲜明，坐了一乘小轿，春红忙拜倒。丁星垣叙说自己升官，一切多得春红扶持，感恩特来相接，一同赴任。春红喜得屁股都要笑，忽然想起刘三黑还在这里，倘如撞见丁星垣，那火燎性子还了得吗？于是低低一说刘三黑之事。

丁星垣惊道："这还了得？"

春红道："左不过三五日即去了，侯他滚开，咱说上路不迟。"

丁星垣一股酸劲如何按得下，看看春红还得去陪强盗，不由鼻孔里哼了一声道："不二日俺便上任，哪里成？哈哈，有了。"说着匆匆而去，悄悄与地方官投刺会见，只说自己赴任，跟下大盗火判官落在娼窑中了。官中正缉拿这魔头未着，登时大悦，悄悄知会捕头布置一切，趁夜深人静，将春红香巢包围了，捕头选了几个眼明手快公人越垣而入，撬开门，火判官正睡得张手舞脚，被公人拉开铁锁捆牢，火判官梦中惊醒了，手足被捆得反倒脊骨上，乱挣当儿，只在床上乱滚，直摔落床下。公人早捏唇一声呼哨，捕快火杂抢入，活捉火判官。春红也脱逃不了，一同光溜溜捆入捕房。次日地方官审问一回，将春红放回，丁星垣方告知春红，捉火判官都是自己之力。火判官遭擒，地方官生恐押着这个魔头滋事，隔一日一刀砍掉头，血淋淋巴斗大脑袋高高飞挂上城头，好不吓人。

却说关大山、侯生二人去后，因为官兵围得紧，二人狠命应战。这日关大山部下掠来一个小娘，却是自侯生部下劫得，因此二人暗暗根愤，伏下杀机。侯生正想寻大山理论，突有人报告官兵分三路而来，大王快做准备。关、侯二人不顾自家咬死架，先调兵马把住要隘。关大山又差二精细探子去探听火判官消息，催促快来。不想二卒返来说，大头领已被砍了头，并探得丁星垣为争春红之谋。

关大山又气又怒，知道丁星垣将赴中牟，预备中途劫杀。好在刻下正战事紧急，关大山也没工夫细寻思，于是差人告知侯生火判官被杀消息。二人又合兵计较，悄悄拉出一彪兵马，抄在官兵后阵，兜杀上来，官兵只于前阵着眼，进兵迎着贼兵大杀一阵，不想自家兵马自后潮水般拥来，喊杀如雷，前面官兵制止不住，吼一声反身相交自家兵士，单刀阔斧登时杀得人头弹丸般飞滚。前阵冲得五落失散，贼兵自后掩杀，官兵武官马上大刀奋呼力战，突然震天般地崩溃下来。早有一部贼兵突入，当头悍贼关大山马上开山大斧劈剁得血肉横飞。武官接战之下，官兵也望风溃散逃走。武官见势不好，挟马想逃，突然雷也似一声大叫，武官四顾之下，侯生马上冲来，手中大砍刀一下劈死武官。侯、关挥兵直进，直杀到夜晚方收兵。

这一战官兵死逃尽光，关、侯二人大喜，重整起兵马来，大家聚在聚义厅上，依次坐下，只空着第一把交椅。部下悍目道："大头子已死，山中必须有人来统治，蛇无头不行，先推选大头领为要。"关、侯二人听了，互相瞧了一眼，彼此均有试试交椅之意。诸目也不敢妄言。

关大山忍不住道："无功的无能为的，坐不得虎皮交椅。"

侯生道："是呀，俺刀劈官兵武官，因此击溃官兵，可以说是功高。"

大山道："什么武官？已被俺杀败逃走，正你赶到，稳当当地将他劈死，怎么便算你的功劳呢？"

侯生一翻那双凶恶眼睛道："这又奇怪哩，左右杀那武官的是俺呀，你无论怎着也未刀劈敌人。"

关大山大怒跳起来道："那不打紧，咱便马上比试一下，胜者便坐虎椅。"

侯生大怒道："好好，哪个畏缩便入他娘了。"

关大山面如血色，不容分说迎侯生面上便是一拳捣过，二人登时连骂带叫，滚打作一团。侯生力大，二人斗了一会儿将关大山从室内掷出院中，翻了两个跟头。关大山哇呀呀一阵怪叫，跳起来便走。

侯生大笑道："兄弟们见没？"说着四顾嗖一声拔出单刀，迎风一晃道："哪个不服趁早试一下。"诸目哪敢呲毛，以为大山已去，便奉侯生为大王。不想侯生方被捉弄上虎皮椅，突然雷一般一声怪吼，大家一怔，早见雪亮刀光一闪，抢入一人，正是关大山，手中一柄金背刀，凶神似直抢过来。

侯生见了知道事坏，猛然一蹬，虎皮交椅整个跌出丈把远近，大山将刀一挥，自己部下几个悍目挺器杀入。大山便去奔侯生，侯生正因跌倒，抢来一个大山一党悍目，手中短斧当头便劈。侯生就地一滚闪开了，一个鲤鱼打挺跳起，随手抄起座椅，迎那悍目当头一下，那悍目连忙去迎那椅。侯生趁势一伏身，一腿扫过，那悍目一跳未及，登时仰面栽倒，被侯生一脚踩在肚上，夺了短斧。关大山单刀杀到了，侯生大叫"手下败将，快来送死"。说着二人刀斧杀作一团，十余回合不分上下。双方部下也便杀在一起，一座聚义厅登时血溅满地，人头乱滚。

大山性起，趁侯生一斧劈空，赶进一步，一个长虹绕顶式，白茫茫刀光平削过。侯生一伏身闪过，单斧一翻，一个毒龙出水式，猛然突过一斧。大山赶忙一偏身，让过了来斧。侯生不等大山还刀，单臂一翻，明晃晃斧光一闪，拦腰削去。大山见势忙将刀一带，迎侯生面门一个虚刺法，只刀光虚闪。侯生忙擎斧来挡当儿，大山早已抽回刀，便是一个连环急刺法，唰唰唰，一连五六刀突过。只见那刀光乱闪，分三路直取要害。侯生手中短斧沉重，单臂着力只一搅，叮当声磕开来刀。二人一齐怪叫冲过，一来一往又是十余回合。

这时双方悍目死拼，关大山部下弟兄少，又以大山素日横暴不得人心，部下不肯出力，一点点逃走了，有的倒戈攻大山，大山只余下几个心腹弟兄咬牙狠斗。大山见部下竟多不战而走，越怒，与侯生大战不分胜负，突然侯生一斧劈下，大山平迈进一步，伏身将刀一带，平扫过去。侯生飞身跳起，落在大山身后，回身双手抡斧，一个金刀劈风式。大山不及回身，只反臂一刀，锵然一声，关、侯二人刀斧磕碰在一起，激出一溜火光。二人一齐吓了一跳，赶忙一分，重又卷回。二人都杀直了眼睛，谁还要命？又战了十多个回合，不见胜负。这时双方悍目杀得人头满地，滴溜溜乱滚。关大山部下已被杀死大半，其余见势不佳，谁肯抛去一颗头，呼哨一声逃得精光。

大山正慌了手脚，虚晃一刀想走，突然一悍目杀得逆发四飞，手中一颗血淋淋首级，怪叫赶到，吼一声脱手一颗肥头啪唧一声，正打在大山背上，气力十足。大山方取势想蹿出院中逃走，这一来趔趔趄趄一径栽出厅去，抢得鼻头血淋淋。跳起来当儿，侯生与诸目火杂杂杀到，大山不敢再战，回头便走。一面喝道："老侯，咱改日再见哪！"说着飞步逃去。这里众贼拥侯生坐了虎皮交椅，重整部众。

且说那丁星垣自独得春红乐不可支，一连过了二三日不肯便去，春红催了三五次。丁星垣道："左不距接任期远得很，何必忙？"又过了五六日，方想起行，听说山贼侯生、关大山二个魔头咬起窝子架来，各不相下，已见了数阵。

原来关大山战败逃下山去，懊丧愤恨，哪敢再去拼命？正在徘徊山林，突见一阵口哨声，接着啪啪乱炮之声，大山以为是侯生统众搜到，又气又怕。忽然林中转过一部人马，却是自己部下大悍目王宾、洛宝、纪均等人，统了好些小喽啰。

关大山见了不由唏嘘道："得咧，咱栽到家咧，竟被侯生除下山

53

寨，惹绿林笑咱，还怎活得？"

纪均道："原来关大哥仍是活跳跳的呢。"

关大山一说自己不敌逃去之事，诸目愤然道："俺们探得关大哥遇害，所以调动弟兄去报仇。"

关大山精神一振道："好好，咱这朋友算交着了，兄弟们有胆量，敢随俺去夺山寨，切掉侯生吗？"

诸目拍胸道："关大哥说什么来，咱若舍不得头颅还这里来吗？哈哈，就是切掉个把脑袋，二十年后咱还是这般大。"

关大山大喜，先寻了一小小村庄统兵冲入。活该一村百姓倒霉，正在睡得死去一般，被山贼一刀一个切个痛快。关大山杀了好些百姓，方少泄胸中之恨。俊俏女娘儿都被他奸淫。关大山命搜刮钱帛粮米，就小村扎下兵马。过了二日，自己调动大兵，寻问侯生。

侯生正新坐得大王，乐得每日酒肉搂小娘，真是一呼百诺。侯生暗道："怪不得都来争夺这劳什子，俺侯生杀人放火二十余年，只知做个强盗，哇呀呀一叫，吓得老百姓跌滚，却未尝着山大王的滋味。"

正在胡思乱想，乐得咧开胡子口，突然小喽啰飞步报道："刻下有一股官兵围杀将来，大王快做准备。"

侯生不但不惊，反哈哈笑道："一定是与那武官报仇来了，咱老侯一斧劈杀武官，谁敢敌咱？"说着挥手，报卒去。自己也不通知部下头目，只统了自己一些喽啰，火杂杂飞抢出了山寨。侯生一面心想道：自己力退官兵，显得自家威风。

兵到山下，侯生马上一柄开山大斧，左右一挥，部下兵士唰啦啦列开阵式，左右射住阵角。侯生带了两个悍目，击鼓飞出阵去，抬头一看，见对面哪有什么官兵，却是一队神头鬼脸的小贼，正一字长蛇般拉开阵式，当头一员大将，马上横刀。不是别人，正是那

54

关大山。

大山怒目横睛，马上用刀一指骂道："你这无头鬼，竟敢妄自尊大。"

侯生见是大山，登时扑哧一笑道："老关，有头无头的这会儿自然晓得，俺当什么官兵，早知是你，发咱部下小头目料理就是，还用劳咱大驾吗？"说着一声冷笑，很透着藐视。

大山大怒，哈的一声挥刀杀过。侯生马上大斧迎面接战，二人就山下拔刀搅作一团。二马腾挪生风，二人战了三十余合，不分上下。侯生趁大山一刀削过来，马上一闪身避过。大山刀势未收，侯生早飞马跳起，随手一带大斧，拦大山腰旋去。大山挟马一纵，刚刚闪过斧锋，侯生因用力过猛，竟马上一歪身。大山双手挺刀突过，侯生闪之不及，掉斧当一声拨开。大山掉转马头，长刀一翻，一个长虹奔月式，抡圆大刀，自马蹄下兜上。侯生住马，双手挺斧往刀来势着力一搅，大山之斫刀，不想侯生之斧早一个怪蟒盘崖兜过。大山没法，只好兜马便走。侯生以为大山战败，怪叫一声拍马便赶。大山直冲入自己阵中，侯生望得分明，大叫："老关逃向龟窝，俺也不放你的！"说着反身大斧一指，部下两个头目统兵冲过，大山也将刀一招，部下随了便跑。侯生见关大山与兵士飞跑，如何肯舍？死命追下，直闹得数里逃尘漫飞。

转过一带深林，关大山早在前面布开阵式，侯生一看却是双峡竖立，一峰烛天三岔口。侯生见大山又有再战之势，正想挥兵冲杀，突然一棒锣声，侯生方才一怔，连忙止住军锋，拉开双股燕尾式阵。早见自左边山口飞出一彪人马，马上大头子却是洛宝。侯生不由心下含糊起来，因为素日洛宝、王宾、纪均与关大山是一党。当时侯生一怔之下，早见洛宝纵马过来，站在二阵之间，马上一双索钢鞭，锋芒如雪，一双蟒般挂在鞍鞒上，好不怕人。

侯生叫道："洛兄你来干吗来了？"

洛宝道："与你二家讲和。"

侯生道："关大山连败咱手，正要追切他狗头，看洛兄面上饶他了去都可以，只是洛兄须担起保证来，不然他再来胡搅可不成功。"

洛宝马上笑道："自大王死后，侯兄你不该强夺虎皮椅，这也莫怪关大哥讨罪，便是俺气儿也有些不顺。"侯生觉话头不对。洛宝接说道："俺们为你们争那交椅，一发开下山来，侯兄你应怎处理呢？"

侯生道："俺只捉得关大山，余人均是好弟兄，素日无仇无恨，干吗寻这疵儿？"

洛宝马上哈哈一笑道："你既知寻疵儿还装什么？呔！预备好了没有？"

侯生猛然一听，马上吓了一跳。洛宝马上笑道："关大哥还不动手！"关大山吼一声，飞马挺刀直取侯生，侯生几乎气得撞下马来，哇哇乱叫，挥斧截住大山。洛宝一双索鞭哗啦啦一阵响亮，凭空飞起两条黑蛇，赶上夹攻。侯生怒极挥斧如风，力敌二人。侯生带来之两个悍目，见大王被围，马上挺起一双丈八长矛，着地一抖，突突突截住洛宝。大山与侯生杀了个平手，洛宝双鞭敌住二悍目，吼吼如雷。二目突然一分左右突过两条长矛银锋，电也似的刺到。洛宝挟马一旋，抖开双鞭，一个疾风扫叶式，叮当当登时激开长矛，挟马一跳，纵出丈余，掉马再战当儿，早闻一阵锣声，右山口飞奔过一彪人马，却是王宾，马上板斧火燎鬼似的怪叫冲来。那二悍目正挟马欲逐洛宝，忽然王宾直到，不容分说，嗖嗖嗖，双斧齐下，二目只好分兵接战。

且说洛宝接住一悍目，二人鞭矛杀作一团。洛宝趁悍目一矛刺来，偏身让过，不等悍目掣矛，左手索鞭飞起，直盖将去。那悍目好不伶俐，长矛一翻，拨开来鞭，抖矛便是一个风扫梨花，那矛锋

56

雨点般泄下，单取上中下三路，吓得洛宝挥起双鞭，一个乌云遮日式，噼啪啪格开来矛，双鞭一敛，鞭锋入手，趁悍目掉矛再刺当儿，早兜马一跳，回头挟马便跑。悍目大叫拍马便赶，洛宝跑一程，回头望望，故意放缓马势，听得后面悍目赶到，猛然一掣马头，坐马突然驻足。后面悍目正放开了马猛然止不住坐下马，登时冲到洛宝坐骑后。洛宝就悍目来势，猛然一撒双鞭，便是一个双龙出水，只见明晃晃鞭头霍地突过。悍目怆然之下，哪里闪得及，扑哧哧双锋直透当胸，扎手舞脚死于马下。洛宝跳下马割了首级，上马返回。这时王宾已与那一悍目绕场追逐，不分上下。洛宝便去助关大山。

且说王宾与那悍目杀红了眼睛，不分上下，进退离合，又斗了二十余合。王宾见久不占上风，心中着急，于是想了一计，故意作一斧劈空，往前一探身。那目飞起一矛几乎挑着王宾，王宾不敢回头，夹马一蹿便走。那目赶去，自后嗖的一矛，直奔王宾后心。王宾正提防着这一手，马上一偏身，矛头自胁突过，王宾赶忙单臂一挟，挟着来矛，丢了一只板斧，只用右手板斧反身便劈，那目见势一面双手拽矛，一面闪过来斧。王宾见那目双手几乎夺走矛，于是双斧均投下，也双手来夺矛。二人马上用力，二马也随着旋了一圈，二人一阵推拉，一齐滚落马上，仍不肯放手，只闻咔嚓一声，一条矛折两截，每人用半截矛乱打乱扎。王宾索性避开悍目，往前面一扑，二人登时一齐投了手中兵器，撕扭作一团。扑通一声，一齐滚倒大打。

且说侯生不过趁着怒气勇力百倍，不想一点点汗流气喘，怎敌得关洛二人？于是且战且走。洛宝双鞭一抬，兵士一齐作半圆式兜过，侯生也挥兵截住。无奈双方兵士研了几个照面，侯生已被关洛赶出阵去。侯生之兵一见主将先逃，呼一声四散。侯生大败，拍马飞走。正奔当儿，忽然部下兵士又返突回来，喊叫如雷，前后兵士打作一个大团子，乱蛆一般滚搅，再也解不开，气得侯生挥斧劈翻数卒。突然一片白刃卷处，人头弹丸般飞滚，兵士声嘶鬼号。侯生一看，原来对面这一般雄兵截断去路。侯生慌了手脚，早闻人大叫侯生休走。侯生百忙中一看，却是纪均。马上一柄三环套月式大斫刀挥斫如风，三个环子哗啷啷山响。

侯生将心一横，催马便冲，一面挥斧与纪均打了两个朝面，便想逃走。哪知关大山、洛宝赶到，洛宝提起割得悍目首级，啪嚓一声将侯生打得马上一闪身，险些落马。关大山大叫："老侯休慌，留下脑袋便放你去了！"侯生这时也不争气，只策马便跑。纪、关、洛三人三面兜转侯生。正在危急，忽然冲入两路人马，却是自己寨中大头目，知道侯生下山，特来接应，双方大杀一阵。侯生趋势逃入寨，双方罢兵。

且说王宾与那悍目二人拼命，撕打作一团。悍目不敌，被王宾活捉去了。关大山统兵返回小村，置酒犒兵。大山见此一胜，便以为究竟自己天下无敌，早忘了完全得王、洛、纪之功。王宾把捉悍目献功，关大山笑道："捉得侯生确是一件大功，捉个喽啰也值得啰唆多了。"王宾好生不悦。关大山喝命斫掉就是。

那悍目道："关大哥收起你那威风，咱都是同党弟兄，何必如此？"

大山道："你叫什么？"

悍目道："俺便是柳贵。"

大山道："原来是你呀，那么放掉吧。"

柳贵被放了，寻思一会儿，侯生也是如此，于是不去了。关大山问柳贵侯生近状，柳贵道："老侯近来骄纵异常，自充了大王便首先罗置美人，听说派人掠得两个小娘，不日便送到，说是从南路来的。"

关大山一听大喜，心道："有这等美人俺何不捞一把？"于是派人截断南路，不想一连三五日不见小娘送到。这日派去人回报说："侯生确是押得两个绝俊娘儿，原来早已被人捞去了。"

关大山怔道："哪个占了上风？"

报信人道："听说洛宝、纪均二人分得了。"

大山震怒之下，派人去索。纪均、洛宝新得来的宝贝，怎肯把出？一口回绝没有。大山大怒骂道："怪不得他二人一向不来，原来偷咱的美人去了，好好，咱可能饶过他？"于是预备捉杀洛、纪二人。

王宾知道了忙劝道："关爷怎这样想不开？天下小娘子有的是，总得夺那两个？伤弟兄和气。再说自家残杀势孤，怎敌得侯生？不见咱家刘大王，因为恋那婊子丢掉命，关兄怎不明白呢？"

关大山忽然拍案大怒，王宾以为是与自己怄气。关大山骂道："入你娘的，刘大哥不死咱哪有这场争杀呢？细想来都是春红那婊子作孽，听说她已落在丁星垣之手，不日赴中牟，咱便中途劫他妈的。"

王宾道："正是。"

关大山道："王兄既说，咱也不追究了。"

王宾以为大山真个不追究了。原来大山恐走了消息，不得下手，所以骗哄王宾。王宾匆匆告知纪、洛二人，二人也是欢喜。过了一日，王、纪、洛三人到大山处议事，大山备了酒肉大家吃喝，傍晚都吃得大醉返去。洛、纪二人返回，抱了小娘困倒，一堆泥一般。

关大山也喝得半醉，想起纪、洛二人夺了美人，不由大怒，于是带了数十兵士，自己结束起来，一柄厚背刀挎了，一径摸到纪均寨，一声号令杀入寨中。正在深夜入梦，被关大山撞入纪均大帐，一刀杀死纪均，夺了个光溜溜美人。大山先派人将美人送回，自己又悄悄到洛宝寨中，只说寻洛宝议密事，兵士一看是大山，谁敢不放入？因此洛宝一个英勇汉子一样丧在刀下。

关大山为了两个美人，杀了两个健将，回帐取乐。两寨兵士晓得了，一齐投在王宾大寨。王宾得了这个凶信，吓得跌脚道："关大山自寻死处，有什么可说。"于是收拢二寨兵士，放火焚着大寨，统兵不知何处去了。关大山落得孤掌难鸣，赶忙救灭火，只落得谩骂一顿，拥了两个绝色小娘，终日不出。

早被侯生侦知消息，调动大兵将小村围了，单为捉关大山一人。关大山不得人心，兵心涣散，知道自己落不得好处，想逃去，又舍不得二美人，于是挟了一个丢下一个。大山挟了一小娘飞身上马，挺刀冲出。侯生统兵围合，大山冲杀半日，不得脱身。究竟挟了一个不得手，又被侯生打了一镖，关大山一歪身，美人落马，大山落荒逃走。侯生追十余里，不见大山影子，方收兵，自己去掉一块心病，稳当当去做山大王。

且说关大山自作自受，落得单人独马好不懊丧。细细一想，都是刘三黑死掉，不然哪有这事呢？从此又连恨春红身上。大山早探得春红落在新任中牟县令丁星垣手，不日上任，于是调查以备劫杀。

且说春红自随了丁星垣，真是一步登天。这日打点上任，一品官太太春红乐得樱口合不拢。忽然丁星垣返来说："大盗关大山、侯生火并，咱上任须小心。"

春红猛然一想道："俺早听说有个关大山，为人粗暴，打死一人逃走，不知所向，所以人提关大山，俺就想起咱兄弟来。"

丁星垣笑道："这关大山莫不是你胞弟吗？"

春红白眼一瞪道："人的名儿相同的多得很，俺没有那个强盗兄弟，俺记得俺兄弟高高的身个，黑黑的面孔，一脸大麻子，好个丑面孔。"丁星垣也未理会。

过了两日，丁星垣携了春红一齐上任，取大路直奔中牟县。行至一所层山，长林阴风，窄径如带，车子推上山径，细石轧轧乱响。丁星垣正满头官气，兴冲冲坐了小轿，忽然林中一声尖厉厉呼哨声，大家一齐吓了一跳，早见林中喇啦啦飞出一部健贼，当头一怪模怪状头领，后面十余傻大粗黑喽啰，每人手中一柄鬼头刀，大叫留下春红小娘。

丁星垣春红一听，贼人竟叫着名儿劫掳，一定是知底细之人。春红颤抖抖地偷偷一看，见那贼首正是那日与侯生大闹自己香巢之莽汉子。正在吓得魂灵飞散，那一伙强盗风也似的旋过，不容分说，将丁星垣、春红一干人马上劫走。丁星垣还不敢说是上任官。

被人捉弄到一处破窑中，那强盗喝道："你这一行牛子是干什么的？"

丁星垣叩头道："咱是客商回家，十多年看不着家乡，大王饶命。"

盗首大笑道："丁星垣来瞒哪个？你赴中牟俺早已探得究竟，呔！没别的，快偿咱刘大哥之命。"

丁星垣知道不妙，忙道："大王错认了，俺俺俺……"

话未说完，盗首早喝令放了春红，自己抱在怀里道："不要怕，你忘了那日俺摸摸你的嘴巴，你都吓得哭，如今何止摸嘴巴呢。俺若不贪你怪俊俏的，便一刀杀死你，与俺家老大报仇。"

丁星垣说不出话来，盗首凶目看了丁星垣一眼道："俺什么，俺不认得你，却认得你哩。"说着一拍春红。

丁星垣这时方略明白，这盗首一定是刘三黑部下弟兄了。只见盗首又道："俺告诉你吧，俺便是关大山。"丁星垣登时吓了一跳。

原来大山自一败涂地，驻马不知投哪儿，徘徊至晚，方遇见十余个弟兄。关大山叹道："俺何等气概，如今说不得啦。细想起来都是丁星垣牛子害了刘大哥所致。俺听说丁官儿不日赴中牟，一定径道此地，俺们何不劫着切掉他？"

众贼奋然道："好好，多少有些油水。"于是截断去路，正逢丁星垣，闹个瓮中捉鳖，一个莫跑。

当时春红偎在关大山怀中，关大山更是厌气，一个胡子嘴只管在春红嫩腮上蹭来蹭去。春红猛然听说是关大山，偷偷一看，大山嘴角一条刀伤，春红心中含糊起来。因为自己兄弟关大山，小名琐头，当年与人斗殴，嘴角挨了一刀，个把月伤好，留下一条疤痕。当时春红心中含糊，又不敢冒认，于是大着胆儿道："琐头呀。"

关大山猛然一怔，一双凶睛瞅定春红，半晌道："你说什么？"

春红一看是没错了，于是道："你不是琐头吗？"

大山怔道："你怎知咱小名儿？"

春红道："你怎不认得姐姐了？"

大山慌忙放手跳起，二人一说果然是姐弟。春红不由落泪道："自你闯下祸逃走，哥子嫂子都没有了，俺没可靠的便流落下去，老天真还有眼睛，便叫咱骨肉重逢。刻下俺嫁了丁官儿，这便是你姐夫了。"说着一指捆得馄饨般的丁星垣。

关大山慌忙解了丁星垣绳索，叩头谢罪。春红问关大山近况。大山笑道："俺自走后，一向混在靠山王生活中，杀人放火确是自由，于今说不得了。"于是将与侯生争交椅火并之事一说。

春红道："俺看你一个威实实汉子，一总儿混下去也不是了。"

关大山道："这便是活一天蛮干一天，左不过剃头刀擦屁股的勾当，总归于险门子道上。"

春红道："既如此，何不改改行呢？"

大山吐舌道："谁容咱改行？关大山是刀头上朋友，谁不知道？"

春红道："不是那样说，你如再混下去，终没有下场头，于今你

62

姐夫升官，一帆风顺，不会拉帮拉帮你吗？"

丁星垣道："如此更好，俺上任正缺护送，老弟你便暂随去，俟到任再安置。"

大山大喜，当即将出些银子还发部下弟兄，自己决心学好，在官场中混混。大家在破窑里混了一夜，次日上路。

将到中牟，大山忽然不去了。春红细问他究竟，大山道："俺干了多年祖宗生活，谁不恨咱？倘如到了中牟，姐夫想起中途劫他之恨，一条黑索捉下俺，岂不与钢刀拜了把子？"

春红笑着道："照你想来，哪有这般事？俺岂肯饶他哩？"关大山方放心。

入中牟，丁官儿将大山荐入武备中。大山武功强高，究竟十分得力。不想大山贼性不改，日久混得熟了，结交好些本地流氓土豪，尽做伤天理之事。

润堂说至此，春瀑插嘴道："难道官中瞎了眼睛？"

润堂道："官中眼睛虽未瞎，心却瞎了，刻下关大山声势，嗬！好不了得，当年丑事谁敢提一字？他天生贼性，怎会改得了？初到中牟还拿出点儿体面劲儿，后来大山一点点撕掉假面具了，露了本相。"

当年老友尚才，见大山发迹了，登时猴上来，暗含着与丁官儿通声气，三人合同作弊。后来尚才又将本县冯捕头拉在里面，可怜一方百姓，只好低了头任其刮剥。大山本来武功了得，除了栽赃诬盗种种冤狱外，大山又悄悄干了几次三只手勾当。不过穿窬狗盗之类，委实得些油水。尚才从中抽得好油水。人是没有止境的，尚才笑道："老关，俺若有你那身手，可不这么干了。"说着低声凑近大山耳边喊喳道："人既干还是大把儿，这抠屁股舐手指勾当，未免不值得。"

大山笑道："不瞒你说，那是咱干惯旧营生了，不过现在须得体面些。"

尚才道："瞧你好不死心眼子，凭你身手在这地位上，没有真凭实据，哪个敢派在咱身上？"

大山一想对呀，于是干了两次，白花花银子，真个成袋成箱。大山与尚才四六分了。

大山道："这勾当不能再干了，日久难免露马脚。"

尚才想了一会儿道："俺有一计，可使久干稳当。"大山一问甚计，尚才低低一说，二人拍手大笑。大山连道："妙妙。"于是将县里冯捕头请来。

冯捕头名冯万善，乃是个破落户出身，专讲吃喝玩乐、骑马击剑，不几年将铁桶似家私荡得精光，几个狐狸精似姨太太相继下堂，只冯万善老婆每日蓬头垢面，提了沙斗子、一条打狗棒，沿街叫哑喉咙，来养冯万善。万善这时天良发现，一想自己当年弄得几个姨太太，瞧着苦脸婆钉刺一般，这时看来还是老婆有人心，一总儿顾念自己。万善端起老婆讨来饭，不由洒下泪来。

老婆道："何必如此？人不能久困顿，五尺五大汉子，打打精神，真个还能没饭吃吗？"

万善一听，精神为之一振，每日凭力气与人做短工。万善生得身高力大，当年豪华时，与一般意气少年争相角逐，银子流水般花去，自己习得一身武功，专讲踢球打弹，很有些功夫。万善与人工作，力大手敏，主人争相雇用，万善真落得饱暖。

一日万善正愁眉苦眼，心想如此下去何日出头？又逢年下，账户堵门塞户，突然门外捶得山响。

万善道："不妙，又是戴烂肉来索肉账，没别的，只好俺先藏了。"于是闪入茅厕，由老婆出去挡债。

不想开门，呼啦一声拥入数人，老婆一看却是万善旧日拜把弟兄，当头王大胆、吴六、王福来等人。老婆道："你们干吗来了？自你大哥累堕了，你们酒肉朋友一发不上门。"

吴六笑道："大嫂休怪，俺们也是困顿得不可开交，与大哥是同病的。如今俺们弟兄混入捕房，知冯大哥武功了得，特来相邀，怎说不照顾老交呢？"

老婆一听，眉欢眼笑，将来人请入房中，大家一看，四壁空空，只有一张破芦席铺在炕板上。

老婆叫道："当家的快出来吧。"万善一听人声嘈杂，吓得缩蹲在茅厕中。老婆道："因为饥荒漫了脖项，方才他听得敲门，以为债户来了，吓得闪入厕中。"

王福来等听了，走入厕。万善倾耳听了，暗道："坏咧，老戴多么歹毒，要账竟搜到厕中来了。"于是缩缩头，隐在暗处。

早有人抢入，一把拉出万善道："老冯，放着元宝不取只管猴在这里怎的？"

万善道："得咧，戴大哥容次日如何？"

王福来轻轻一记耳光道："冯大哥，怎便不认得朋友咧？"

万善一望，不由面色通红道："兄弟们少会了，俺自败落，向不敢见你们了。"

大家笑道："瞧你多么小气，咱哥们儿哪说上这个了，刻下捕房正缺一名捕快，老捕头周头翁因上了些年纪，腿脚不灵了，昨天探得大盗青燕子落在城中，周头布好捕网，只少得力捕快，生恐跑差，所以叫俺们请你来。"

冯万善一听，跃然道："妙妙，只俺听说青燕子是山东著名大盗，有飞檐走壁之能，力能搏斗牛，哥们儿，咱来得及吗？"

王福来道："冯哥当年你双索鞭十分得力，何不试着？"

冯万善道："唉，俺自困迫，休提双索鞭了，早已卖掉吃入肚。"

王福来道："那算什么，捕房有的是兵器，拣上手的用。"

万善大悦，当日随大家去了。到了捕房，会见周头，周头已六十余岁，一头苍花发，扎了一条耗子尾巴小辫。见了冯万善道："冯兄，刻下大盗青燕子落在城中，连日出没城北一带私窝，你如肯出力，便补上一名捕快。"

万善道："好得很，只怕俺敌不得青燕子。"

周头道："强龙难斗地头蛇，俺近来上些年纪，如当年火星乱爆时，捉个蟊贼算什么。"于是与冯万善补上一名捕快，次日大家更装访盗。冯万善拣了一双索鞭试试，很称手，将鞭缠在腰中，又带镖囊之类，访了一日没下落。

次日捕房得了消息，青燕子落在羊肉馆中，周头得信，立即知会捕快，分头出勤，将羊肉馆围了。

周头道："案子重要，大家小心呀。"

冯万善道："于俺看，咱人一拥而入，捉其不备。"

周头道："不可不可，青燕子来去如风，猛见人多，倘逃窜如何是好？还是着一人去撩拨他，然后捉下。"

冯万善道："那么俺去怎样？"

周头道："冯兄候在门外，俺入去撩拨他出来，给他个迅雷不及掩耳。"

于是众捕快分头伏了，周头敞披着大衫，内中结束劲健，抖起当年威风，一径入馆。早见内中靠一张桌椅上，踞了一虎也似怪汉子，生得青黝黝面孔，凹眉突睛，钱大黑油麻子，豹皮一般布了满面，糟鼻血口下，针芒似的虬髯蓬得像刺猬一般，好不难看。

周头知道是青燕子，于是就门旁一张桌坐了，敲着桌叫道："咉！有人没有？快拿出个整的来！"

店伙慌得跑过，一看是县里捕头翁，登时赔笑道："原来是周爷，怎一向未来照顾呢？"

周头一翻白眼道："放你妈的驴子屁，没话找话说。"

店伙笑道："您敢是吃酒，来点儿什么菜好？"

周头道："老子今天特来吃燕窝汤，赶快弄点儿来，外带一榻软床。"

店伙道："您又开玩笑。"

周头伸过手敬一个锅贴骂道："哪个与你开玩笑？老子吃饱喝足，软榻上弄小娘，闲话少说，快将南巷一捏酥或水红花叫来。"

店伙道："周爷您今天可疯了吗？怎乱说起来？人家客人见了，未免不体面。"说着瞅了青燕子，正狼吞虎咽，听得周头谩骂，凶睛一瞪瞟过来。店伙刚说得一声"您添酒哇"，周头抄桌上茶杯，当啷一声摔去骂道："入娘的，谁瞧咱老子不体面就得与老子滚开，老子是干什么的呀？"说着，斜目瞧着青燕子。

只见青燕子将酒杯一蹾，凶睛一瞪骂道："入娘的，哪里的野杂种，你说老子是干吗的不呢？"

周头跳起来叫道："反了反了，俺乐意弄小娘，干你鸟事？未弄到你妈头上，便是铮铮好朋友。"说着提起酒壶，嗖一声向青燕子迎头打去。只闻哗啦啦一声响亮，一个酒壶在青燕子桌面上整个一溜，桌上杯盘齐飞，油汁溅得满桌满地。

青燕子一抹脸上油汁，托地跳起，虎吼一声直奔周头，伸出一双笊篱般大手，直抓过来。周头一看青燕子那凶相，一溜身缩在桌下。青燕子来势猛，双手扑空，一个前抢，扑在周头座椅上，咔嚓一声，连椅滚倒了。周头已一个青蛙蹬波式，自桌下跃出，亮出一柄泼风短刀，直取青燕子。青燕子就地一滚，随手抄起座椅，迎周头掷去。周头让过椅势，进一步一个鞘里藏锋式，短刀突出，直奔

67

青燕子脖项。青燕子见周头竟动刀子，心下马虎起来，一偏身闪过来刀，随手拔出单刀，一个顺水投梭式，雪亮刀锋挨周头刀锋削过去。周头健腕一翻，当的一声，二刀相接，二人互退了一步。

店伙吓得乱钻，全店大乱，只听店主人住手住手乱叫。早见周头趁青燕子一刀戳空，忙用了一个白云绕顶式，短刀平撑，齐头削过。青燕子好不伶俐，一个跃鲤式，嗖一声跳起。周头觉得一股冷风自头上刷过，吓得一低头，往前一蹿当儿，青燕子落在周头身后，忙转身一个连环脚，正踢在周头屁股上。周头已一个跟头翻倒。青燕子已凶神似的吼一声，抢刀抢过去。不想周头就地一滚，跳起回头便跑，一径跑出门外，返身骂道："入你妈的，老子没空哄孩儿了。"

青燕子杀红了眼，只是自己干得强盗生活，究竟胆虚。周头见青燕子不出，倚门嚼骂。青燕子大怒，一个箭步抢过。周头正骂得起劲，不防青燕子又到身后，恍见刀光一闪，周头啊哟一声，一路飞跑出门外。青燕子红着眼赶到，一把险些抓着周头。

周头抱头叫声："我的妈，冯兄还不捉贼呀！"

这一声不打紧，青燕子登时一怔，只闻雷也似叱道："狗贼休走。"青燕子忙一掣单刀，早有一双索鞭哗啦啦怪蟒般刷来。青燕子足下用力，自鞭影中蹿出，周头一抹面孔，反杀过来，大叫："青燕子狗娘养的，可认得周头吗？"

青燕子至此方明了，一定被眼明手快公人侦得自己踪迹，没法只得拼命。突然周头将刀一摆，诸捕快登时散开。只见冯万善一双索鞭直上直下来。青燕子哪敢稍慢，就冯万善来势，一个拨云掠月式，一柄单刀猛地拨开来鞭，进一步单刀已突向冯万善面颊。万善真个不弱，单刀平扫下去，磕开来刀，退一步一个双龙出水式，乌油油双鞭左右突出。青燕子见鞭锋兀突，忙一伏身，就地一滚，避

68

过来鞭，就势单刀一翻，平扫过去。冯万善见单刀直取自己膝头，吓得猛然跳起来，从青燕子身上飞过。青燕子单刀一带，随着跳起赶过。冯万善知道背后有人，右手收回鞭势，一个回首望月式，猛然一撒鞭锋，见那一鞭直如一条毒蛇，昂起首级突来。好青燕子，握紧单刀，迎着鞭头着力一拨，只闻铮然一声，那雪亮鞭锋登时激回。

正有一个捕快，悄悄向冯万善背后，想趁青燕子不备，冷不防给青燕子一家伙，不想冯万善之鞭，挡不得青燕子单刀力猛，登时掣不住，斜刺里飞过，扑哧一声，挂透那捕快肩头，翻身倒地，万善吓得一跳。青燕子趁势一个疾风扫叶式，单刀刷过，已然身子挨近。原来长短兵器接战，长兵忌近，短兵忌远。因为长兵近不得舒锋头，短兵远不能伤敌人。当时万善见敌人欺近了，忙退步当儿，青燕子已一个金刃劈风式，着力迎头劈下一刀。冯万善忙一偏身，青燕子用力过猛，往前一探身，万善忙足下着力一蹬，反落在青燕子身后，双鞭齐掣，一个二龙戏珠式，双鞭荡起了一片乌云，左右飞突过去。青燕子猛然失了冯万善，闻得身后索鞭声，忙一旋身，单刀来拨。冯万善见青燕子身轻如絮，忙将双鞭一掣，一个玉带横腰式，单鞭兜去。不想青燕子单刀一拨，一个金丝缠腕，一柄刀挨鞭削过去，险些削着万善手指。

这时周头指挥捕友，分派把守巷口，自己提了一柄泼风短刀来助战。见青燕子勇力有余，跳浪杀得冯万善双鞭有些施展不开，于是就青燕子身后攻上，三人团团风车儿般旋转。周捕头抱定主意，不离青燕子屁股后面乱转，一路怪招，什么掏扁卵抠屁眼种种奇招，拨得青燕子怪吼狂势。冯万善得了帮手，双鞭若游龙之势。青燕子见自己一人势孤，生恐受人暗算，趁万善一鞭挂空，虚刺一刀抽冷子跳出圈外。

冯、周二人随后大叫"休走了泼贼"。青燕子大踏步一跃上了临街巨厦。冯万善掏镖随后打去。青燕子已反身平撑单刀，当啷一声激飞来镖。周头奋勇冲将上去，单刀一指青燕子，便想跃上。足方着力，突然青燕子手儿一扬，脱地一道白光，周头正蓄足力，猛然镖到了闪之不及，扑哧一声，整个栽入前胸，周头怪吼，鲜血激飞满地。

众捕快大叫："了不得，捉捉捉，狗贼竟敢暗器伤了周头。"

冯万善一看好不扫兴，自己功未成，反伤了头儿，登时拽了双索鞭，望见青燕子直登房去了。冯万善心机一动，就厦下抢入门内，料定青燕子一定自后逃走，于是赶到后房垣下伏了。

且说周头被青燕子一镖直透前胸，登时血流满地昏过。诸捕见青燕子失去，搜寻一会儿没有，忙将周头救起，拔出那镖，鲜血直往外冒出。周头咬紧牙关，翻着白眼僵卧地上，大家慌得将刀伤药倾瓶地敷了周头伤口，方止住血，胡乱抬回捕房。再寻冯万善，竟自不见，大家又慌起来。

王福来道："刚才见老冯还转过厦下，怎一转眼不见了呢？想一定被青燕子捉弄去了。"

一捕友笑道："放屁，冯万善丑八怪似的干鸟用？"

正说着，见冯万善肩上淌下鲜血，喘吁吁扛了一物，嘣一声扔在地上。大家一看，却是逃得无影无踪的青燕子，已被绳索捆得馄饨一般，腰膀处还带着一支钢镖，已一半儿深入肉中。

大家不知所以，由冯万善一叙。原来冯万善料得青燕子一定自后房逃去，于是伏在垣下，掖好双鞭，手中捏了一支镖，偷偷张望。果见青燕子自对面房上蹿上厢室，一路蜻蜓点水法，慌张张奔逃。万善见他来至切近，猛然一声暴喝。青燕子竟吓了一跳，万善一镖早到了，一个筋斗翻下垣去。万善飞步赶过，照屁股着力踢了两脚。

青燕子欲挣起，无奈腰胯之镖，横不榔子钻入，胯骨均折了，怎能立起？被万善稳当当捉下。当时冯万善再也想不到，自己马上立得伟功，好不得意。于是销了差，去见周捕头。

周捕头已昏过好几次，痛得咬牙，知道万善捉得青燕子，不由道："俺办差多年，不想竟老来栽在青燕子手中。俺伤势不轻，大约没有好的希望了，幸得冯兄捉得贼人，多少免俺挂念此事。"说着伤口崩开，痛得周头死去活来。好容易熬过了一夜，次日冯万善方想同捕友去望着周头，突然周头儿子慌张张跑来道："诸位爷台，俺家老爷不好了。"

诸捕快跑去一看，周爷正双手乱抓，胸前镖伤淌一片鲜血，渗着紫微微凝血条儿。大家见了，翻着眼望望。大家与他敷上止痛药，隔一会儿方清醒了。望着大家道："咱哥们儿世缘尽了。"说着又闭上目道，"冯兄武功很好，俺便保冯兄补捕头之缺。"

万善忙道："俺初入捕房，怎便迈过诸弟兄？"

周爷道："不在近久，只有真实本领方算。"于是由人替周爷上了保呈，周爷不一刻死了，冯万善便补了捕头之缺，稳当当统了一班捕快。

万善既得势，日久变了本相，歹毒不过，将他那共患难的糟糠一发除掉了，又靠上一个私门子老婆。平日冯万善设法敲拿油水，只要捉住一个偷儿，马上捕房挂了名，再有失盗之事，万善一定去找偷儿。再不然诬造许多花样，非吃得偷儿精光，不能善罢。冯万善当了捕头，不多日捕快们一个个嘻着嘴。原为万善专会搜刮油水，大家分肥。冯万善干惯了，便一点点不安生起来，动不动来个看者自盗，三只手勾当是通常玩惯了的技能。谁也想不到捕头会干这个。冯万善干了活，便将捕房挂名的偷儿拘来，一人一顿大板，打得山嚷怪叫委实熬不过，只得屈认某某案子是自己做的。冯万善装腔作势，从中捞了一笔肥钱，塞入腰包。

人就怕钱水来得太容易，来得易，挥霍也便不惜了，一点点养成大胆。便然手紧，马上想外快。冯万善正因在赌房输了千八百银子发愁，突然关大山心腹尚才差人来请。冯万善暗道："俺与关大山很要好儿的，尚才请俺干吗？那小子一笑一计，没好杂碎，须防他借代。"于是去了。

关大山早在座，尚才披分了两批小黑鼠须，伛偻着虾腰笑道："冯头翁来了吗？咱主人请你有点儿事说说。"

关大山粗声野气地道："冯哥咱备了一席酒，事成了大家吃喝，彼此抽油水。不然的话……"说着哈哈大笑道，"咱兄弟可是粗鲁人呀，吃喝翻桌打出脑子来是通常的事。"

冯万善一听话头不佳，登时笑道："关老哥，咱弟兄是老婆见汉子干脆没话可说，怎的你又蝎蜇起来？难道瞧您老冯不够朋友不成？"

尚才一缩脖鼠眼滴溜溜一转道："当中没人是不成，咱老尚专会看风扯旗，干脆说，咱弟兄相交一场，如今俺主人要向冯捕头手背朝下了。"

冯万善一听，登时吓了一跳，暗道："怎样？真真被俺猜着了，这一定是尚才的坏水。"当时冯万善讲了半天交情。关大山真真提到银子上，登时交情没有了。呷嘴道："不瞒关兄说，若论咱弟兄何分彼此，不过刻下俺在赌场输了千八百银子，正没法堵塞，关兄，哈哈，你如借得银子，须分我一半。"

尚才拍手笑道："着哟，一定分你一半。可有一样，咱这份须打在外边。"

冯万善一听怔然道："尚兄说的什么？"

尚才一掌轻轻拍在冯万善肩上道："兄弟，老实告诉你吧，咱关哥们儿才算咯吧吧好朋友呢，新近得了一批巨银，那么冯哥如用只管拿去，就连俺都有一份，何况冯兄与咱关哥是多年老交儿？今天请你来没别的，便是吃酒拿钱。"

冯万善一听半信半疑，大山早令人搬银子，一小箱整整八百两。尚才掀起箱盖，冯万善目光一亮。

关大山道："快给冯兄送回府去。"早有二人抬出去了。

冯万善不由红了脸，想起自己竟说输掉银子挡关大山。瞧大山何等慷慨。又一转想道:慢着，尚才的名笑脸狼，拿出好多银子与咱老冯，难道贪咱嘴巴上胡楂子不成？他们一定有所求了，先捞八百银子到手再说，别的不管了。登时笑道："咦，关兄这是打哪儿说来？动不动上千银子，咱老冯不折杀寿吗？"

尚才道："话说在头里，连咱老尚均是二一添作五平分，冯兄这不是多话吗？不然怎够得上交情呢。"

冯万善真不言语了，大家说笑入席，大吃二喝，直到更深。冯万善只喝得溜到桌底下，尚才令人扶了送回去。冯万善到家梦中双手乱摸，突然被人一指戳在额角上。冯万善一看，却是自己姘头老婆。唾道："你这万年龟，昨天回来酒气熏杀人，僵卧倒一般死睡一夜，还不肯安生。昨天你不定撞在哪里去来，哪里狐狸精吸去你的魂儿，梦中乱摸乱掏。"

冯捕头只一笑道："拿银子来吧。"

老婆怒道："贼王八，老娘又没有养汉，又没有留下银子。"

冯捕头一把按了老婆道："昨天关家送来一箱银子，怎说没有？"

妇人道："昨天关家倒是送来一个箱子，俺看是你前押债的一样，也没看它。"

冯捕头道："那是八百银子，俺方才梦中摸银子呢。"

老婆一听登时笑逐颜开，丢了一个眼风道："挨千刀的，还说呢，方才掏摸得人……"说着一头扎在冯捕头怀里。冯捕头按了妇人没人样，日上三竿才起来。二人先取过大山送之银箱，打开一看，白花花银子翻滚。

老婆嘻着嘴道："你哪里弄来这些宝贝？"

冯捕头点头咂嘴道："关大山何等角色，凭空拿出八百银子，不用说，无事拜佛，必有所请。别的不用提，八百银子到手是真格的。"说着将银子一一掂弄了，重又锁好银箱。

洗漱后，妇人弄好饭，突有人敲门，冯捕头拿了碗吃饭，跑出开门，却是关大山，凶神一般。冯捕头吓了一跳道："关兄好早呀。"

大山道："不早成吗？"说着一手抓了冯捕头肩头。

冯捕头缩脖道："这是怎的了？关兄想是送俺好多银子后悔了吧，咱哥们儿犯不上呀。"

大山哈哈大笑道："冯捕头哪个送你银子来？朱家村白老头被人切了头，哥们儿咱是铁铮铮汉子，银子平分了，便想退躲是不成的。"

冯捕头吓得张了大口道："关哥想是吃醉了不成？"

关大山道："哪里吃醉了？不然咱便打开窗户说亮话，冯头你说白老头是谁杀的？"

冯头道："还未踩出索线呢。"

第三回

醉酒挥拳大山吃打
含冤越狱高岳戮奸

且说大山道："什么索线？你未杀人，怎得八百银子呢？"

冯捕头至此方悟，吓得掩了大山胡子嘴往门内便搜，一面道："关兄悄声，亏得这里没人。"

突然有人道："哈哈，你二人做的甚鬼祟事，怎说这里没人？早被俺听清了。"

冯头一听，猛然吓得一跳，一望却是尚才，伛偻着腰自树后转出来。一把捉了冯头笑道："你说可怎办吧？银子你也使了。"

冯捕头知道是尚才的计划，忙道："由你说就是。"

尚才道："如此好了，咱便到关哥处计议。"

冯捕头吓得饭也忘吃了，随了关、尚二人直到关家。尚才拍着冯捕头肩头道："兄弟你没亏吃的，咱这也是不得法子呀，索性告诉你，朱家村案子便是咱关兄弟干的活，银子分三份，每人八百两。"

冯头没别可说："如若事发还了得吗？"

尚才道："冯头你是县里捕头，还能自己举发不成？"

冯头道："盗久无踪迹，难免吃太爷屁股板子。"

尚才低声道："那有何难，只拣肥头大耳百姓，杀上两个，便算

75

盗，天大事都化咧。"

大家拍手大笑道："妙妙。"

于是冯头加入大山党，明捕头暗为盗。因朱家村案子破不了，没法交差。朱家村有个林屠户，一日小舅爷新自远处归来，来看望林屠户。林屠户置酒款待，二人对坐方端起酒杯，突然几个捕快抢来，愣将林屠户小舅捉下，说是劫白家大盗，一刀切了头，好不冤屈。冯捕头便去销差，丁官儿糊涂涂，竟将人头血淋淋高挂县城头示众，将个没头案轻轻掩过。林屠户被捉到县，饱尝铁窗风味，花了上千银子赎出一条小命。林屠户出得狱，方知妻弟被杀掉，种种令人心悸之案子不可尽叙。

当时仇、高二人听得訾润堂说大山种种，二人大怒。高岳道："关大山当年不过一无赖子，俺与仇老弟常去访文藻，所以认得他，未想他竟为恶至此，刻下文藻嫂子有消息没有？"

润堂道："有，刻下在大山坨村，与其姐一处度日。今年清明节曾来中牟，与文藻添坟墓。"

仇春瀑道："文藻兄没了，改日一定亲自祭奠一番，以尽弟兄之情。"

高岳道："正合俺意。"

三人又吃一会儿酒，高岳将关大山记恨在心。过了一日，适逢正庙会之日，仇、高二人备了纸烛，祭奠文藻。三人返来去游庙会，出门遇见本村张大少，已然衣履焕然。

大少见了高仇道："二位不必惦念兄弟了，俺自到城里遇见尚三先生，将俺荐入关家充一名帮厨役，刻下酒足饭饱，正想趁此有空，告知您二位，不想遇见了，二位想出来逛庙来了？"

二人听了皱眉道："怎么你也混在那里了？"

大少道："不打紧，各人有各人的心。"

高岳道："上次遇见大少，俺想将你荐到仇兄弟家，现在更好了，暂且就手是了。"

于是别过大少，与润堂三人观了一会儿戏，看一会儿秧歌。江湖卖艺人也不少，三人随意游赏。那红男绿女接续而来。三人在这尘埃漫天中玩得腻烦了，到庙内伴佛爷偶像相望。訾润堂家中有客，被小厮先找回去了，仇、高二人玩了一会儿也便回去。

次日高岳出去拜访朋友，突然遇见一人，一把揪住高岳道："咦，高兄吗？少会了，你一向在哪里发财？"

高岳一看，乃是中牟第一坏蛋尚三先生，瞪着鼠目，嘻着臭口，不住吸溜着。高岳笑道："啊，尚兄多年未见。"

三先生接着道："可不是的，一晃咱都苍白了鬓角。"

高岳想搭趁两句便走。三先生道："高兄千万赏脸，今天兄弟的东道，你说来福居还是天元堂？再不然羊肉馆更是写意。"

高岳笑道："不当不当，俺因有事，容改日叨扰是了。"

尚才拍膝道："瞧你真是走南闯北，学得口舌灵敏了。兄弟生平直心眼，高兄不贪面孔，可叫人难堪？"说着拉了高岳便走，一面瞧了日影道，"已日色将午，咱天元堂坐坐，吃杯茶润润喉咙，正是午餐时候，自家弟兄随随便便。"

二人进了天元堂酒馆，内中座客已满，二人寻了一张靠柱角那一张桌下坐了，灶上刀勺乱响，加着堂役叫菜尖厉厉的声音，好不热闹。

三先生道："高兄瞧中牟也不是当年气概了，天元堂老牌如今越发兴隆，请得京厨司，哈哈，确是另有滋味，这是俺常跑惯了所在。"

正说着，堂役来了，一见尚才登时点头哈腰道："三先生您看会儿戏呀？听说戏班中有个小旦，好个模样儿，您一定挑识，抽个头水。"

尚才道："放屁，成甚事体，昨天关爷托人去说还被俺阻下，刻下官府咱不破这例，你快沏壶好茶。"

堂役道："有，柜上为了孝敬一班阔佬，特特预备下卫上好龙井。今天三先生您来得巧，新打包，您是第一口，真是有口福人不用请。"一阵米汤，提壶而去。一会儿沏来一壶茶，与高、尚每人斟了一杯，店伙道："你尝怎样?"

尚才咂着嘴道："将就得，比起俺常喝的那茶差得多。"

堂役笑道："将就得，太好了谁敢试尝，除了三先生之外偶来照顾照顾，当得甚事?"

尚才摇头晃脑得意之至，高岳好不厌气。二人饮了一会儿茶，随便谈谈。这时客人越发多了，尚才道："这里闹得耳聋，咱便找个清静所在休息一会儿，再用饭好了。"

堂役自打一记耳光道："该死，俺已与三先生预备静室，竟忘掉引了。"于是将二人引入一小屋，颇为静悄。靠壁下双榻，中间一张桌子，二人休息一会儿，时已过午，尚才亲自叫来酒饭，外带数样可口酒菜，二人对坐吃酒，互相敬了一杯自斟自饮起来。尚才叙说县中趣事，高岳说些南北风俗，二人越吃越说，不由吃了数壶酒。高岳有些酒意了，红扑扑酒气撞上面门，不由得信口乱说。想起关大山作恶，蹾杯道："喂，尚兄，刻下衙中丁官儿怎样?"

尚才道："不错，倒落得两袖清风，因为这个，衙中人都少了收入，比不得当年时代，官事捞摸大。论说这才对，皇家设官府是与民造福，吃官饭人少抽些油水，各食其禄，自是正理，因此丁官儿反落不得好名声，不知底的人哪里晓得。"

高岳一面端酒一吸而入，一面轻轻一笑道："真吗? 可恨外面人都不分皂白，妄自胡说。"

尚才见高岳八分酒意了，登时道："酒逢知己千杯少，高兄你今天吃上几斗如何？"

高岳笑道："尚兄说得何尝不是，俺高岳铁铮铮汉子，纵横江湖，一双拳头结识天下多少英雄好汉，那血淋淋断头酒，吃得越发嚼滋味儿。"

尚才一望高岳面如红布，一双虎目精光直射过来，尚才随口道声是。

高岳哈哈大笑："英雄无用武之地，便如咱高岳，空有擎天本领，也不过落个山野村民罢了。"说着身子乱晃，又连连举杯，叹息不已。突然道："尚兄，衙中关大山很得丁官儿声势，他咱也认得，当年关文藻还是咱把哥哩，可笑大山活跳了一条汉子，怎专办灭良心事呢？"

尚才一听登时心中一跳，不由尖利目光将高岳扫了一下道："唉，高兄忘了，尔为尔我为我。"

高岳大笑道："谁说不是，不然……"说着用手摸宝剑，吓得尚才几乎冷了半截。高岳笑着接着说道："喂，尚兄瞧那朱家村白老头案子，该杀不哇？"

尚才听了，倒吸一口冷气，吐不出，举杯道："高兄说的什么？"

高岳冷森森目光盯着尚才道："俺探得那案子是关某干的勾当，硬栽在林屠户舅爷身上，一刀斫了头，岂不冤杀？"

尚才听了打了一个寒噤，身子一晃，险些跌倒，被高岳一把抄着臂膀："尚兄吃酒多了吧？"

尚才故摇手道："悄声悄声，亏得这里没人，这话焉能随便说？咱哥们儿不错呀，连带俺也担不起，那关大山好不了得。"

高岳笑道："关某怎的了得，难挡咱宝剑锋利，俺不过近年来性子收煞多了，不然怕不宝剑马上开利市呢。"

尚才探得高岳口气，暗想高岳乃著名武功家，久已任侠自命，啊哟，不好，他既知大山杀白老头，冯捕头与俺焉能逃得。想着一摸头皮，心惊肉跳，大汗直如断线珍珠般滚下。一望高岳正拼命饮酒，已身子乱晃，尚才心中有病，百忙中又与高岳倒过几觞。高岳不由醉倒，昏昏入睡。尚才叫来二堂役，将高岳抬在床上睡了。指高岳恨道："姓高的休张狂，早晚瞧俺手段，这是你自寻死处，俺们做什么勾当，被你知道，不容俺不下先手了。"

当时笑脸狼暗伏下杀机，吩咐堂役道："这位高爷是俺好友，吃醉暂盹一会儿，俟醒来你只说俺因公事忙，被人寻去了，改日俺定去访他。"说着去了。

且说高岳一觉醒来，已日色平西时分，店家告与尚才之言，高岳整衣返回，将醉中之言早已忘掉了。哪知尚才却一点儿不敢忘，一径寻了关大山，诉说一回，大山慌了道："高岳这人俺早闻得的，啊，是了，便是施屯的高武师吧？听说此人武功了得，当年与俺哥子文藻是好友，被他侦得消息怎好？"

尚才板起面孔笑道："若论马上金刀杀斫，俺甘落伍，讲个计较，你差得远了。如今俺有一法。"

大山道："什么好计？"

尚才道："刻下高岳定不直发咱隐，不然咱官场中人，给他个倒打一耙，是稳当的。咱素日无仇恨，高岳晓事也不拨撩这个，刻下只作未见，只暗侦其行动。如果高某不够朋友的话，咱便先下手为强。"

大山道："怎的下手呢？"

尚才道："临时决定，赌好吧。"从此关大山在高岳身上着眼。

高、仇二人过了庙会方返回，一晃个来月光景，高岳为了地亩事，入中牟县办理。事办完了，找个小馆吃酒。正端上酒菜，见张大少从酒馆门外而过，手中一竹篮，内中鱼儿肉儿，七股杂八满满一篮子。

高岳隔了窗子招呼道："喂，张大少慢行。"

大少四顾，见了高岳连忙驱入。高岳道："大少，咱哥们儿一向少会了，快来吃杯酒。"

大少笑着放下提篮道："俺想回一趟家，因主人不舍工，只得罢咧，高嫂儿可好吗？仇家哥哥好吗？"

高岳道："都好，大少近来怎样？"

大少一咧嘴道："胡混罢了，这是俺主人令俺上市买得来的，预备午餐，没有工夫久坐的。"

高岳道："不打紧，距午还得一会儿呢，你快坐下。"

大少坐下，高岳唤过酒保，添酒加菜。大少慌了道："哟，了不得，高兄您千万别破费，兄弟是久耽搁不得呀。"

高岳按下大少道："爽利得很，来。"顾酒保道："快一点儿，俺这位兄弟有事呢。"

酒保笑道："就到，您稍候一会儿。"说着叫了灶。过了一会儿，酒菜齐上。高岳让大少随便饮，与大少斟了一杯，二人吃起。

大少自落魄了落得的疯毛病，动不动便感动哭笑不定。偏那酒盅一沾唇，登时千百万事都勾上心头了，就唠叨乱说，便是边饮边哭。当时大少饮了两杯，又勾起心事，当时蹾杯道："高哥，俺当年何等气概，如今两手空拳，倚人鼻息，看起来真个人生过目烟云而已，哪堪回顾呢？"说着，成串眼泪滚入酒杯中，竟一吸而尽。

高岳又是笑又是怜，忙道："大少休念以往了，俺听说你家主人声势在中牟颇为煊赫。"

大少嘴一撇，大不以为然道："还提得吗，昨天……"大少四顾，移近了道，"昨天俺主人与冯万善捕头还有尚三先生等吃酒，俺去送酒，听得他们说五里村烧饼张是老富户了。"

高岳道："不错，距咱村不上十里路，祖上卖烧饼出身，怎么样了？"

大少道："听说被人杀了，老张每日吃得油晃晃嘴，也居然长袍短褂。不过他不忘本，家中仍设烧饼炉一个。一连五六日村人未看老张开门，内中又没声响，跳过垣去一看，啊哟，两头耕牛一圈猪饿死了，老张一家均丧刀下。大热天，长蛆翻滚。因此报到县里。俺听尚三先生说：'不打紧，五里村人虽报案，破与不破是没一定的，大家千万别露形色。县官一问冯捕头，只说强盗行踪诡秘，须多迟些日。再过些日，便仿照白老头案子办，不管什么人，只搠杀两个把来销差就是。'关大山道：'既如此何必这样弯曲曲，只明天干他娘子，早放一份心。'尚三先生道：'不可不可，案子便易破如此，显见假了。'高兄俺听至此便出来，莫非现在案子多了一定贼也多了，俺主人被冯捕头邀了帮办案子，因此捞摸大了？听宅里小厮说，只那一日，便流来五千白银，高兄说什么捞头，莫怪人煊赫呢。"

高岳一听马上含糊了，知道大山又做甚案子，只作未理会。大少吃了一会儿，突然蹾杯跳起道："哟，坏咧，只顾吃酒，忘掉正事了，误俺主人吃饭，又要吹胡瞪眼，没别的，高兄再会了。"说着担篮一径去了。高岳送出，大少已飞跑，连头都未回去了。

高岳返回，自己吃酒，一面想关大山一班人为害，不可不除。想着自己吃闷酒，越想越气，突一抬头，见对面一桌上踞坐了五六个汉子，一个个凶眉暴目，武行打扮，正中坐的便是关大山，挨坐的捕头冯万善，余者几个捕快。

大山道："兄弟们，尚兄怎未来呢？"

捕快道："着人寻去了，候一会儿再说，大家吃杯茶。"

一会儿果来了一人道："尚三先生家中添小孩，稳婆坐了一炕，因难产，三先生不来了。"

大山道："怎这巧，那么只好改日再说。"

冯捕头道："也好，俺正没得工夫，于俺看还是听听再说。因为丁官儿有调省消息，俟后新官儿或许不究旧案，咱不是马虎过去了吗？俺先去了。"

大山道："你何如往此同吃一杯？俺午饭未吃，也不回去了，便在此便酌。"

冯捕头道有事，说着与几个弟兄去了。大山要了酒菜，独酌一会儿。店中人道："尚三先生来了，您早来一步冯捕头均在此，现在只关爷在此。"

一会儿尚才走入，望见大山，一径过去道："老关，俺家里的添小人，因此未来。"

大山道："恭喜呀。"

尚才晃头道："喜什么呀，生下来孩子死掉，大人保得便算万幸咧。俺不然不来了，因丁官儿有调任消息，你知道吗？"

大山道："听说来，咱是一提肉，提起一嘟噜，放下一块，左右他走咱也走。"

尚才攒眉道："怕不成，你今天得空入衙探消息。"说着，挨近了低声道，"咱因丁官儿之力，在中牟站得住，丁官儿走了，新官儿到任，焉能不追旧事？那一下可砸锅了。"说着坐下，二人同饮。

大山道："你早来点儿与冯捕头相遇，冯捕头为了五里村事发愁，左右是一条草绳拴蚂蚱，跑不了我也蹦不了你，这事若发的话……"

忽尚才一抬头，望见高岳吃酒，已闹个关老爷脸，八分酒意，精目电也似光亮射过来。吓得尚才用足一拨大山，低声道："悄声。"

说着用目一送。

大山望见高岳，不由气冲牛斗，啪一蹾酒杯道："什么野鸟，尚兄你便大惊小怪。"

尚才听了恐招恼高岳，只如不闻，忙站起来道："咦，那不是高兄吗？只顾说话，却未理会，恕罪恕罪，快来这边同饮一杯。"

高岳冷气道："尚兄不当了。"

关大山白蛤眼望了高岳不语，尚才恐出事，匆匆调出大山。只闻大山外面骂道："尚兄你怎这畏三躲四？咱老关怕过哪个？老子便是杀人放火，姓高的管得着吗？"

高岳一听登时大怒，一想大山卖嫂为盗，种种陷害良善，越发制止不住，又加上点儿酒力，非打大山不可。只听得外面店家乱哄哄，似乎劝大山。大山漫骂道："什么？怕他与俺咬鸟吗？赶快给老爷滚开，便算了事，不然要他尝尝姓关的拳头滋味，连你鸟店都捣碎。"

尚才急道："老关怎的了？这怎的交对？得了，你先到柜房，有俺们给你转过这口气，要他离开此如何？"

果然似乎闹嚷嚷许多脚步乱响，已然将大山拉入柜房。一会儿店家人来了，与高岳赔笑道："爷台还添甚酒菜？刻下官中来定座，整个包去座，您屈尊点儿借一步吃酒是了。"

高岳这一来登时跳起，拍案道："什么？俺吃酒说下不给钱吗？什么官衙，倚势欺压乡民！得了，高某便是不畏这个，有事朝俺交对着。"

店伙挨近道："您不要如此，那是本县关爷，提起来谁不知道。"

高岳趁怒轻轻一耳光，将店伙打了个跟斗，随手一脚踢翻桌子，杯盘乱滚，汤汁齐飞，大叫："姓关的，俺正寻你不见，有骨头出来！"

大山听了，怎按得住，哇呀呀怪叫抢出，别人拉不住，一径闯入酒座，大叫"姓高的俺不认得你吗"。高岳面如喷血唾道："什么东西？芝麻大官儿便欺压乡党，瞧咱姓高的教训你。"说着一甩脱了大衫。大山已怪叫，双拳一分，高岳大叫来得好，一闪身让过，进一步双拳一摆打入，二人登时交起手来。屋中桌椅陈列，踢掷得乱飞，两个虎也似的汉子厮打作一团，十多回合不分上下。尚才只大叱"自家人住手住手"，任他叫破喉咙，哪有人听得，又没有人敢拉劝。

高岳逗得大山疯虎一般，这才放出家数，但见一路拳影纵横，围了大山乱转。大山跳浪如雷，高岳从容不迫。高岳趁大山一拳打来，偏身一避，进一步反臂一个望月式，一拳打向大山头顶。大山一伏身，侧进一步，飞起一脚，往高岳胯下踢去。高岳一个海底捞月式，一手抄住。大山已一个连环脚踢过，高岳身轻如絮，侧身闪开了，只虚击一拳。大山只顾去格，不想高岳早已掣拳伏身，一个下扫，大山忙鲤鱼打挺式，飞跃过高岳头顶，落在高岳身后。高岳一翻右臂掏过，不想大山一拳也到了。二人接着了，高岳因反臂突过，竟被大山接了一拧，摈转过去，抬起一足往高岳后脊便踢。

高岳有甚不知，大山这一招非常歹毒，只敌人稍一含糊，马上拉折臂。大山一脚未到，高岳反身伸出一臂，一个下托，整整托在大山下颏。大山伸脖瞪眼，牛也似的出粗气。赶忙放手，后退一步，几乎托掉下颏。高岳已铁臂一张突过，一腿扫去，大山跳过。不想高岳一带之下，大山吃不住力扑噔翻倒，一翻身想起，又被高岳踢了两脚，直滚出门外，被高岳过去捉住了，一连几拳。

关大山骂道："姓高的打死老子，算你有骨头。"

高岳冷笑道："打死你敢舒服了，偏打你个半死，与林屠户内弟报仇。"说着拳脚齐上，不消十数拳，打得大山鼻青脸肿，骂声绝响了。

高岳笑道："你这厮吃不得打了，装死是不成的。"过去又是两脚，踢得球儿般乱滚。

店东等叩头道："老爷饶过了吧，直当可怜俺们，不然咱们店开不得了。"高岳方住手，吓得尚才面如土色。高岳叫店家算账，店家不敢言语，高岳留点儿碎银子去了。过了一会儿尚才钻出来，知道高岳去了，方跑去知会冯捕头。

冯头道："这捕拿不得的，先着人抬回大山再作道理。"于是差了几个弟兄去了。大山已醒过，呻吟不起，大家将他送回家中，直调养了两个多月方好了，恨高岳入骨，又不敢轻招惹他，暗含着伏下杀机。

且说高岳打了大山先到訾润堂处，润堂惊道："这是怎说，刻下关大山与尚才、冯捕头、丁官儿狼狈为奸，兄弟你祸不远了，赶紧去吧。"

高岳道："关大山丧胆了，俺气过舒也，文藻兄一生未管过大山，却被俺教训他一顿。"说着哈哈大笑，住了一夜，次日返施屯。

临行润堂道："俺老子，此后望兄弟们常走动。再说关大山等人不可不防其毒，尤其那尚才越发可恶。"

高岳道："大哥放心，俺都不理会得。"

高岳到了施屯，与仇春瀑说知一切，春瀑为人与高岳性子相同，二人说着拍手大笑。过了三五月，忽然润堂逝世，仇高赶去吊丧，城内正哄说丁官儿即要他调了，大山一干宝贝登时没抓挠了。高仇俟润堂窆窆后返回。这是丁星垣与大山邂逅，高岳与大山结仇一番事，暂且慢表。

再说笑脸狼听说丁官儿要调任，登时慌了手脚，自己所作所为，都打着丁官儿旗号，别人敢呲毛？如丁官儿去了，自己未免落得孤

86

雁一般，没着没落。

关大山听笑脸狼说丁官儿他调，赶忙入衙。大山姐姐春红笑道："大山你怎一向未入衙？"

大山道："因为俺又做一份买卖，便是贩点儿皮货。"

春红道："买卖还不错呀？"

大山道："将就得，俺听说姐夫升调了。"

春红道："他倒念头来，俺也未理会听。"

正说着丁官儿进来，大山施礼。丁官儿笑道："你一定来探消息，俺告诉你吧，俺已调省，官高了。"

大山喜道："您官高俺也官高，肉肥汤也肥的勾当。"

丁官儿笑道："偏没说对，俺调省不比在县，一切由俺调处。省中第一不能任用私人。"

大山摇手道："得咧，只这一宗俺便交对咧。"

丁官儿笑道："那也不算什么，左右你在中牟牢牢的，新任官儿林涛，也是俺同年，俺们很有些关照的。"

大山不悦道："关照不关照没有说的，好了咱干上几年，不然去他娘的清秋大路。"丁官儿知道大山素日仍带着蛮野强盗气派，也不在意。

关大山候了一会儿，闷浑浑半晌方道："姐夫究竟多天去呀？"

丁官儿道："也不过个把月的勾当，怎的也须新官儿到任，交替印件，俺方能辞行。"

大山听了一声不哼去了，会见笑脸狼。笑脸狼远远见大山垂着黑麻怪脸，早已看透。

大山突然道："得咧，老尚咱散伙呀？"

笑脸狼笑道："这是什么话？俺知道了，大爷一定将去了。"大山点头。

笑脸狼道："你随行不呀？"

大山道："咱一个也去不得，只闻说新官儿是大爷同年朋友，多少有关照。"

笑脸狼一双鼠眼滴溜一转，笑道："是了，只有些关照，咱下不了台怕什么。"关大山也放些心。

光阴如水，一晃一个月头上，新官儿果然来了，丁官儿交印，便辞行去了。临行去将大山等荐与新官儿，说是自己旧用得力人物。新官儿名林涛，是丁星垣同乡，为人正直精练，连任山东，真是两袖清风。虽是文官，胆大好武，射得好箭，善骑骠马，曾亲率兵破贼千余，一支箭绑了两个著名大盗。当时林官儿新任中牟，旧属一些不更，第一先察县弊民恶，这一来一班县中僚属登时慌了手脚，土豪劣绅也收煞起来。

林官儿到中牟二月余，一清县政，那丁官儿旧僚瞒不过县太爷，弊病隐私被林官儿每人敲了一顿割掉，吓得笑脸狼等不敢伸手探脚。百姓得了这青天大爷，都来讼冤。林官儿鞫审之下，内中好些无头案未破。第一件便是五里屯卖烧饼老张一家被杀之案，其余还好些偷窃抢掠之案。林官儿大怒，唤上捕头冯万善，令火速办案。冯捕头怎敢少怠，连日下去，只捉两个偷儿，被林官儿细审之下，还是被屈良民。林官儿大怒，立时叱过冯头道："你等如此办案，以往说不定有多少冤狱。"

冯头道："老爷，以往没有呀。"

林官儿拍案道："以往无头案还悬至今，还用说别的吗？今限你半月破案。"

冯头受令垂头耷脑下去，知会捕快，只得乱忙一气。冯头心中本明白，知道老张之案怎的也难破，于是去寻关大山。二人相见，冯头一说县太爷究案甚急，关大山慌了道："这怎好呢？"

冯头道："这案子咱干的，外面还不知道，要破此案当怎着手？"

关大山搔首道："俺更没主意，那么寻来尚才商议。"

冯头匆匆将笑脸狼捉弄来。三人会面，六只眼睛对瞅。笑脸狼道："俺闻新太爷厉害得很，咱如弄错了，哪里担当住？"

关大山啐道："这时你又畏缩了，当初不是你拉俺下浑水吗？"

笑脸狼道："岂有此理，咱各人的心事呀。"

冯头咋舌道："提不得了，已到这个时候，还争什么？俺冯万善左右自己没准心柱。"

笑脸狼一想冯、关二人是不是自己唆使，不由急得大汗满头。三人计较半晌，没得分晓。一连多日，每日三人聚在一团，一晃已届期限。林官儿因冯捕头一向未破案，弄不出下落，派两个武弁将冯捕头捆翻。林官儿追问一会儿，案子没头绪，林官儿大怒，一顿大板敲得冯头山嚷怪叫。笑脸狼正悄悄来探消息，眼看着冯头被人架了出来，屁股后一片血淋淋，吓得笑脸狼抱头便跑，告知关大山。

大山等去望看冯头，冯头挥退左右，悄悄道："太爷追问非常急，可怎好哇？又限半月，俺看半月俺伤好不了，又得挨板子。"二人咂嘴咋舌，没得分晓。

冯头又熬过半月，依然没个交代，果然又被太爷敲得几乎脱掉屁股，伤上加伤。笑脸狼禁不得吓，每日寻思良策。这日冯头挨板子返回，先去寻笑脸狼道："尚兄，俺受此罪都是你作成的，俺想除非举出你去，俺多少可以免些罪。"

笑脸狼听了吓得啊哟一声，仰八叉自椅上滚倒，爬起来道："我的冯爷，你千万别如此办呀。俺这瘦皮尖骨，挨那顿板子，说不定散了骨架。"

冯头道："你如怕便与俺策划，不然，咱是有钱大家花，有罪也须分担，便连老关也挪不开一步。"

笑脸狼搔首道："冯兄你若咬出俺们，连你也得偿命。俺不过是唆使，没有杀人，究竟罪过还是你与关兄的。你忍耐一点儿，过些日便冷下来了。"

冯头怒道："你来哄哪个？忍些日能替咱挨打吗？"

笑脸狼无法，想了半晌，拍手道："有了有了。"

冯头两眼望着笑脸狼的嘴，笑脸狼接着道："冯兄你多少须再挨一次板子，那随你便当堂辞退，只说没有能为，请求另选贤能。"冯头想了想也是个理由。

果然又过了些日，太爷又追究案件，大敲捕头，冯头依笑脸狼之法，恳请辞退。太爷怒道："你是县里捕头，遇事辞退，哪里能够？这个案子难办得很，谁来接受？"

冯头顺口道："老爷俺改日荐举能人。"林官儿方许可，推荐得能人许退。

冯头下去，会见关大山、笑脸狼商议。笑脸狼拍膝道："瞧冯兄俺好容易出条计，又被你弄糟，你说荐得能人有谁肯接？你应该说实在无能为只好辞退，大爷没法也得许可。"

冯头旋转了会儿，没有主意。笑脸狼笑道："哈哈，这好极了。"说着与关、冯二人一叙究竟，冯头点头。唯有关大山乐得打跌道："好，好，这是官报私仇了，可有一样，高岳他肯出来吗？"

笑脸狼道："高岳为人慷慨，或者还可。只他出头，咱便没事一大堆。"关大山只管笑。

冯头寻思一会儿道："不妥不妥。"

笑脸狼笑道："不然咱便假造钢镖一支，上钻高岳二字，只说自老张院中拾得，稳当当罪移在高岳身上。"

冯头道："林官儿审断如神，上次俺胡乱捉了二人做偷敷衍，还被断清，何况案关重要。"

笑脸狼笑道："冯兄你想偷儿你未捉住他手腕，这是没证据的大错儿。高岳怎的清白，怎奈在张家拾得他的钢镖。况且他又是著名的武功家，打得一手好镖，他百口难辩。"

三人商妥，次日冯头去见林官儿。林官儿笑道："今天可荐得能人？"

冯头道："俺虽有几个朋友，均不肯出头，所以俺又来奉报大人。俺暂时竭力办案，望老爷宽限日期方好。"林官儿登时宽限。

冯头一番伪局与真事一样，返去悄悄打造钢镖一支，錾上"高岳"二字，拿来与自己用的镖比较比较大不相同，冯头收了。熬过二十余日，冯头去见林官儿。

林官儿道："案件可有头脑？"

冯头道："前数日俺亲自督弟兄到老张家查搜，拾得钢镖一支，又连踏访了二日，还未得索线。"

林官儿道："镖在哪里？"

冯捕头道："俺已携带着。"于是从怀中掏出，呈过。

林官儿接镖细细看了一会儿，沉吟不语。又凝想了一会儿，自语道："这物儿一定有些关节儿。"说着拿起又看一会儿，读念道："高岳，哈哈，这高岳一定是本镖主人了，可闻得有高岳这人吗？"

冯头故意道："是呀，俺了想到此，只未得高岳这人。"

林官儿道："不打紧，只有这高岳二字，案子便没多远了。"于是将镖先收了，令冯头打听高岳这人。

隔了二日，林官儿将冯头唤到，问可知高岳是谁。冯头故意道："没消息。"

林官儿笑道："俺已探着了，说施屯村有高岳这人，乃是著名武功家，难道你不晓得吗？"

冯头笑道："高岳，施屯是有一位，俺以为此人武艺高强，素有游侠之名，怎会做这强盗事？虽想到也未敢破口说出。"

林官儿道："俺闻高岳与仇春瀑为施屯双雄，高岳善用飞镖，你瞧那支镖锋利得很，又有高岳二字，定是他无疑了，你便知会捕房，明天捉人就是了。"

冯头领命，心中一块石头落地。活该高岳遭灾，凭空飞下杀身之祸。

这日高岳正闷在家里，打算去寻仇春瀑谈天破闷。方要出房门，便听得有人敲门，接着门外有人叫道："喂，高爷在吗？"

高岳一听知道是来寻自己的，一想不用说了，这一定是张大少，因为张大少昨天返来。想着叫道："是张兄吗？"

只闻外面哼了一声，高岳开门一看，哪有张大少，却是五六个青衣红帽的县里捕快。一个个龇眉溜眼。高岳还以为捕快到村有公事，捞些鞋脚钱。

当时捕快见了高岳，龇牙一笑道："咦，爷们儿，咱熟大拉的，特来关照关照你。"

高岳笑道："当得，小意思，咱办得到的。"

捕快笑道："这便好了，给兄弟们掏出来吧。"

高岳以为捕快一定磨求吊八百钱，方一转身，早见捕快掏出黑索，猛然一抖，哗啷啷一声响，一条铁索稳当当挎在高岳脖颈上，不容分说牵了便走。

高岳叫道："慢着慢着，这不是开玩笑吗？大街上多不体面呀。"

捕快冷笑道："体面还不做强盗呢？老实说与你吧，朋友你的案发了，这也是官事公办的勾当，可别怪咱呀，有话请你大堂上说去。"

高岳摸不着头，一径被捉入官里去。村人知道了，慌得告知高岳娘子李氏。李氏正在抱了女儿蕴华，闻得凶信慌得派人去寻仇春瀑。

不一会儿仇春瀑匆匆跑来道："怎么俺也闻说高兄被屈。"

李氏娘子皱眉道："仇老弟你说这不是凭空掉下祸苗？咱家地道道的庄农，犯什么国法，便一索索去？唉，刻下官府真也说不得，这只好托老弟多跑几趟，打探打探，究竟是怎个缘由。"

春瀑道："嫂嫂不要急，俺听说新换的这官儿名林涛，为人刚耿精练，断案如神，大约高兄被捉，一定是被些嫌疑而已，这时不早了，明天早上俺便入城探探消息。"

李氏急得坐卧不安，春瀑道："俺决定认为没关紧要的，因为高兄生性慷直，不避豪横，因此结仇过多，说不定被仇所陷，但事有事在，又怕什么？"说着去了。

次日李氏娘子老早起来，听候消息。日色将午，春瀑方返回："嫂嫂不要害怕。"春瀑说着面上带着极怒，双目圆彪彪。当时李氏娘子惊得心下忐忑乱跳，面上立刻青黄不定地变更。春瀑跺脚道："哈哈，不消说了，一定是姓关的做的手脚。便是俺到城中，街上纷纷传说，原来林官儿究查五里屯杀人案子，捕头冯万善竟弄得一支镖，刻上高兄姓名，把来作为凭证，硬说高兄为凶犯。虽是如此说，可是现在林官儿正在审断，亏得林官儿清明，俺想过些日子一定有水落石出的时候。唉，也是高兄结仇所致，冯捕头与关大山、尚才等人狼狈为奸，已非一日。前数月高兄在中牟究疵，将关大山打了一顿，因此结仇，俺料这一定是他等所为。"

李氏娘子急得带哭，着实托付春瀑。春瀑道："嫂子放心，俺与高兄生死弟兄，焉有不尽力之理？"李氏心下稍宽。春瀑连日奔走，托人用钱疏通了典史老爷，方与高岳相见。

高岳恨道："春瀑弟，俺委实被关大山、尚才、冯万善等陷害，这般人恨不得揪碎他们。"

春瀑摇手道："慢着慢着，林官儿有名的清明，一定有个判断呀。"

高岳叹道："判断？林官儿虽不错，百般审查，无奈冯捕头总以伪镖做证，口吻一些不松，因此俺脱不得重罪，初审三次未动刑，最后竟用刑罚。"说着解衣令春瀑看伤。春瀑好不难过。

高岳道："听说太爷欲取俺家中之镖比较，是否相同，如此俺罪一定减轻。"正说着，狱卒催春瀑去了。

高岳又押了十多日，林官儿果然派人去索高岳之镖来比较，是否与那凶镖相同。当春瀑返回施屯，将高岳之言告知李氏，李氏暗暗谢告天地，如果对镖绝没有相同之理，或因此释放。李氏于是将高岳所用之镖一发备好，果然县中公人来取镖，李氏娘子将镖交与公人去了。

春瀑赶到拍膝道："那如何使得？送镖必须咱亲自随行，当堂请验，此镖交与他等，焉知冯捕头等没有鬼祟？倘中途调换了，高兄怎当此罪？"于是慌张张赶上取镖公人，一同随行。

公人沉着脸道："高家事干你鸟事？"

春瀑喝道："且少撒野，俺受高家之托，并切当堂验证，没有不随行之理，不然由你们掉鬼如何是好？"公人不敢言语。

且说冯捕头一口咬定那伪镖是从五里屯老张家拾得，林官儿唤上往搜之公人询问，均是异口同音。林官儿为人仔细，于是想起验镖，冯捕头闻得方慌了手脚，忙寻笑脸狼商洽。笑脸狼笑道："俺当什么大不了之事，何不预造下数支同样凶镖，俟高岳镖取到，轻轻调换了，高岳他百口也辩不得。"

冯捕头大悦，忙打造数支镖，与前镖一样。笑脸狼道："等验镖之日，怕高家随人到来，那时调换即不易了，还是勾通取镖公人，令他们中途调换。"

冯头又与公人勾结了，偏巧李娘子手托高岳旧用之镖，交与公人，虽然仇春瀑赶上公人，公人早将真镖藏起，伪镖装入镖囊，春瀑还瞒在鼓里。春瀑与公人到得中牟城，公人道："咱事办清白，你既随行，这镖交你携带。"

春瀑大悦，公人整囊镖交过，春瀑将了收起，候着传讯。下午林官儿坐堂，将高岳提带出，当堂验镖。春瀑满心以为一个把握，不想当堂呈上镖，与凶镖一些不错。春瀑慌了手脚，林官儿大怒，高岳叫屈不迭。

林官儿拍案道："高岳还敢强词，如今还有甚说？"喝令上刑，高岳连连昏厥。春瀑心如刀绞，满目怆然，被林官儿喝退。高岳本是冤屈，死不招认。林官儿没法，细细一想，恐内中还有隐情，于是将高岳取押从事侦探一番。

月余光景，高岳伤也好了。这日春瀑又去看望，高岳顶枷戴索，见了春瀑不由奋然道："仇老弟，改日不必看俺来了，俺也不日便要脱押。"

春瀑道："有甚消息吗？"

高岳道："贼咬一口，入骨三分，有甚消息？俺顶天立地汉子，冤仇分明，心里哪能搁置？姓关的等将来必交俺一颗头，不然人还用出气吗？"说着恨恨不已。

春瀑不能久留匆匆去，将高岳之言告知李氏娘子。李氏还以为高岳之冤已明，心里盼着高岳早出。

却说冯头移祸于高岳，关大山、笑脸狼心中有说不出的痛快，三人终日聚在一起。这日关大山备酒请冯、尚二人吃酒，三人吃得半醉，不由信口胡说起来。

大山道："俺听说高岳老婆很有姿色。"

冯头笑道："瞧你就爱说些用不着的。"

95

大山正色道："怎么用不着？如今高岳是早晚人了，高岳死后，瞧着俺的手段，连他老婆都架过来。"

冯头笑道："未免太损一点儿，俺这是不得已，说实了高岳何曾杀老张？杀老张的还在咱桌上，你瞧老张的女儿，老关还不肯饶过她，临给她一刀还得脱得光溜溜，弄耸一会儿。"

大山耸着赤溜溜糟鼻哈哈大笑，笑脸狼一手披着鼠须，一手端杯饮着酒笑道："归根儿咱老尚干净利落，只口儿一张，便有替咱动手的，你瞧高岳莽熊似的汉子，不当俺一口唾。"

三人说着，一个个硬挺着舌根，笑脸狼一会儿一溜身，伏在桌上醉倒。冯、关二人也吃得一溜歪斜。怎知三尺外没有瞒人的话，却被张大少听得分明，想起高岳的好处，连夜跑回施屯，报告与李氏娘子。

李氏早已明白，是为关大山所害，却不晓得如此详细。李氏道："张兄血心，以后再打探什么消息告诉仇爷即是，俺一个妇人有甚见解。"

张大少叹息道："想不到高爷竟遭此横祸，真使人出不来气。望娘子保重，俺与关大山等接近，探得甚消息定然报告。刻下俺偷偷来的，还须避人耳目，便速返去呀。"

李氏送出张大少，自己返回。过了二日，春瀑也未入城，因高岳有话嘱咐不必去看。这日夜里四更时分，春瀑正在睡梦，觉得有人呼唤，一刻忽悟过来，正是高岳语音。春瀑忙草草结束放入高岳，掌上灯烛。春瀑一望高岳浑身鲜血。

春瀑惊道："高兄为何至此？难道是已遇害灵魂到家吗？"

高岳摇手道："老弟勿惊，俺委实气不出，越狱逃出，只今日俺便离开施屯。"

春瀑怔然道："真有此事？俺正设法搭救高兄，不意竟鲁莽至此，这如何是好？那林官儿清明得很，日后定能判断大白，如此焉能不追究？"

高岳道："俺也晓得，只可恨尚才、冯捕一班人已被俺一刀切个痛快。"高岳说着剑眉一挑道："可惜关大山贼头竟不知去向，所以便宜他了，日后访得他定白刃相对。"

春瀑听得高岳越狱杀人，吓得啊哟一声，转了两圈，说不出话来。高岳笑道："那算什么，俺不但杀了冯捕头与尚才，并将人头送到衙中示警，林官儿或不敢深究。"说着匆匆一叙杀人之事。

原来高岳早有心越狱，所以当春瀑上次到狱房去看望他，他还说不必再来，那时已伏下杀机了。高岳因为仇春瀑用钱买通狱卒，狱卒对春瀑很不错，有些消息狱卒便告诉高岳。这日一个狱卒来送汤饭，高岳方戴着枷锁挪开身子去就餐，狱卒叹道："唉，高爷咱总算有缘，厮混一场，怪牵肠挂肚的。"说着连连叹道，"这个年月偏发旺那些黑心人，老天怎便不睁眼呢？"说着四顾道，"刻下这里没人，俺与你放开刑具，咱谈一会儿也尽些人心。"说着与高岳打开刑具。

高岳连日上刑，忽然脱刑，说不出怎的舒服。狱卒将汤饭摆上，高岳端起碗想吃，狱卒一把夺下笑道："高爷咱相聚一场，多少是一些心。"说着从怀中拿出一油纸包，打开却是两个熟肥猪蹄，又从屁股后头解下王八壶，满满一壶老白干酒。狱卒将肥猪蹄掀开大块，将酒与高岳斟一碗，自己也斟上一碗。

狱卒端起酒来，忽然落泪。高岳不由一怔，暗道："狱卒今天特殊异样。"于是道："咱哥们儿相交一场，有什么大不了的事呢，何不说来咱听听？"

狱卒道："说什么？只因高爷被冤，今天是咱诀别日了。"

高岳不由心中扑通一声，一股热气撞上脑门。

狱卒道："高爷恩惠俺们，人心都是肉长的，怎不叫人难过呢？便是前些日，俺老娘死掉，还多得高爷之力，后来家中无人，仇爷交与俺二十两白银，说是高爷恩典的，叫俺说个老婆，前几天俺便说上个晚老伴，高爷这好些事，都是您成全俺，没法尽点儿心，只好备些酒肉偷偷与您作别。"

高岳细细一问原因，方知关大山等已赂通狱头，设法将高岳治死。当时高岳气恨，忽然一想：俺堂堂男子岂可含冤坐受刑戮，哈哈，有了。想着说道："不打紧，人生但有死，算甚鸟事？咱哥们儿便各尽一碗，权作纪念酒吧。"说着咕嘟咕嘟一碗酒一气饮尽，啪嚓一蹾酒杯道："咱高岳一生铁血汉子，所作所为真也热心，替人流过血，哪点对不住自家心呢？啊哟，是了，既然如此，也勉强死得过。"说着一拍狱卒道："俺死后哥们儿你是知道咱冤屈的，有人晓得，咱死便不冤了。"说着哈哈大笑，一连五六碗酒入肚。

狱卒陪伴吃喝一顿，高岳不由大醉睡去，狱卒收拾一切，嘟念道："莫怪人提高岳便竖大指，真是好硬汉子哩。"

且说高岳一觉醒来，张眼一看，已日落黄昏时候，一阵阵乌鸦乱噪。狱卒踅来笑道："高爷好睡呀？"

高岳笑道："人生但是睡在梦里，如俺越发是梦中生活，咱兄弟交尽于此，俺谢你雅意看顾，咱下世见是了。"狱卒又与高岳戴上刑具自去。

高岳酒足饭饱，一觉醒后精神十足，熬到二更时分，听了听狱中声息都静，只有更梆声徐徐传递。高岳想起自己被陷害之事，不由激怒，突然一声声惨号、哭叫之声传来，高岳大怒。原来是狱头趁夜敲诈犯人油水，使尽种种毒刑，弄得犯人神哭鬼叫。高岳心想道：这等人间地狱，送掉多少良民，看起来关大山等狗头不得不除，多少此辈也警惕一点儿。想着望望铁窗透出月光，高岳双手攒劲，猛然一劈，连枷劈开投在一旁，打开脚镣，一纵身跃起，左手提了半片枷，一径奔下。

门已落锁，高岳双手拉住窗桄，茶杯粗细铁杆儿只一拉，登时弯曲折落，高岳用了一个登波式，平撑身躯，双臂紧挟了腰身，挺身跳跃，猛然一伸腰，一条黑影哧溜一声已自窗隙跃出，稳当当落在院中。四顾好不明朗，四围挨间囚房，迤逦排得老远，当中更房重囚房，又分十字式死牢。短垣之外，二丈高垣兜围了。垣上荆条满布，垣壁板也似光亮。高岳不暇四顾，望见窗上铁棍倒顺手，于是扔了半片枷，换了一条铁棍，弯曲处手扳直了，颠了颠倒还顺手。

当时高岳寻思一会儿，先去杀关大山、笑脸狼，因为二人就在衙后住，于是便奔北去了。方转过重囚房，突然更声响亮，高岳忙一蹿身跃上房去，猫儿一般。随后转过两个更夫，手中标枪梆锣之类。高岳望见二人，忙闪向房顶伏下，就二人过去方站起来，四顾见四面阴森森林木花影。高岳暗道："俺正然难登高垣，接近树木处或容易。"于是跳下北面房，用了一个轻燕掠水式，自檐下刷出数丈远，随着一路蜻蜓点水步法，足尖着力，嗖嗖嗖，直飞过短垣。

就短垣下一望，却是一处四五丈宽夹道，还生了许多蓬头树木，一株巨槐怪蟒般的枝柯纵横伸张着，好不茂盛。高岳望了那树，一条巨柯平伸向外垣，高岳大悦，正想登树，突然呼呼风声，接着呜呜两声怪吼，高岳一闪身，嗖一声已自身后扑过一物。高岳猛然吓了一跳，却是一只巨犬，生得斑花卷毛，纯粹关东獒儿。

高岳知道是看狱之獒，忙就犬扑势，顺手一铁棍。不想棍未击下，忽然后面呜呜之声，高岳忙闪，后面又一只苍色巨犬蹬开四足，一团乌云般滚到。高岳忙一跳，不想犬来甚急，一口咬着高岳衣襟，四足并齐，摆头摇尾大拉大拽。高岳大怒，手起一棍，啪一下打在衣襟上，那犬猛然脱口，一径翻跌了两个筋斗，高岳忙闪身欲走，二犬狂吠齐上。高岳又怒又恐为人察觉，忙一掉身就二犬来势一跳，二犬扑空，收不住足，反抢在高岳头里。高岳顺手一棍，正正打在一犬尾上，一条尾巴登时折下，痛得翻两个滚。高岳赶过，随势一脚踢起那犬，凭空飞上五六尺，啪嚓一声摔在石上，脑浆迸流死掉。那一犬似乎一惊，已而转怒，竭力狂扑蛮上。突然那犬蹲身伏地，一个老虎偎窝，取足势力，嗖一声扑过。高岳一闪，顺手抄着那犬一只后腿，风也似抢起，猛然一松手，那犬呼一声飞上半空，直落在垣外，只闻啪一声，不闻犬叫。

高岳杀了二獒，倾耳一听，一些声息都无，更梆声远远随着风飘到，高岳暗幸，亏得更夫方才转过去，不然还了得吗？当时高岳不敢再延误，扶了铁棍飞身登树，哧哧哧，猴子一般直上树顶，顺那条横柯行去。提起一口气来，足尖落在柯上，行至柯头，细如碗口，已颤巍巍上下起落摆起来。好高岳就柯枝起落之势，蓄足气力，故意轻轻登着枝柯，上下悠荡两下，就枝起势纵身一跳，双手扳了垣头，一个珠帘倒卷式，一径翻上垣去。

高岳拽铁棍登垣一跳，目下无余，见垣下便是一条小巷，有四五人家，高岳心中一动，暗道："冯头便在此住呀，何不先捎着他首级？哈哈，姓冯的，你将人冤苦咧，俺这是私仇公恨，除掉这班人也与老百姓减一点儿灾害。"想着一挫牙关，一个紫燕穿帘式，一道黑影直落在小巷一家短垣上，顺着短垣寻到冯头家。

在这深更夜半时候，万籁俱寂，只冯头室中尚隐隐灯光。高岳大恨，顺垣直入冯头院内，倾耳一听，室内还有男女说笑声，接着窗上半裸的女子身影一晃。只闻冯头笑道："你不然便先睡，俺一会儿还去寻狱头，因为狱中押着一个大虫。"

高岳轻轻就檐下一个垂帘式，双足着力，垂身窗外，悄悄戳透窗纸一窥，早望得分明。室内灯光明亮，榻上冯头正抖弄一个包裹，旁边一妖娆少妇，敞披着衣服，露着半个玉乳，一手抱着冯头脖儿，想说什么。

只见冯头道："俺一会儿便来。"

女人道："有事早不办，当这深更夜半敲门打户，扔得人孤鬼一般。"说着抿着嘴似笑非笑。

冯头抱了女子道："好人，俺没说吗？一会儿便来的。只因狱中押着个大虫。"

女人道："瞧你们多么作孽，人家高岳听说安家守分……"

冯头笑道："你哪知道？俺们做了把戏瞒不了高岳的眼目，又搭着高岳与关大山结仇，所以就此除脱高岳，咱也能大胆伸手，不然还了得吗？因为林官儿机灵得很，他总疑心高岳与杀老张案子没关，倘如办明了，俺与关大山等头颅均保不妥，高岳一人当俺二三人，替死也将就得。"高岳听了怒火直冲顶门。

女人又道："寻狱头干吗呢？"

冯头道："俺已与狱头商好，就狱中毒杀高岳，天大事都净咧，岂不便当，还省林官儿三心二意。"

高岳听到此，委实忍不住，悄悄跳下，推门尚未关闭，掩身一径跳入，榻上男女一齐哟了一声。

高岳低叱道："冯头狗头认得俺吗？"

冯头猛见高岳，登时跳起。高岳道："不要你晓得俺是不成的。"说着劈头一棍。好冯头一缩身形，就地直滚到墙下，一跳身拔下单刀。那女人嘤咛一声，一滚落榻下逃入床底。冯头单刀当高岳头上劈去，高岳铁棍猛然一迎，当的一声，一柄雪亮单刀正接着铁棍，激出一溜火光，冯头震得单臂无力，高岳已铁腕一翻，一条铁棍黑蛇一般突过。冯头一闪，哧溜一下，入壁四五寸深。高岳拽棍当儿，冯头反身往门外便闯。高岳见了脱手一棍，飞镖一般将冯头打了个筋斗。高岳过去提了，一手揪着冯头，一手夺了单刀，随手一抹，冯头一颗头滚地。

高岳提了首级，一径去了，便奔关大山家。大山家本在街后，笑脸狼也住在大山家。高岳在大山家寻了一遍，不见大山。突然有人敲门，大山仆人开门，高岳藏在紫藤架下，张见一盏红灯光下走进一人，却是笑脸狼。背后还有一青衣仆人。

笑脸狼道："今天关爷不返来了，大家睡吧。冯头没有来吗？开门！"

仆人道："冯头傍晚时分来一次，寻关爷，不一会儿去了。只说与狱头弄停当了。"

笑脸狼点头道："晓得了。"说着奔向一精致小室，仆人送上茶水。高岳心思一切害人均是笑脸狼的主意，岂可轻轻放过他？于是伏在房上，过了一会儿仆人去了，笑脸狼室中只一声声算子响。高岳跃下房来，推门而入。笑脸狼还在低头细算，桌上一包银子，都是成封未打。笑脸狼听得声音，以为仆人们，叱道："狗才，要你们不要来打搅，还做什么来？"话犹未了，突然脖颈上冰冷一家伙，笑脸狼吓得一抖。

高岳叱道："高岳在此，今天还有何说？"

笑脸狼缩脖慌了道："好汉慢着，俺未招惹过高爷。"

高岳叱道："休做梦哩，俺闻害俺都是你的毒计，还有甚说？"

笑脸狼道："高爷冤杀人了。"

高岳叱道："谁耐烦与你磕牙。"

笑脸狼方吸了一口气，想说什么，高岳单刀一按，笑脸狼叫了一声，头已到高岳手中提了。高岳将冯头、笑脸狼二人之头系了辫发，挂在腰带上，又将一包银子整包背了，反身而出，一阵轻风，出了关大山院子。再想去寻大山，听听更声已入三敲，高岳恨恨之下，只好罢手，自大山处一径入衙。

衙内静悄，只一精舍尚灯光未灭，高岳伏窗一看，见内中十分清净，窗下一条长案，靠壁下立着书架木桶之类，案旁椅上坐着一胖头大耳官儿，便是林涛，正一手持书灯下阅看。门边两条长凳，坐着一小厮，仰着脖儿靠壁盹着。

一会儿林官儿唤醒小厮，愣怔怔立起，身子乱晃。林官儿笑道："时候不早，你去温点儿酒来，我这里还有卤豆，少时便去休息是了。"小厮唯唯去了。

林官儿将灯拨亮，聚精会神地读阅。高岳望见小厮去了，方悄悄下房，轻轻掩身入去，将一双血淋淋人头正放在长凳上面一支衣柱上，就鲜血濡指，书在白墙上道："奸宄就戮，只缺一人。"又写高岳二字，事毕掩身而出，速如轻风，一些声响均无。

且说毛头小厮温得酒来，与林官儿放在案上。林官儿合书放在书架上，自己就桌上揭起一块纸，下面一小碗，内中是卤豆。林官儿饮酒食豆，小厮仍坐在长凳上，忽然吧嗒一声，冰冷的东西正落在小厮脖颈上。小厮吓了一跳，用手去摸，一面仰头一望，不由诧异，细看哟了一声。林官儿听得一望，登时一怔，停杯不饮，过去细看，却是新割的两颗人头。

林官儿大惊，令小厮不得声张。小厮吓得打跌。林官儿秉烛细看，壁上书着十字并有高岳名字，林官儿不由模糊起来，暗想高岳一定冤屈，但这杀人罪过岂在轻处？竟敢公然到此也，透着小看官长。啊哟，俺在此片刻未离，怎不知道呢？如此说高岳非等闲人了。

再表高岳，一切了毕，一径越城而走，奔向施家屯。先寻仇春瀑来了。

当时春瀑听高岳叙罢，惊得满头大汗道："高兄你此处留不得了，奸人虽然就戮，但你罪上加罪，一发辩不清白。"

高岳慨然道："多少警惕一点儿，事不宜迟，俺即去了，俺家事托与老弟了。"

春瀑道："不须多嘱，但高兄满身鲜血，到处惹人注目，快快换衣。"于是将春瀑衣服换上一身，春瀑将血衣提出用火焚化，又寻出十数两银子，把与高岳。

高岳摇手道："不需此物，因为俺已有了。"说着手抚背上包裹。春瀑知道是杀笑脸狼时随手捞来的，于是就将银收了道："高兄咱后日会吧，俺也不留你了，刻下风声紧张之时，越早离此地越好。"高岳诺诺，春瀑送高岳去了。门外再三嘱咐小心行踪，依依而别。

春瀑哪还睡得着觉吗？便一径跑到高岳家叩门。这时天将发晓，高岳娘子李氏闻得门声，吓得心惊肉跳，忙唤起了丫头伴了去开门，轻轻问道："哪个呀？半夜三更敲门？"

春瀑道："嫂嫂，春瀑来了。"

李氏一听是春瀑，登时吓得白了脸道："老弟此般时候一定有急事。"

说着丫头开门。春瀑进来道："嫂嫂，高兄出来了。"

李氏怔然道："未见呀。"

春瀑道："方才去寻俺，所以特来与老嫂一个信儿。"

李氏着丫头提灯引路，先奔客室，李氏返回己室，略揽鬓发，匆匆到客室。春瀑正来回大踱着，见了李氏便道："俺看嫂嫂也须避一避，因为高兄杀人越狱而走。"

李氏一听啊哟一声，倒退数步，亏得春瀑一把拉住道："嫂嫂莫惊，俺看高兄慷快得很，这冤狱委实令人出不来气，如冯头、笑脸狼等人总得如此整治。"于是细细一说高岳越狱，刀杀冯头、尚才，衙中挂人头之事。

李氏道："这不是罪上加罪吗？他现在哪里？"

春瀑道："已然逃走。"

李氏道："他虽逃走，但咱亦不能久处。"

春瀑道："俺也料及此，可是官中罪究正凶，也不过来搜寻罢了。"

二人正说着，突然一阵大乱，春瀑抽身跃出室外，早遥见黑影数条，越垣而入。当头一人，却是关大山。仇春瀑知道一定来搜拿高岳，自己在此恐不妥，反身跃后垣返回。

李氏娘子闻得有声，吓得浑身发抖，小丫头藏躲不迭，怪哭起来。早有六七健捕撞入，一个凶神般麻汉，手中单刀指挥大搜。搜了一遍不见高岳影子，麻汉向李氏叱道："快快献出犯人高岳。"

李娘子正色道："高岳早日被捉在狱，怎又要人？"

麻汉冷笑道："休推梦里，他已脱逃。"

李氏道："实在不知，他既是重犯脱逃，焉能返家？"

麻汉又大搜一遍，高岳家中几乎连房屋翻倒，未得高岳去了。李氏勉强收拾一切，已天光大亮。

却说林官儿夜里发现挂人头之凶案，登时悄悄知会典史老爷，一查囚房真个失了高岳。林官儿大怒，忙令人辨认两颗首级，正是冯捕头与尚才，壁上八个大字，还说只缺一人。林官儿不由又犹豫不定，心中暗道："高岳一定有些冤，不然会如此吗？杀了冯捕头怎还又有一尚才呢？尚才与冯捕头怎个关系呢？缺少一人又是哪个呢？啊哟哟，是了是了，想高岳被冤，一定是尚才的主意，人犯已逃，又有二没头案怎的判断呢？"林官儿不由搔首寻思一番，没作理会。

且说关大山与尚才二人被人请去吃酒，关大山当夜未返，所以保留一个脑袋。尚才被高岳切去首级。院里仆人方将入睡，闻得尚才叱喝仆人声，接着怪叫一声，便无声息了。仆人心疑，爬起一看，尚才不见了。细细一看，原来尚才已横不榔子躺在桌下，灯下鲜血淋漓。仆人知道不好，怪叫起来，院中都吓起来，灯笼火把闹得好不凶实，哪有贼人影儿，只那尚才的脑袋不知何时丢掉了，仆人慌得去寻大山。关大山睡得怔怔，慌慌张张跑回一看，吓得抱了头，幸而自己未尝白刃，忙报到衙。

林官儿正想不出策划，关大山赶到，林官儿指关大山看两颗血头，可不正是冯、尚二人？少一人关大山心中知道，一定是自己了，只不便说出。林官儿再也想不到少那一人便是大山。关大山心中乱抖，觉得如不捉杀高岳，自己暗含着便要吃亏。于是道："罪犯竟敢越狱，藐视法纪，正宜火速追缉。"

林官儿一想，也是道理，正犯高岳一逃，案件怎判断？于是派了公人，关大山统了飞奔施屯去捉高岳。一直乱了一夜，高岳早已不知去向，大山返来报与林官儿道："老爷，此案与高岳妻子李氏有关，因为李氏也是很好的武功，不然高岳身戴重刑具，那铁窗怎能脱逃？一定是李氏所为了，何不拿下治罪？"

林官儿听了细细一想，何曾不是？已而又沉吟道："高岳越狱或暂伏城中，亦未可知。"

这一句提醒大山，果真伏在城中，说不定瞅冷子与自己一下，便受用不开。于是连日大搜起来，一连二三日未得高岳。

这日关大山醉后，想起那次去高岳家搜查，怪不得人说高岳娘子绝俊的，真是不虚。想着面红耳熟，暗道："俺何不唆使太爷捉下李氏，狱中咱也放不过她，岂不美杀咱老关？"

正想着，突然张大少来送新摘下的水桃子。大山正酒后烧炼，把来便嚼，一面道："老张，你们怎不留神？咱听宅里小厮说，桃子被人偷去好些。"

张大少道："关爷您别听那些猴子胡说，因为他们向俺要吃，俺不得主人命令便把与他们吗？因此他们不说好话。"

大山笑道："是呀，俺也知道，年来你在俺家中确是老成，不比别人，哟，俺问你，你不是高岳同村人吗？"

张大少道："是呀。"

大山道："他刻下越狱杀人，罪上加罪，如冯头、尚才二人何等稳重厚实，便挨高岳一刀，岂不冤杀人？县太爷震怒之下，便想捉下李氏治罪。"

张大少一听心一跳，一整面孔道："自古说'罪不加妻孥'，况李氏娘子一向不问外事。"

大山笑道："谁叫她生得俊杀人。"说着大臭口一咧，丑态暴露。

张大少想起高岳好处，心中不由一酸，热泪几乎流出，忙忍回强笑道："关爷说得是，那么何不早日下手，免得夜长梦多，或逃走哪里去寻？"

大山哈哈大笑道："县太爷说，罪人是高岳，俺说李氏武功了得，高岳之脱逃均是李氏之力，怎说她无罪？因此太爷令俺明日去捉拿。"张大少记在心中，没事人般去了。大山醉后一觉，早将与张大少之言忘了。

且说张大少得了凶信，再也稳不住屁股，日落黄昏时分，将园门锁了，悄悄溜出城去，飞奔施屯。二更时分赶到高岳处，叩门会见李氏。李氏惊弓之鸟，一见张大少便知不好，忙道："张兄这般时候干吗来了？"

张大少突然大嘴一咧，哭道："我的高爷呀，你身遭不白之冤，洗也洗不清、扯也扯不掉的，那还不算，怎又连带大嫂子跟着吃挂落呢？俺委实受不了哇。"

李氏忙道："张兄不要如此，难道高岳有甚凶信不成？"

张大少收泪道："没有没有，因为俺替高兄难受，哭一场究竟痛快得多。高嫂，俺告诉你一个消息……"说着四顾，见丫头站在一

107

旁，竟不肯说。

李氏将大少让到客室，挥退丫头，大少方将大山之话告知李氏，李氏又气又怕。张大少突然跳起来道："高兄究竟是血性汉子，便那冯头等人，稳当当吃那么一刀还叫人出口气，高嫂你说咱老张自从高兄入狱，总觉得一口气憋在胸中，不上不下。关大山狗娘养的，老佛爷总有睁眼时候，喂，高嫂你便赶快收拾收拾躲藏了，俺有信一定再来报告。咱并不是怕姓关的，咱处这环境上，理当全身远离避害。高嫂你别迟迟了，俺还连夜返去，免彼等生疑。"说着站起便走。忽又返回，就桌上抄起锡茶壶，对嘴咕嘟嘟喝了一阵，蹾下壶扬长去了。

李氏如醉如痴，赶送张大少已不见了影儿。李氏悄悄落泪，一面差丫头去告知仇春瀑，一面收拾细软。春瀑来了，李氏告知张大少连夜告警之话。春瀑叹道："关大山歹辣如此，嫂嫂勿急，便收拾收拾，藏在俺家没事的。"

李氏收拾了随春瀑去了，丫头携了李氏女儿高蕴华。这时蕴华已在三四岁，生得白致致，漆黑的一双俊眼，头上蓬发，玉娃娃一般，非常喜人。她也知道家中遭变，跟着害怕。母子到了仇家，春瀑妻子陆琦将李氏等引入内室。

陆琦乃是当代大侠陆头的女儿，很有英名。陆头与仇九翁同门，所以与春瀑等均是一派武功家。陆琦生平习就羽翎双刀，马上步下功夫非常精练，曾随乃父陆头过江苏长峰山，误入歧途，逢大盗云飞，统喽啰千百截路，被陆头父女一阵杀败，退入山寨。陆头于是勾留下来，为长峰山左澄村合力攻贼。陆琦因连日攻不下山贼，曾趁夜飞行入山，刀割云飞血淋淋首级，镖杀悍目数人。因此贼卒涣散，一鼓荡平，委实得陆琦一人功。陆琦生得中姿，尤善飞镖，嫁春瀑十余年，无子女，这也不在话下。

且说张大少连夜返去了，到得中牟城外，天将亮，大少歇在城下。一会儿天亮了，城方启开，大少便入城。开了后园门入去，人不知鬼不觉。

关大山果然当日率了捕友到施屯捉人，不想李氏早得信藏了。关大山未得李氏，不由愤怒，究问邻舍，都说夜里有声响，想已去了。关大山寻思夜里走不远，忽然想起仇春瀑与高岳交厚，怕不隐在仇家？于是去到仇春瀑家叩门。

春瀑一看是大山，冷然道："干吗的呀？"

大山道："奉县太爷命，搜查高岳妻子。"

春瀑故意道："高家还在那边呢，俺姓仇，与高没关系。"说着啪嚓一声将门闭紧。

关大山又不敢招惹春瀑，只好罢手返回。林官儿知道李氏走了，竟认为与高岳越狱杀人有连带关系，只好下令缉拿。衙中一切均是关大山一党，任林官儿怎的精干也难得究竟。冯捕头既死，又将大山补了捕头。大山只是幸中又幸，初任捕头，不敢大意。最后又与王大胆等勾结，仍不改贼盗杀人越货，后轻轻砍上两个外路客人首级，便算盗首，一般地哄骗下去。

这捕头做贼是一般人所想不到之事，究竟纸包不住火，日久天长哪能不露马脚？林官儿自补了大山为捕头，便觉得没头案比较以往多上几倍。林官儿便马虎起来，细细一想，大山每有盗案均是捉盗矽头，从未捉过活的。于是留神细细侦询，大山便支吾，把来盗头做证，林官儿也未露颜色。

这日林官儿派人去寻大山，大山不知去向，林官儿便换了一身短衣，暗藏了短剑暗器之类，二更时分，自衙后跳出。衙后是一片密林，挨近城根，城墙日久失修，很有些缺口半壁。林官儿自林抄过，转向民间小巷，沿巷着意，突然啁啾一声，呼啦啦自城北飞过一些瓦雀，黑夜中乱飞乱撞。林官儿心想：瓦雀夜不见物，夜中惊飞，一定有人扰它。古人望鸟飞便知兵至，夜中雀飞一定也有些道理了。于是观准雀来方向，正是衙后密林处。林官儿抽身转回衙后，在林中旋转观望一圈，见无甚异处，东西横贯一条窄径，两旁长草如茵，布满林内。

林官儿忽发现自那窄径上，歧分着数条草径，林官儿细看，长草扑倒，似乎少人行径之路。林官儿心想：北去便是城根，即是登城西有马道，此处是上哪儿去的呢？想着信步行去，直到城根下，望望城墙石头磨后光滑，上望却是半壁石垒，一个老大缺口，许多浮土，一望便知是有人常行走的。林官儿不由注目点头，方想转步，突听似乎有人行动，林官儿忙伏在草中。

早有一黑影自缺口爬上，四顾轻轻拍掌，已而倾耳又骂念道："老关就是这点，见了婆子恨不得扎在那话儿中死掉，如今人都齐咧，偏他妈的不到。"说着又拍掌。一会儿自语道："你瞧哪有应声儿的，妈巴子的，俺去寻寻他去。"说着慢慢爬下来。

林官儿一听老关，心中一跳。见那人爬上来，自林官儿面前而过。林官儿悄悄站起，自后赶过，飞起一脚，那人啊哟一声，一个筋斗，一纵屁股想跳起，又被林官儿一连两脚踢翻，过去捉了，解下腰带捆了，扛起便走，仍自后衙跃入。

林官儿到得衙，更换衣服，小厮秉烛过来一看，捉得那人却是捕快王福来，张了双目直撅撅瞅着林官儿。林官儿大怒叱道："你等夜里做得甚事？快快实说。"

福来道："俺们奉捕头之令去侦盗呀。"

林官儿喝道："休得胡说，侦盗何必走城缺口？"

福来道："关头儿为人仔细，走此便道免贼人注目。"

林官儿大怒，叫看过鞭子，小厮递上皮鞭，林官儿照福来啪啪连抽两下，叱道："实说你等做甚违法事？"

福来道："委实没有。"

林官儿道："既是侦案为何说江湖黑话？来瞒哄哪个？你这厮不打是不成的。"说着就福来屁股上皮鞭乱落，打得福来山嚷怪叫。林官儿叱令小厮与福来塞上口，福来熬不过，方说了实话。将关大山与冯头、尚才结伙杀卖烧饼老张，怎的毒计陷害高岳，怎的杀人越货，乱杀百姓伪作盗首。林官儿听了，气白了脸，将福来重捆起来，单等明天捉大山等人。

林官儿胡乱盹过一夜，次日着人去唤大山。关大山大摇大摆走来，见了林官儿道："俺正有事禀报老爷，便是那石家峪村发生明火，刻下俺已派下伙友分头去探。"

林官儿笑道："可有些头绪没有哇？"

大山道："没有，今天早上俺派下伙友，据昨夜捕友们报说，捕友王福来因踏访盗窟未回来，或者遭贼人手脚也说不定。"

林官儿凝想一会儿心道："如果当即捉下大山，又恐惊走王大胆、吴三枪等人。"寻思一会儿道："怎么王福来失踪了？这贼人委实胆大咧，怎竟敢捉弄捕友？那么捕友返来俺要听个消息，俺也没别的事，也是为这事。"大山唯唯下去。

下午关大山果然来了，见了林官儿道："刻下捕友们返来，仍不见王福来。"

林官儿故意惊道："真有这等事？快唤上捕友，俺亲自问问。"

大山道："早已候在外面。"于是唤上一群捕友，高高矮矮十多人。

林官儿道："石家峪明火事已悬案月余，怎还没见头脑？哈哈，你等终日支吾，怎不尽力办案？"

捕友忙叩头道："小的们怎敢玩命，无奈强盗行踪诡秘，委实不易着手，望大老爷宽限。"

林官儿拍案道："胡说，你等看我老爷一向未深究，竟敢哄骗俺。"捕友连称不敢。林官儿顾大山道："那么捕头你怎也如此忽略？当年冯捕头在日，办理案件十日不破，便是一顿屁股板子，如今一月余了，唉，也是我太宽松了，所以迟误至此，今天没别的，你等均该打。"

大家忙道："是是，该打。"

林官儿道："又失了王福来，不是捕头的责任吗？与我拉下。"

早有二健丁架了大山，一条索反绑双臂。大山连叫老爷开恩。林官儿忽然变了颜色，冷笑道："关大山你知道石家峪盗犯俺已捉下吗？"

大山还自迷糊道："老爷精悍，既侦得盗犯，望指示俺便去捉。"

林官儿笑道："俺已捉下了，便连那王福来也被俺救出，那么你且看来。"早有二丁押过一人，浑身土垢，身上一块块血污，正是王福来。关大山、王大胆等一齐变了面色。

林官儿道："大山还有何说？"

关大山心中明白，故意道："王福来你上哪里去？"

福来道："哥们儿，咱案犯了。"

大山唾地啐了福来一口道："什么话？咱不过迟误期限，多不过挨顿屁股板子。"

福来一翻白蛤眼骂道："入娘的，原来如此不挡事，老实告诉你，咱合伙杀人越货，俺已告知县太爷，也算县太爷长眼睛。喂，哥们休装狗屁，咱铁铮铮汉子，敢做敢当，左右不过交对一颗脑袋而已。"

关大山大怒道："老王好汉做事好汉当，怎连带朋友哇？"

林官儿叱令，捉下王大胆、吴三枪，还有两个捕友，其余不在党中。关大山、王福来被捆得馄饨似的，还在互相诬骂，不着捆绑，二人一定撕打作一团。林官儿升堂带上一干人犯，两旁排下重刑。

关大山回头望望王大胆笑道："你瞧老林也居然摆这架儿，咱杀人放火玩过半辈子，如今值了，王大哥有骨头咱不许皱皱眉。"

王大胆笑道："是咧，哥儿看好吧。"

王福来叫道："早如此关哥儿咱何致翻面孔呢？喂，弟兄们，咱是早晚人了，熬得死在一处。喂，林官儿听真，俺王福来刀头上写下名儿去了，不用你动手动脚，俺告诉你吧，俺干这个五六年光景了。老实说，冯头在日俺们都是一抹儿弟兄，论说俺们是一搭的老手儿，可有一样，你若杀若砍，千万将咱弟兄杀在一起，埋在一团，预备下世干他妈的，还是咱这几个弟兄，不免得费手费脚地现聚伙儿。"

关大山、王大胆等齐道："不错。"于是一一招认，都是本地捕友，外带干杀人放火大马强盗的把戏。林官儿见关大山等一些不瞒，省了许多手脚，将一行五犯押入大狱，连日抄搜犯人家中，收没不动产。押了个把月，林官儿得到事主诉状便是十来份，犯人无不招认。到了法场一个一刀切掉头，杆挑示众。这中牟官盗，被林官儿一网打清。

且说施屯高岳娘子李氏自避仇逃匿在仇春瀑家，还亏得春瀑妻子陆琦伴李氏破闷。过了三五日，李氏自家遭不幸落了一个惊吓病根，终日心跳不得好睡，日久瘦削一个病倒，春瀑夫妇慌了手脚。

第四回

试武技演叙白娘子
弄钢鞭仇结商三官

　　且说李氏病在仇家，慌得春瀑各处搜寻名医，与李氏治疗。不想吃了好些苦药，便如石投大海，一些功效没得。陆琦终日展不开眉头，李氏自己也着急，好容易好一点儿，三五日反复回来，直缠绵了年余，瘦得人和干柴一般。

　　这时正是关大山等案破，仇春瀑知道了，忙告知李氏娘子。李氏道："恶人天报，怎说老天不睁眼呢？"

　　李氏知道仇人就戮，虽然心宽一点儿，可是又想起自家来，病得这样儿，还是回家，还是在仇家呢？又想起高岳未知下落，不由伤感一会儿。于是令蕴华唤来春瀑夫妇，自己说明刻下仇人已死，想返家去住。

　　春瀑慌了道："嫂嫂不必乱想，总以静养为宜，况且现在病仍未愈，回去自撑一份过日又得多分心，于病人大大不利。"陆琦也说。

　　李氏道："我们虽情同骨肉，但如此长久也不行，左右同在一村，仇老弟也可以随时看顾。"

　　春瀑道："嫂嫂不要着急，俺告诉你，高兄不在家，俺照应是义不容辞的，我们之情义也说不上好处，俺想事以万全才好。刻下嫂

114

嫂在病中，委实分不得心，俟病稍好，一定放行的。嫂嫂总得想高兄不在家，蕴华侄女等等责任都在嫂嫂身上，必得少思寡虑。只盼病早好，大家幸福。在俺这儿如同自己家，如终日不安更显得见外了。"陆琦也说，李氏方打消回家之意。

蕴华已五六岁，发育得很好，陆琦没子女，视若己出，每日教蕴华识字习拳术初步。李氏病养了二年左右，方渐渐起色，只是虚弱过甚，仍须调治。春瀑请了一位名医，与李氏诊断，配制一些丸药，每日服用，一点点病好了。

一日春瀑正与陆琦伴了李氏谈天，忽然小厮进来唤道："主人在家吗？"春瀑忙出去，小厮道："连老村长与一班村父老到来，候在客室，请主人问话。"

春瀑道："请稍候是了。"

小厮去了，春瀑皱眉道："俺为这事跑了三五日了。"

陆琦道："什么事？"

春瀑道："便是中牟山自山东来了一股巨盗，已盘踞年来，一向在中牟山北路作乱。虽经官兵剿捕两次，一些不济事，反被山贼杀了个痛快，因此官中也不敢拨撩他，悄悄撤兵，山贼也便就此退一步，彼此还安得。不想近月里，山贼有向南路伸手样儿，因此各村着慌，前十多天，小茶棚中去了一位粗眉暴目客人，喝着茶，侉声野气打听高兄与仇家，那时谁也未理会。客人去了，丢下一条钱褡儿，内中还有一双短攮子，并有某某部落字样，后来那汉子又将钱褡取去，并向茶棚人道：'你们瞧咱褡中物没有？哈哈，俺住中牟山上。'说着去了。因此人知道那汉子是打听村中武备如何，一定是中牟山贼探子了。村人得此消息，日夜不安，村长连三与父老们商谈一回，因高兄未在家，便寻在俺身上，与俺商议两三次，俺总以为山贼未敢公然捣乱，就不必理他，不然咱再作道理不迟。前些日发

115

下探子，侦探山贼究竟落在何处，还没实息回报。他们来了，一定是为山贼之事。"说着整衣去了。

到了客室，早见连三与父老们候着，内中还有村中有头脑的健少。一个少年生得细高条子，晃悠悠，面色黑得炭头一般，名黑有金，外号黑人，要饭出身，因为他在留养局结识一个大叫花子，那叫花子打得一手好拳脚，有金便随那花子学一身拳脚。虽是平常功夫，搁乡村里也可以说无佛处称尊。有金逢节赶庙，摆个练武场，一点点混上饭碗，后来与人护院，现在也混上老婆。

还有一个傻大粗黑少年，两腮帮子刺猬胡，说话粗声野气，名黄大中，祖居山东，世代相传打铁出身，大中有两膀子蛮力量，后来学得很好的武功，在村中少年场中是数一数二角色。还有两个，一名黄铁，一名李岐，武功还不错。

当时仇春瀑接见大家，村长连三摸着小胡咂嘴道："上次咱村因来了一个怪汉子，知道是贼中探子，那时俺便猜透，山贼有向咱村伸手模样。如今山贼真要来了，刻下高爷不在村，只好仇兄分心，好在公事公办，能者多劳，仇兄你是义不容辞的，所以俺约会了村中头脑人来寻你。喂，仇兄你说可怎办呢？"

春瀑笑道："老村长您说了半天，究竟是怎回事呀？"

连三笑道："俺真老悖晦了，便是中牟山的支脉丹枫岭，真个来了一伙强盗，前些日发下探子，未探实在，如今山贼已闹到头上，所以晓得丹枫岭上山贼大寨主路铠善用钢锏，二寨主哈赤善用双戟，三寨主白腾云用单戟，四寨主刘一刀，这四个魔头踞了丹枫岭，分四个大寨。哈哈，俺听说哈赤生得丈八高，青脸红发，巨口咧到耳岔，偏用三四百斤双戟，舞起来十几个大汉只一戟便拍成肉饼。"说着似乎十分恐惧。

仇春瀑笑道："岂有此理，我总以为山贼未敢公然来搅扰，则无

116

须理论，不然烧纸引鬼，未免杀伤村人。"

连三正色道："强盗是不懂交情的，你退一步，他马上进一步，方才路铠派人到来下书，村人没有决定，所以请仇兄商议一下怎样应付。"

春瀑惊道："真有这事？好哇，山贼一定有动兵刀之心，村中是不得不防备。"

连三道："路铠信上说，山中不可一日无粮，请速送上钱粮，不然自有处分。俺想山贼初次要粮，如马上送去，怕下次又要别的。"

春瀑沉吟道："当招聚村人商议。"

连三点头，与大家去了，春瀑也随去。大家到会所鸣钟聚众，一会儿村人五六成群赶到。连三报告一切，村人吓得面面相觑。

血气少年愤然道："山贼欺人太甚，必须给他个厉害，马上派一部村壮勇扫清山寨，以除后患。"

父老们听了，有的一挺细脖，耗子尾巴小辫在脖颈处乱摆，笑道："你们年轻人儿，做事总如没把流星一般。俺们这个岁数，一来经验多，吃得透，二来未曾说话，先想个八面光，不会吃碰头钉子的。便如俺们当年也是火星乱爆，动不动伸手动脚，这其中自己没少吃亏。便如你们说，马上剿贼，请想想，咱们豆大小村，谁是挺棒棒的汉子，没事吹得好络腮胡子，遇事脚子灵活，先溜之大吉，留下祸根。哼，咱这一步挪不了四指，说不定是贼大哥的刀头老交，岂不冤枉？"

少年大怒道："你老人家说了半晌，是抗贼是降贼？说俺们好吹牛胯，你老儿怕死不哇？"

老头一拧脸道："俺这个岁数，左不棺材里睡了，还怕什么？不过为了你们年轻人打算。"

少年哗然道："哈哈，俺们腿脚硬朗，不像你老儿一步挪不了四指，不劳您惦念。"

老头红了脸。老少一阵大抬，有的主张抽团丁抗战，有的主张先顾目前清静，与山贼通好，月供柴米。仇春瀑摇手道："大家慢乱，如此乱到明天也没决定，抗贼与降贼均非善策，于我之意，是迂回山贼使人，只说山庄歉收暂缓，看山贼怎个动作。如果山贼不懂面孔，马上与他见个上下。如山贼纳言，咱也就势退手，还免杀伤村人。"大家一齐拍手称好。

春瀑道："我看山贼不过借此挑事，绝不容缓，可是咱也不过以缓图为支吾，我看大家如合意，咱便先选壮丁，以防意外之事。"

村人齐道："仇爷做主即是，咱们哪里晓得利害。"

连三道："是呀，村中有事，不能一一知会，只好由头脑人决定了。"村人都答应散去，只剩下些头脑人与会武行少年商议应付山贼。

仇春瀑叫带上来人，左右引上山贼使人。仇春瀑一看来人，生得浓眉大眼、漆黑面孔，挺胸走入，粗声野气地道："这里可有高岳吗？"

左右叱道："休得乱说。"

那汉凶目一闪扫过，冷笑喝道："什么？如有高爷，那还敬畏三分，不然，哈哈，你们这干牛子与咱寨主咬鸟都没用。"

左右大怒，仇春瀑忙摇手道："在下仇春瀑，与高岳是同门弟兄。"

那汉望望春瀑道："久仰久仰，俺路寨主部下头目龙保的便是。因敝寨缺粮，特来借重上村，三日内速送白米百石，暂作接济，不然别为此伤咱交情。"

仇春瀑道："是了，便请回话，敝村连年未丰收，百石粮是不易办的，容缓图良策。"

龙保一听分明是支吾，于是仰着脸望了屋顶冷笑道："路寨主便是吃好心眼儿亏，何必顾全什么江湖面孔，须知他是不懂的。"说着一翻凶睛道，"好好，仇爷你便预备好了吧。"说着话回头便走，由村丁将龙保送出。

仇春瀑自龙保去了，与大家道："如此看来，山贼蓄意已非一日，大约龙贼去后，怕不趁虚来扰？好在咱村垒重修，只要抽练壮丁就是。"

连三道："事不宜迟，便请仇兄抽选以防意外。"于是连夜抽调壮丁，得五六百人，分四大队，又推选了数个教练，便是黄铁、黄大中、黑有金、李琦等人。四队壮丁统归仇春瀑统治。仇春瀑连日奔忙，又在练武场选拔能人，无论谁都能入场，只能骑马射箭，舞大刀。另备一个八百斤石墩，能举起平身的，便算上选。

这日黑有金等都下场，其他还勉强，只那八百斤石墩无人举得起。一个山西铁匠，素日臂力很有些名儿，听说选拔大力，自己技痒起来，挤在观众内望望，见教练们练完马箭，也都试试臂力，都累得吭哧，便如蜻蜓撼大树，不过与石拂拂尘土。铁匠老哥大笑叫道："玩这个却须让咱哩。"说着奔过，骑马式站定，单手掏了引手。不想石如生成，猛叱一声用力一提，憋得头上青筋暴脑、粗脖红脸，石墩未动分毫。铁匠慌了，一反身双手抱住石墩，一鼓肚，那石真个移动一点儿。铁匠不服气，猛然一扳，扑通一声，铁匠已怪叫栽倒。大家一看，原来铁匠一双脚子垫在石下，已压得血肉模糊昏倒。

大家叫道："了不得，快请仇爷搬开石子吧。"

正乱着，突然一匹马绝尘奔来，马上一个垂髫小鬟，生得长眉细目，粉白面孔，身穿粉色内衣，外罩大红披风，腰中一条丝带，下着红绸裤，尖尖一双小脚，蹬了一双凤头小鞋，彩蕙中雪亮的钢锥凸出，佩刀担弓，马屁股上还搭了一串串野兔小雀。小鬟兜马回望，一会儿驰来一马，马上一绝俊小媳妇子，一身素装，薄施粉脂，背负双刀，手中还提了一张弹弓。

小鬟回顾道："娘，那山鸡子俺眼看着飞向这儿，怎不见了呢？"

小媳妇笑道："疯丫头，小鸡子便落在那面树下，你马驰过竟未看见？你瞧。"说着一指，大家与小鬟目光齐望，果然一只肥小鸡扑着翅儿在树下乱挣。小鬟跳下马捉了，系在柳枝绳上。

小媳妇道："时光不早，咱便返去吧。"

小鬟方要上马，观众一阵大乱，小媳妇望去，见铁匠折足还压在石下，忙道："菊儿呀，你快去提开石子。"

小鬟应声，一个轻燕掠水式，直自观众头上飞过，便如一朵彩云。小鬟单手抓住石子引手，只一提，石墩高高离地尺余，顺手一送，石墩弹丸般飞滚出数丈，将土地滚了一深沟。观众吓得口张目瞪，半晌方震天的一声彩，早见仇春瀑笑着过去，小鬟正欲上马，春瀑叫道："那小姑娘神力可敬可佩，便请到村会所谈谈如何？"

小鬟抿着嘴笑，望着小媳妇不语。小媳妇笑道："不当哩，俺们还须早返去呢。"

春瀑道："在下仇春瀑，也是义气汉子，愿听姓名，容改日拜访。"

小媳妇望望春瀑道："久仰久仰，原来您便是仇爷。咱们若非家中老太太唠叨，一定谈谈。俺便是后湖白家了，仇爷再会。"

春瀑方一怔道："原来是白小娘子。"

小媳妇已小脚磕马，含笑与小鬟风驰而去，顷刻不见了倩影。观众交头接耳乱说。有的道那小娘是卖艺小娘，有的说是男扮女装，不然一个女人哪有会骑马的？哟，了不得，那小丫头子更吓杀人，八百斤大石墩，抛球儿般乱滚。

一人道："你知道什么？刻下白莲教平不多年了，焉知便没有余党?"

那人笑道:"你们耳朵通似没用,那小媳妇不是说是后湖白家吗?不消说的是白小娘子了。那小丫头是她的房里人,据说她叫菊子,武功非常好,怎说人是什么白莲教妖术呢?"大家乱了半晌。

仇春瀑自小媳妇去了,望了一会儿攒眉道:"选拔人才,反伤了一人。"于是令人将铁匠送回治疗。只可惜那小媳妇子未能接谈,刻下用人之际,怎便失之交臂呢?啊哟,不必盼望她来帮助,人家白家三世寡居,一向不问外事,但连左近村邻都不晓得,白家哪能请出助战呢?

原来那小媳妇子,是当代隐居著名武功家,她住河南中牟县,村名后湖,位近中牟山,地势洼下,有一巨湖,方圆数顷,作半圆式兜了山庄。湖中多荷花,每年也是一大出产。村人借这湖水灌田,所以挨近后湖诸村多稻田,便连施屯也是得后湖之水利,因此山民富庶得很。后湖村挨近施屯,是首尾相接,当年白莲教乱起,两村全力抗贼。

后湖有一白姓,据说是大侠白泰官一家。那白老头名白亮,一身纯正内功,剑术通天,自白亮携了妻子到后湖村住,如今三世了。白亮有一子,名白孝先,也是江湖著名武功家,只是性暴,幼年经白亮与孝先订婚,是湖北凤凰山柳家姑娘。

柳家是著名崆峒派武功,柳禅栖与白亮是同年好友,只一女儿,名柳絮。禅栖以为这名儿太轻浮,认为不吉利,改名柳月华。月华深得父亲绝技,后嫁了孝先,一对英雄夫妇,真是天配良缘。柳禅栖为人古怪,虽习得一身绝技,终日便如村老儿,一而未交结江湖。江湖慕名来访的,他都屏退,因此人都知他性子,也没有朋友再来吃碰。他独与白亮过从甚密,禅栖好道,故此弄这禅栖怪名。

白亮死后,柳禅栖哭道:"白兄殁了,从此再没有人与咱同心。"

哭了一场，从此不见了。家中寻了年余未得，后来有人到鸡鸣寺进香，见住持僧面熟，细想方知是柳禅栖，居然衲衣云履当了和尚，真个应了禅栖名儿，这且不表。

且说柳月华，自嫁了白孝先，真是水鱼相投，且白家一家老少，均通武功，尤其是白亮妻子白老太太，虽是五十左右年纪，健壮非常，每日吃斋念佛，不问家事。除了早晚练功夫外，一向不动刀枪。其实她老人家生平习得一口宝剑，是太极正宗，内外兼优，自己化出一派武功，江湖颇有名声，号白家剑，也是白老太太创始挣得来的。她的神功如点穴、百步飞拳、八仙剑、梅花镖等等，十分了得。白老太太上了些年纪，便打造一条镔铁拐，重六十余斤，铁拐上镶着双龙头，居常扶持，轻如拈草。

白孝先深得老太太绝技，白亮去世，便将家事一发交与白孝先。这时月华已生一女，次产一男。女名白兰，生得活泼多姿，玉娃娃一般。男名白仲，幼年硕大魁梧，姐弟二人袭家风，文武并进。

白孝先因为白老太太好佛，一年春天，孝先随便溜出庄外，见杨柳枝头一条条垂丝，淡绿色嫩芽，和风徐吹，确是爽快。忽想起快到中牟庙会，一定得进城替老太太进香。想着闲眺一会儿返回，命月华预备一切应用，届庙会期赴中牟县。好在不远，只需二日往返，不过备个行囊、随身衣帽而已。

光阴快得很，一晃入四月，正是风清日暖、百卉争妍的时候，中牟县城内是四月初一娘娘庙会，当日热闹非常，百十里路不惜长途跋涉，一般来朝庙的。届时商贾如云，游人蚂蚁一般，摩肩接踵。

这时孝先乘了一匹毛驴子，默了一座香指去朝庙进香。方出得后湖村头，突闻一阵车铃声，加着叫镖声。孝先一看，却是一行镖车，足有百十辆。车上插着白旗，上写一路福星等等字样。当头飘着镖帜，却是著名武师商三官押镖。

商三官是白亮老友，常往来南北保镖，江湖上皆是铮铮之辈。三官为人义气好交，侠声久著，善用三尺长剑，当年曾单身破白莲教于大芒山，剑劈悍目李金保等等，因此英名传播江湖。走镖多年，从未失了。只当年押镖自京入陕，道经以驼峰山，此山是终南山系支脉，三官预先探得驼峰山不靖，有大盗蒲豹踞了此山作乱，久败官军，专劫巨镖。三官知道前途危险，可是自己少年气盛，偏不服气。

这日三官催镖前进，经过一片森林，镖车一道长蛇似的推进林中，林中树木茂盛，荫蔚蔚遮蔽天日，一条蜿蜒窄径，曲带似的通过。正行之间，突然轰然一声，接着火光闪闪，一连几个巨雷，一会儿噼啪啪钱大雨点砸下，亏得雨大点稀，暴落一阵便止。三官与镖友车夫都淋得过汤鸡一般。车夫放下车子，都脱下衣服拧下衣裤上的雨水。

正一个个赤了光腔，三官见一条人影对面一闪，三官想起这森林之下，怎能停车子呢？说不定有歹人，况且这面又近接驼峰山，忙喝令推车。突然自树后转出一精壮汉子，生得黑黔黔面孔，浓眉凶眼，一赤溜溜酒糟大鼻头，满面油麻，肩上搭了一条钱褡子。三官等一看那汉子，双目精光已扫过来笑道："他妈的，出门遇雨，别扭到底，一些不错。咱连日钻山又惯走错路儿，喂，镖头爷们上哪儿去？咱若是一条道，便搭个伴儿？"

镖友最忌途中突来生面人，登时叱道："瞎了眼睛，瞧不见是陕西官镖字样吗？"

那汉瞧起白蛤眼道："俺不识字呀，便是知字，陕西地面大哩，难道你们要走遍陕西不成？哈哈，都是远途客人，便如此不和气。"说着掉臂自去，又回头望望嘟念道："商三官，哈哈，真是他。"

三官见麻汉来得突兀，一定不是善类，好在自己身怀绝技，哪将敌人看在目中，也未在意。

镖友张宾道："商兄，俺看方才那怪汉子，一定是黑道上朋友，咱不得不小心点儿。"

三官笑道："怕什么，俺走遍大江南北，十年光景，谁不知商三官是铁铮铮汉子，江湖人敢呲毛儿吗？"

张宾道："镖头不可如此，轻敌未必败，咱既知前面驼峰山是大盗蒲豹踞守，多一事不如少一事，虽说镖头威名，但也须小心。俗语说：能人背后有能人。况咱干这勾当，更须小心在意，丢失镖银不但倾家败产，便那一辈子英名也便付诸流水。于俺之意，就此回镖，抄过驼峰山，纵使蒲豹侦得咱到，预备劫咱也闹个空。"

三官大怒道："张兄真将人冤苦咧，俺若不知蒲豹有意劫镖，还许躲避一点儿，如今俺倒要看看蒲豹是几个脑袋。哼，巧咧，便马上折服他，方显咱三官手段。况陕西咱初次镖，便如此畏怕，还用走江湖吗？"

张宾沉吟道："不妥不妥，那么镖头按江湖规矩，与蒲豹拉个交情，投上一拜刺也不算低下，如若蒲豹看江湖面孔，也许不动手，咱只求一帆风顺交镖了事。"

三官气得说不出话来。一会儿道："这不是诚心开玩笑吗？俺三官只知江湖人避道，而未投过刺。蒲豹动手与否，又怕什么？"说得气冲冲督镖前进。

穿过森林，雨过天晴，空气为之一新，吸一鼻孔空气，都是清凉的。大家抬头一看，已日薄西山、晚霞飞舞时候，一行行小雀啾啾觅栖止之处。一行镖车推过，已近山路，三官马上眺望，见远远一片林木，炊烟如丝，缕缕兜绕，清风徐来，还有些呼鸡唤豕之声。三官鞭梢一指，车子直奔林木处推去。一会儿遥见一村隐隐，红得火也似，半没在山峰下，阳光射在树梢，便如秋老枫林。

三官道："前面有村庄，咱今天便宿此村吧，刻下太阳未落，大家紧推一阵，早到早休息。"车夫抹着汗珠，撅了屁股吭哧奋力推进。

一会儿入村，太阳已然没下，只西方天空尚红澄澄行云四散，顷刻清明朗天，东山峰头露出半月，天色尚未大黑。三官下马，镖友驰马入村，鬼号般叫镖，驰马一趟，早有村店接入。三官令车夫推车入店内，解了车子，已是傍晚时分，车夫忙着叫饭，忙得店伙飞跑。

三官与镖友住在上房，将镖银搬入。车夫都睡在车上。三官吩咐店伙先与车夫弄饭，是荷叶大饼，豆酱卷葱。车夫提来冷水牛饮一阵，一个个敞胸腆肚坐在地下，卷起大饼，又粗又长，不知像什么东西，鼓着腮帮子伸腿瞪眼吃嚼。

三官等喝了一会儿茶，令店伙备饭，店伙笑道："爷台们稍候一会儿，因为小店没有多少粮米，您一行人便食石八斗，灶下也赶不上，所以老店翁又现寻了两个帮忙的，刻下正在起火做饭，一会儿就到。"说着提起怪嗓子有音没字地叫了一声，厨下刀勺乱响，似乎是应声。

三官闲着没有事，随便踱入柜店，见老店翁六十余岁，生得肥头大耳，两批燕尾式小胡，正背了手来回踱着。一见三官，连忙逊坐，三官与店翁坐下。

三官道："老店东生意倒好？"

店翁笑道："还勉强，只因刻下年光不靖，生意也不如当年兴旺了。"

三官笑道："怎么贵地也不靖吗？"

店翁叹道："谁说不是，俺活了六十多年，从未见过这年月，平白天日下，居然杀人放火。"说着哟了一声咽住，偷偷往外一望，吓

125

得连连摇手道："现在俺们还算安生日月。"说着向三官低声道，"因为此村挨近驼峰山，山寨的大王名蒲豹，为人凶狠，善用单索鞭，便那千百官兵都被他杀得落花流水，镖头你说厉害不哇？亏得他从未搅闹近山村庄，因为他怕村人散净，山盗也便一般孤立了。虽说如此，行旅稀落落，俺这店道靠着往来客人做买卖，也便受很大的亏。镖头您一路也须小心，俺就是好心眼，咱出门在外，离乡背井也实在不易，总以妥当为宜，万不可走驼峰山大路。"说着往外看看道："俺们大着胆子告诉镖头，因为山贼余党颇多，如果侦得了，俺这脑袋要有些危险。"

三官笑谢道："店东好心关照，明天俺一定抄下小路。"

店东十分和气，一面摸过屁股后头旱烟筒，在花绿绿烟袋内鼓捣一阵，装满敲火吸着，一面喷着浓烟，一面口内唏嘘着。忽大笑道："你瞧俺惯丢三忘四，自己只顾吸烟，却忘了敬客。"说着自口中拔出烟筒，抛着长涎，哧溜一下，向三官口中便塞。

吓得三官一闪身，忙摇手道不会吸烟。老店翁笑道："原来您不会这个，若论这个俺是吃得惯了。俺有个孙儿，在关东做生意，每年这么远的路程，必与俺弄些关东厚叶，饱俺馋嘴。"

正谈着，外面一阵大乱，加着店家陪笑声。三官出去一看，却是途中遇见的麻面汉子不知何时赶来，手中一碗黄焖牛肉，气吼吼骂道："□娘的，什么先来后到？瞧咱不中用不打紧，明天便扫光你这鸟店。"说着拍胸道，"喂，瞧清了，别合着眼装瞎子，竟敢拦俺。"

店伙忙笑道："得咧，您别生气，俺们以为这碗肉不足您吃嚼，一会儿盛上大碗，岂不便当？爷台您事忙随意是了。"

麻汉方一瞪白蛤眼笑道："俺觉着你们不敢捋咱虎须，快端上饭来，爷们还要饭后上路呢。"

店家应声叫道："快伺候了。"

三官走过，麻汉诧异道："咦？他们也到了？哈哈，喂，朋友，咱真是有缘，怎又落在一店中呢？咱便一块儿喝场子如何？"

三官摇手道："不打搅咧。"点头自去。

店家一会儿端上饭，三官道："店家，方才那麻汉子是什么人？"

店伙瞅着三官笑道："也是客人。"欲言不说，回头而去。

三官将麻汉跟下之事说与镖友，镖友王铁枪道："如此看来，那麻汉一定是歹人了，不然不会如此。"

张宾道："是呀，在途中俺即断定麻汉非善类，因为他双目便带贼相，咱押了重镖，责任重大，当怎对付呢？"

三官道："蟊贼狗盗，不值得挂心，俺谅他没多大能为，不然还用如此蝎螫，藏头露尾？"

镖友许大怔道："于俺看不如就此捉了麻汉，一刀切掉他，天大事都了咧。"大家齐笑。

三官笑道："许大哥计更歹毒，不过没有这个道理，再说未必断定麻汉是贼党，鲁莽不得的。左不过咱哥们拼力干是了，除了山贼是三头六臂，俺便不怕。"大家一面谈，一面吃喝。一会儿饭罢，大家检点镖银，分头睡了，留下巡夜人，轮替休息。

一夜无事，次日早上，店家早备好饭，车夫饱食，三官一打听，麻汉早已起黑夜去了，三官也未在意，收拾一切保镖上路。自己到柜房结算店钱，一发开了，老店翁又与三官咬了回耳朵。原来老店翁为人心直口快，告知三官，昨天那麻汉是跟下来的歹人，因为他不住打听镖头，并且他钱褡中除了短攮子外，便是一面小旗，据说驼峰山蒲豹的探子或党羽均有一面小旗，上绘一豹，便是标帜。当时老店翁告知三官，三官再谢好意，赶上镖车，直取大路。

且说驼峰山大盗蒲豹，自占了驼峰山，造起大寨，手下有五六

127

百喽啰，四处作乱，闹得商旅绝途。虽经官中剿捕一次，反被蒲豹一阵杀败，因此蒲豹越发闹得凶。官中都是吃粮不管酸的角色，只求山贼不闹到官衙，便合着眼硬说平静，其中却苦了老百姓，只好暗中呻吟，不敢说一句错话。蒲豹也是自图苟安，官兵不来他也不去捣乱，因此双方真能相安下来。

蒲豹不过二十左右年纪，平生善用单索虎尾鞭，有万夫不当之勇，为人刚愎不服江湖，他寨中曾有大寨主霍伦，因二人不合火并起来，被蒲豹一鞭打碎头颅，蒲豹独占山寨称王。因他不容人，多年总是自己独干。

这日他得报，有一行镖已入陕界，蒲豹道："镖头是哪个？"

探子道："是商三官，闻说是京都著名武师。"

蒲豹哈哈大笑道："什么人都称名武师，若遇着咱蒲豹，马上切掉他头，呔，小的们，预备劫拿三官。"于是山寨火杂杂预备劫商三官。

大头目双雷道："俺闻商三官乃北地著名镖师，寨主不可轻动。"

蒲豹笑道："三官不著名，俺劫他做甚？如劫得三官，也要他晓得蒲豹的厉害。"

双雷道："三官剑术非同寻常，无人不知，寨主虽英勇，还是小心为上。如三官不经此便罢，经此必来投刺，如不投刺，一定有把握，不可劫他。如投刺一定怕事，马上劫他娘的。"

蒲豹道："何必如此瞻前顾后？"于是发下快探，侦探三官究竟走哪条路。这日探子回报，三官已奔驼峰山来了。蒲豹挥下探子，立即整起山丁。

且说三官一路直进，心知途中麻汉是蒲豹探子，一定先报到山中了，三官心中也有戒备。将近驼峰山口，令车夫休息，寻溪水吃了，故意高扬旗帜，放下车铃。一路走上山路，三官马上宝剑，没事人般督车前进。车夫推车山行甚不易，上行路不过双臂用力，撅屁股挺腰板，吭哧吭哧上推。下行路越发不易，因为车子沉重，下行不用推，车子便能自己滚下，必须后仰着身儿，缓缓进步。不然稍一不留神，马上车人滚下。当时车夫累得大汗满头，好容易挣过一处山弯，车夫拖车扑搭搭坐了一地，一面挥汗一面道："这样可了不得。"

三官望望前面便是山寨，一带长林，风声如吼，雨启山峰，连日光都蔽过。三官道："大家少歇一会儿，赶过前山。"

车夫一齐瞪眼道："什么？真是骑驴的不知赶脚苦，俺们这苦哈哈驴子似的干了一阵，方抛下车便说上路。得咧，商镖头俺们干不了咧，您只好另寻新人。"说着百十车夫横躺竖卧。

三官四顾，山圈中无处不是森林曲径，倘遇敌，自己重镖在这险峻山路上怎能行走？三官久惯行镖，有什么不懂？知道车夫惯犯这毛病，因为江湖上规矩是劫客不劫车，从来未有说车客一齐遭难的时候。据说车夫与江湖绿林人都有点儿小吸溜。只要遇盗，车夫一定一丢车鞭，远远蹲向路旁，绿林人也不犯他车马，如此成了惯例，车夫便行出种种欺客手段。如这走镖车夫专看筋节，越当风声紧张之际，他一定板起老脸，动不动不干了，在荒野层山中，竟丢下车子，三官哪里去寻新车夫。当时笑道："诸位辛苦，不过车子在此多一番担心，不如推过前山，或有平坦大路，早遇村店早休息。"说着掏出两封银子道，"过得前山，大家多吃杯水酒。"

车夫们一看，登时眉开眼笑，一齐站起笑道："镖头您还用这个？咱老哥们儿，委实令人过意不去。"说着车头已将银接了，一晃道："镖头赏银，咱大家鼓鼓肚子干他妈的。真格的，哪有商镖头这样会体恤人呢？逢险路还要贴帮，没别的，咱沾肥嘴头，只好与镖头效效力。喂，弟兄们抄家伙呀。"这一声车夫也不慢跚了，一齐抄起车把，车头长鞭一指，车夫一条长蛇式飞也似推上窄径。虽是山径层石堆垒，车子颠簸得左右乱闪，车夫并不理会，一路吭吭哧哧，飞也似推去。

三官一看，知道是那两封银子之效力发作了，纵马赶上，派得力跟镖武师张宾、王成二人前头蹚镖。二人提了兵器去了，一路看查山径，登高瞭远，一面喊镖。张宾为人精细，登山头一望，见对面一高峰，连延终南山脉，山上云树依稀，烟雾翠绕，隐隐乎似山庄。

张宾道："王大哥，你瞧前面莫非便是驼峰山寨？"

王成笑道："管他什么，左右咱已到此，抢着干一场子。"

张宾道："话不是如此说，人都是这样，只凭一勇，不怕什么。如果真个出了事，大家慌了，又没办法了。"

王成道："是呀，可有一样，商镖头决意走此，咱能返镖不成？"

张宾道："不然咱还可以抄下僻径，不走山前，但恐山中路稀，未必能过。"说着二人又登最高山头眺望一会儿，也看不太清，似乎通驼峰山下似乎无路，只有一溪清流兜过山头。从树隙处果然能望见对面山上，还有朱旗飘着。

张宾道："如此看来前面定是大寨。"于是二人下山，望见商三官等督车而来。

张宾道："镖头前面临近山寨，便请收了车铃不必叫镖了，不然恐招致歹人。"

三官摇手道："不可如此，咱既敢蹚过山寨，便当张旗鸣鼓，贼人又将怎样？不然的话，不如且避过。"说着令张、王二人走下镖路。

二人前进，王成拽一条标枪，张宾一双短斧，转弯抹角，曲曲折折，过了几道山环。忽见前面林中人影一闪，王成一拉张宾蹚过，

130

早见路旁睡着一汉子，突然跳起来，张宾一看不由心中一跳。原来那个却是村店遇见的尴尬客人，堆着麻脸，双眼扫过笑道："哈哈，真个人都讲个缘分，看咱们来一路走路，如今不偏不岔又撞见了。喂，你二位到了前面便是驼峰山大寨，大寨主蒲豹为人义气好交，大约你们一定投刺会个生面朋友。但说不定刀头上结交，都是平常事，俺可不吃这挂落。喂，朋友，你们走哪条路？"

王成、张宾一看那麻汉子一定是贼党了，当时故意笑道："便奔驼峰山，因为咱镖头走遍江湖，一柄剑杀倒著名绿林好汉，蒲豹敢不下山迎接吗？"

那汉冷冷一笑，吐舌道："蒲寨主单鞭一向无敌，镖头们小心了。"说着纵步自去，转过山头不见了。

张宾连忙告知三官，三官笑道："此辈小盗技尽于此，所以藏藏躲躲，俺闻蒲豹作乱，殃杀百姓，如不拨撩俺便罢，不然就手剿清山寨，一把火焚掉贼巢。"

王、张二人见三官决定过驼峰山了，于是行走，行尽一程，便是一条山溪。二人寻见小桥，在桥上坐地，望见三官与一行车夫等转过，止住足张望。

王成挥手中标枪叫道："镖头这里来。"

三官奔走，渡过山溪，王、张二人立在山岩上招手，一会儿三官等赶上。

王成道："前面数条山径，咱走哪一条呢？"

三官等过去一看，果然数条窄径，对面一小小石碣，上书迷途岭，边上还有一些小字，是距某处某处，走哪条路有若干里数。大家看了一会儿，偏西的是奔驼峰山大路，于是推车奔驼峰山径。

山行越走越高，横越过一条山岭，便是下行路，一条山溪水自窄山峡泻出，潺潺激流得怪响，车夫等都去饮水。路上一片白石平

131

铺五六里，对面高峰便是驼峰山，那白石便是山水冲下来，车子推上轧轧乱响。王、张二人当先开路，临近驼峰山，沿山头一片长林，黑乎乎便是十多里长，山风暴起，吹得怪响，仰望大寨，许多帷幕罗布，旌旗飘扬，却没有一个喽啰。

三官马上大笑道："怎样？看光景蒲豹是与咱避道了。"喝令推车速进。一行镖车遥过驼峰山下，行不数里，突然当当当一棒锣声，三官大惊，四顾之下，早见后面如飞一般赶下一部山贼，顷刻旋风一般卷到。当头一个粗大汉子，生得身高八尺，紫黑面孔，双目炯炯，一部络腮刺猬短胡，手中一条虎尾棍，步下如飞赶来。

三官马上拔剑在手，止住车行，车夫早各自将车趸回，围了个大圈儿，便如壁垒布下坚阵一般。车夫丢了车，自去林中休息。三官与跟镖伙友一齐持兵器在手，山贼早唰啦列开，喽啰排成半月式，取兜围之式。

三官大怒，马上用剑一指那大贼道："蒲贼真个不懂交情，俺未寻你晦气也便是了，居然敢来劫镖。"

那大贼拽棍哈哈大笑道："没眼睛的东西，想你定是商镖师了，俺叫双雷，乃是蒲寨主得力悍目。蒲寨主说来，因为你傲笑江湖，目下无人，遥过寨前竟不投刺拜谒，委实将俺寨主瞧得不够样了，不容咱不与你为难。"

三官道："原来却是不知名小贼，快叫蒲豹到来。"

双雷大怒，哇呀呀大叫起来道："呸，捉你一个毛厮儿，还值得蒲寨主动手吗？小的们，哪个敢捉下商三官？"

早有一健贼手中一双短戟，步下矫健异常，吼一声冲过。三官方跃下马，早见伙友许大伾担了镔铁槊大叫："入你娘的，着家伙吧。"声尽处，早一跃过去。正逢那健贼双戟给过，大伾抢开铁槊呼地一盖，那贼猛然之下，慌忙掣戟，大伾已挥槊如风，一连旋过数槊。闹得那贼左右闪躲，一面双戟乱刺，好容易敌住大怔。二人旋回杀了十多合，不分上下。但见大怔越杀越勇，那贼见大怔蛮杀，大槊又重，不敢大意，趁大怔一槊一个泰山压顶式盖过，忙一闪身，大怔用力过猛，竟累得往前一扑。那贼忙掉戟一个双龙出水式，左右突过双戟，戟锋闪电一般突过，大怔望得分明，就势大槊着地，一个渔夫拧篙式，托地飞起，直旋过那贼头上。那贼不见了大怔，忙返臂一戟，不想大怔槊到，当的一声，那贼单戟与铁槊相接，猛然激脱，嗖一声飞出丈八远。那贼一旋身，大怔已一翻健腕，铁槊突入，那贼偏身一闪，大怔平扫一槊，那贼一跃，大怔随手一带，那槊正当那贼落地，一下兜了个筋斗。那贼想撑起，大怔顺手一槊戳碎那贼头颅。双方大叫之下，大怔舞槊直取双雷。

双雷正气得乱叫，手中虎尾棍着地一撑飞过，截住大怔。二人都是沉重兵器，杀作一团，叮当当撞得怪响，一片尘埃飞抖，好不凶实，直战了数十合，不分上下。双雷贼性发作，大吼一声，趁大怔一槊槊到，一低头闪过，随手一个怪蟒出水，黑油油铁棍平突出去，直取大怔当头。大怔挺槊一搅，当一声激开，进一步一个乌云盖顶，大槊就双雷头上一旋，双雷一伏身铁棍已就大怔下部扫过。大怔掣槊之下，抬起左脚，大槊噗一声竖在地下，铁棍碰回。大怔已双手拔槊，随手自下而上一个撩阴式。双雷一跃落在大怔身后，双手抡起大棍一个劈倒山式，大怔闻得棍激空气声，伏身往前一纵，双雷已一棍挂下，登时老大石块粉碎。双雷气得暴吼，二人又反身棍槊卷杀在一团，杀五六十合，二人精神暴长。

三官见双雷蛮勇非常，亏得大怔武功稔熟，勉强敌得，错一人是不成的。蒲豹一定武功超过双雷多多了。想着拽剑大叫"许兄少歇"，说着一纵身，唰一条黑影直取双雷。只见剑影一闪，已就双雷头上一旋，吓得双雷一缩脖，挺棍一拨。许大怔虚晃一槊退下，双、商二人棍剑搅作一团，杀得翻翻滚滚。双雷气得怪叫，双目赤溜溜，举棍如风。商三官是从容不迫，单剑轻妙异常，二人追还进退十余合，不分上下。

三官突然剑法一紧，嗖嗖嗖一片寒光翻卷，雪亮地兜了双吉之棍。双雷也自不弱，一条棍乌油油散下一片乌云，二人步下棍剑相搅。三官究竟是家数非凡，见双雷一棍戳过，忙进一步，一闪身一个顺水投梭式，宝剑一闪，挨棍直削双雷手指，吓得双雷铁棍一翻，拨开来剑，三官已掣剑一个白云绕顶，剑光直突双雷脑门。双雷挺棍欲搅，三官抽剑中途掣刺，一路急刺法，闹得双雷大棍乱了，手足忙乱起来。三官因双雷大棍过重，所以也不敢大意。双雷用棍激开来剑，一伏身一个绊马式，单棍挨地扫过，一带之下，三官早轻身一跃，影儿不见。双雷恐受暗算，往前一蹿，返身来战，不想三官竟拽剑逃阵。双雷不睁眼瞧东西，飞步便赶，三官回头望望，大步便走。双雷虎吼一声，双手抡棍便盖，不想三官猛一止步，侧步让过来棍，双雷往前一抢，大棍直扎入地中尺八深浅。三官已与双雷平身立定，顺手一剑，嗖一声，双雷未容哼哈，一颗肥头已滚出丈八远，鲜血飞溅。小喽啰见三官剑诛双雷，吓得喊一声飞逃。三官提起轻功，一闪身，早在诸喽啰面前，影绰绰一晃，吓得山贼怪叫。

三官叱道："哪个敢动一步？"山贼不敢动。三官道："汝等均是受蒲豹之诱而堕邪途，俺不难为你们，但不得再归盗党。"

小喽啰拜倒四散逃走，有的真个逃走，有的返回大寨，报告蒲豹，细说究竟。蒲豹大怒道："商三官果然与咱为难，好，咱便亲自擒他。"

原来蒲豹自以为武功绝顶了，所以瞧不起商三官。那日派下探子果然回报，商三官催镖到了。张宾、王成二人遇见之麻汉，便是蒲豹得力精探。当日又回报说，三官已将至寨外，并有藐视寨主之意。蒲豹登时气得乱叫，双雷道："闻说三官是京都著名武师，咱不可结仇他。"

蒲豹啐道："住了，三官竟敢不避道，显见得藐视绿林。"

双雷道："他定然投刺请见，咱也可以罢手了。"

蒲豹道："如此见机行事，他镖银过多，便劫他娘的。"

正说着，喽啰报道："山下过去一行重镖，镖头商三官。"

蒲豹道："难道三官请见吗？"

喽啰道："三官经过山下，未瞅山寨，便直去了。"

蒲豹大怒道："了不得，商三官竟敢偷过大寨。"

双雷也怒道："商三官久走江湖，并非不懂规矩，如此是藐视咱了。"蒲豹立调兵马，亲自统兵欲赶。双雷愤然道："三官藐视绿林委实可恨，寨主不必动手，只俺带领部下去，定擒三官。"

蒲豹大喜，又派悍目李霸统一部山贼抄过驼峰山去堵劫行镖。山贼火杂杂去了。不想一会儿小喽啰气急败坏报到，方知双雷被三官割了头。蒲豹虽怒又是一惊，因为双雷是绿林著名厉害的武人，竟丧商三官剑下，未免使人可怕。蒲豹心中含糊之下，不肯服气，调了全山之众，方要下山，突然人报李霸已截住行镖伙友去路，在青松峡大战。蒲豹大悦，以为一定取了夹攻之势，统兵直刷下山寨，赶上三官。

三官因诛了双雷，知道蒲豹未必肯罢了，一面发人飞报镖行方面蹚镖人。正逢王成、张宾二人与山贼李霸相遇，杀得难分难解。

那人大叫道："商镖头已诛了双雷，蒲豹败走。"李霸心慌，正被张宾双斧王成标枪杀败，于是虚晃一刀回身败走。王、张二人知道自家得胜，拼力死追。

且说蒲豹赶上三官，三官正将镖车令车夫推远，蒲豹赶到。步下一条单鞭，大叫："哪个是商三官？"

三官道："在下正是。"

蒲豹一望怒道："可认得蒲豹吗？俺与你无仇无恨，何故杀俺双雷？"

三官啐道："你前多日派人伺查俺，已非一次，怎能瞒得俺？没有劫镖之心用此何干？须知三官单与你碰碰。"

蒲豹大怒道："你过俺山下竟不拜谒，还敢如此。"

三官道："呸，山下须是皇家大路，你既有意与咱为难，俺何必结交你？"

蒲豹气得怪叫道："好好，恐你去不得。"说着唰一声一抖索鞭，大叫："姓商的，胜得俺手中单鞭，便容你过去。不然快快送上镖银。"

三官不言，拽开短剑，蒲豹已猛然一撒索鞭，哗啦啦一阵响亮，一条怪蟒直取三官。三官纵闪过，挺剑截住蒲豹，二人就山下大战，鞭剑战了十多回合不分上下。二人各自退一步，一紧手中兵器，化作两团云雾，卷搅作一团，一路叱咤，烟尘迷空。

三官见蒲豹果然武功不错，于是一变剑法，疾如风雨。蒲豹猛然掣鞭在手，观准三官一个毒龙出水，一道鞭影直突出去，那雪亮的鞭锋便如昂起的蛇头。三官见势一缩身形，挺起宝剑，就鞭头轻轻一拨。那鞭正直突之势，猛然一挫，只闻哗啦啦一声响亮，那电也似的鞭锋登时飞卷过去，吓得蒲豹一顿手势，掣住钢鞭。三官已顺手一个鞘里藏锋式，宝剑平刺。蒲豹忙一偏身躲过，斜刺里单鞭一盖。三官之剑早已中途抽回，蒲豹趁势一带鞭势，那鞭头掉转挂过，三官忙挺剑一个虚刺法，蒲豹不敢大意，掣鞭来搅。三官已一翻宝剑，便是一个拨云掠月，一道剑光突入单鞭锋中，直取蒲豹咽喉。蒲豹后退一步，抖鞭伏身一扫，三官双足着力一个龙门跃鲤式，轻身飞起丈八高，不等蒲豹还手，已就落势，提气一挺身，便如凭空悬起，左手宝剑平撑着，一个撒花盖顶式，只见单剑如电，登时荡开车轮大小一片白光，锋刃缤纷，雪片般飞下。蒲豹吓得一顿手势，收鞭头在手，双足一跃，便是一个青蛙蹬波，挺身欲走。只闻咻一声，蒲豹托地一滚，抢出圈外。早见三官一个轻燕掠水式逐过。

原来三官一剑旋到，蒲豹未及挡开，一下削落蒲豹头上挽髻，连那包头武士巾飞落。蒲豹这时方有些含糊起来，跳起来欲走当儿，早见三官剑影一闪，剑光兜头刷来，一面道："螯贼，也叫你认识认识。"

蒲豹无法，一咬牙关，抖手中鞭截住三官，迎头唰唰唰一连数鞭，单取上中下三路。好三官身如飞絮，疾比猿猴，左右闪开，二人又杀作一团，五六十合不分上下。蒲豹贼性发作，入娘入娘乱骂，三官大怒，宝剑一紧，锋刃翻卷，兜了蒲豹单鞭。蒲豹虽勇，一点点的长鞭使不开，三官短剑竟步步欺入。蒲豹大慌，因为长短兵器相接，决定胜负，是最易看出。因为长兵忌近，短兵忌远，这是战术秘诀，长兵近了是抖不开，敌人能欺近长兵内，一定武功确高出用长兵的，不然不会欺入锋下。如商三官一柄短剑，一点点地杀入鞭锋中，蒲豹之鞭一定有破绽，不然三官绝杀不透鞭锋。

当时三官短剑杀入蒲豹鞭影中，蒲豹单鞭抖不开，只得步步后退，眼看着自己要吃亏，忙想一计，虚晃一鞭，回头便走，三官赶过。只见蒲豹猛然止步，反身一撒鞭头，一条怪蟒般突过，三官正进步如飞，未免收足不住，当时敌鞭突到，三官闪无可闪，往后一仰身倒地，蒲豹大喜，吼一声一带长鞭，就三官当头挂下。只见三官一旋身滚起，右手宝剑就鞭头一缠，铮然一声格开，顺手叱声着，一个顺手投梭式，雪亮的宝剑，已突入鞭锋中。

蒲豹正探身往前，望见宝剑已到，偏身一闪，咻一声剑尖正刺在左颊，登时鲜血飞溅。蒲豹跄跄一闪，撞出数步，险些跌倒。原来三官一剑，已戳透蒲豹左颊，连两个牙齿都落，痛得蒲豹一溜筋斗，拽鞭便走。三官身形一晃，一条云气般早影绰截住笑道："蒲寨主还有何说？快快留下首级。"

蒲豹黄了脸道："由你由你。蒲豹金刚般汉子，失落个脑袋算什么，二十年后再会是了。"

三官笑道："谁耐烦污剑呢，俺告诉你，你若想劫镖，须看准了人再说，还须死练个十多年武功，这郎当当就想弄手段，未免可笑。得咧，饶你去吧。"

蒲豹敌不住三官，吃这几句奚落，拾了一颗头委实幸运，还敢呲甚毛，抱头逃走。一路越寻思越无味，又不愿回山，心中恨恨自语道："好哇，商三官凭着宝剑欺压绿林，俺蒲豹也是条汉子，便不争这口气吗？是了，山长水远，姓商的瞧着俺的手段。"于是自去了，流落江湖，访名师学技，图日后复仇且不表。

且说三官战败蒲豹，握剑大笑，叱令车夫推车。车夫见镖头得胜，也不倔强了，跑来道喜，一个个抄起车把推去。

突一镖友跑来报道："前面蹚镖王成、张宾二人，与山贼李霸在青松岭大战，被李贼诱入山峡被贼围了。"

三官大怒，吩咐跟镖伙友押镖小心一切，自己飞马赶去，直入青松峡口。早闻得一阵杀声，三官不管好歹冲入，正逢王成挺标枪冲突，三官大叫张宾。王成见三官到了，回手一连刺翻数贼大叫道："张大哥被山贼困了，山贼切断对面峡口，放起火来，俺想冲出去报信，镖头来了正好。"

三官道："蒲豹带伤败走，王兄快随俺来。"于是二人步下杀入，山贼抵不住，海潮般退下。二人冲入贼阵，一路鲜血迷途，人头乱滚，小喽啰四散越山逃走。二人杀透重围，早见一群山贼一色的长枪，围了张宾大战。张宾一双板斧霍霍如风，贼兵长枪搠到，张宾双斧平撑一旋身，叮当当激开诸枪，回身截住李霸单刀。王成、三官二人一齐杀过，李霸大怒，挺刀来战，不三合被三官一剑研伤肩头，统众呼啸一声逃走。

三官道："山贼既败，咱何不乘势杀入山寨，救出被难人也是一番义举。"

王成、张宾道："正是如此。"

于是就镖车赶到，三官止住车子，火杂杂杀上驼峰山。李霸听说蒲豹逃走，又见三官赶来，不敢入寨，寨中守将见得力悍目都死逃精光，悄悄自后寨溜了。三官不费一枪一刀入山寨，却不见一贼。大家搜一番，却搜出金银女子。这时已红日将落，三官令镖车解下镖银，入山休息。空车子都放在山下，留少数人看守，当夜宿在山寨。

次日三官将被难女子招入，一一询问住处，近的派人送回，远的送入山村，将寨中金银米粮分拨与了被难人。山庄知道商镖头破了山寨，乐得山中魔王去了，首事人来致谢，三官将被难人交与村人，令送回各家，所有财物不得分肥。

村人道："哪里敢。"领被难人去了。

三官因山寨里事，一连耽搁二日，次日发下镖，一行车子上路。三官一把火焚去大寨，以防歹人占据为害。三官想不到与百姓除了大害，登时三官大名又传入西北各省。三官虽然稳稳销了镖返回，从此却结下深仇。

书接上文，那白孝先替白老太太去中牟朝庙，一出村头望见商三官押着镖，自开封大路走来。孝先以为父执过自己门外，也该招待招待，但又恐三官不在。因为三官名声既大，江湖人都知道，绿林朋友只要见了三官镖旗，必先避开，以免双方结怨，因此三官虽坐镖局，多不出发，只拨得力伙友，拿自己镖旗，就通行无阻。这几年三官亦六十余岁年纪，越发不轻出了。

白孝先正眺望，突然对面青稻一阵乱动，从内中钻出一人，孝先一看那汉，生得精壮壮，身躯伟岸，一身劲装武士衣，外披大衫，背上负了一个小包裹。猛然一回头，孝先竟吓了一跳。

原来那汉凶眉暴目，双目炯炯，嘴角还一块刀伤，见了孝先，一敛目光笑道："在下远途赶庙客人，中牟奔哪条路呀？"

孝先以为他是江湖卖艺人，于是一指大路道："这便是了，但越过小溪，须走左边之路。"

那汉喂喂一拍手，又从田中出来一人，二人相顾往大路而去。孝先以为二人是走路累乏了，在田禾中睡觉，也未在意，驻马俟着镖车到来。

当头两个蹚镖武师，都是五十左右岁年纪，一个腰下披了双斧，一个担了铁椠，见了孝先一齐注目笑道："俺们是镖客，自直隶入湖北省，道经贵村，借问老哥一声，此村是不是后湖？"

孝先道："正是，瞧那不是湖水？"

一个刺猬胡客道："是呀，村中可有白老头吗？"

那个短胡白净镖师笑道："姓白的多咧，白老头儿白亮。"

孝先笑道："二位是谁？怎知先父名儿呢？"

二人笑道："俺便是当年武师张宾、许大伾，与白老头都是很好的交情，多年未会，所以顺路拜访拜访，你老兄一定是白亮少爷了。"

孝先忙忙下马道："原来是叔伯到了，那么商大叔随行没有呢？"

张宾道："来了，俺们多年未来，那么这便是白世侄吗？"

孝先道："正是，因为想赴中牟进香，瞧见镖旗，知道商大叔来了，所以驻候。好在进香期好些日，便请叔伯们多盘旋几日。"

说话间商三官押镖到了，白孝先叩见。老头子仍然健壮，笑得弥勒佛般道："老世侄知俺们来吗？"

孝先道："哪里晓得，无意中遇着，真巧得很。"

三官道："俺们入湖北本不经此地，因为久疏到府，所以抄下此路，看望看望。"

140

孝先令车夫推车进庄，将镖车推入白家，引一行十余好汉到客厅，先报知白老太太。老太太十分欢喜道："三官来了，可惜他白哥哥已去世，不然何等快事。"

诸好汉净面吃茶后，先拜见白老太太。老太太年高，都呼为老嫂子。三官等与老太太施礼。老太太笑道："老弟们好生多礼，咱一别十多年，快坐下谈谈。"大家落座，仆人献茶。老太太道："咱别来直到如今，一晃咱都白了头发，真是人世沧桑，不堪回首了。便如你白大哥，已故去多年，俺倒活得结实。"这一句不打紧，三官一齐怔住。

孝先道："叔伯们想还不知，俺父故已三年，因路途遥远，也未通知故旧，望叔伯们恕罪。"

三官等一听，一齐挥泪。许大怔方叫得一声"白哥呀"，大嘴一撇，便想号啕哭起，被张宾一把掩了他胡子口。许大怔左右乱闪，憋得粗脖红脸。

张宾叹道："万也想不到，咱不可伤心，招惹嫂嫂不快。"

三官挥泪道："俺们远道来了，是拜望兄嫂，如今……唉，白兄去世，真使人痛心，只当是望老嫂来了。"

孝先道："先父三周年，只在后三日。"

三官道："如此好了，咱便候着祭奠一番以尽寸心。"

白老太太因诸英雄落泪，不由得陪泪。一会儿，孝先唤人子女妻子拜见诸英雄。三官一手拉了白兰一手拉了白仲，夸赞不已。大家与老太太谈一会儿，仆人请用饭，孝先方引大家到饭厅吃饭，车夫留在外院，仆人招待三官，连日盘桓白家。

孝先因欲赴中牟，与三官等说知。三官笑道："俺们与自家人一般，何必你招待呢？"孝先去了。因为家中有客，起早赶到中牟进香，连日返来。随便备些冥钱香楮之类。次日便是白亮之三周年祭日，孝先到了中牟进香后，买了一应之物，一径返回。中途撞了十余怪汉子，说话侉声野气。孝先一看，那日田中二汉子也杂在其中，孝先也未理会，飞马而过。只闻后面诸汉谈说，一个道："不打紧，难道他们还逃上天去不成？他既入湖北，不走此路便走东路，只他不从此过，一定走回路了，或是隐在什么村中，不妨探查一下。"

孝先知道人家谈什么，心中有事，一连两鞭敲得马飞跑，一日往返。次日预备了祭礼，诸英雄随了入坟地，见内中环栽青松，芳草如茵，轻风吹来，松枝发出怪响，越显得凄凉了。孝先早已摆好祭品，拈香陪祭。三官等一齐拜倒，不由大哭。孝先陪恸一会儿，劝止三官。

三官叹道："不幸白哥先走，俺此次销镖后，决不再涉江湖，江湖间少俺同志了。"

孝先等祭罢，一行人返回，恍惚见田中遇见那汉子掉臂去了。孝先等哪里在意，一行人返回。三官决定明日上路，白老太太吩咐孝先置酒，大款诸英雄。直吃到二更时候兴浓，孝先吩咐添酒，自己与大家把盏。

正这当儿，突然外面一阵大乱，大家停杯当儿，只闻白兰白仲姐弟叱道："好瞎贼，竟敢在白家伸手探脚，杀杀杀！"接着叮当一片兵器相撞声。大家惊得跳起乱抓兵器。诸英雄因饮酒半醉，三官跟跄跄身形一晃，拔剑在手，大叫道："一定是镖银招来贼党。"

孝先大怒叫道："反了反了，好贼，竟敢闹到白家来。叔伯们莫急，都有俺呢。"

正说着，仆人跑来道："啊呀不好，刻下有数十大盗侵入，已入外院，与大娘、姑娘、少爷杀起来，贼人过多，大娘母子败阵，老爷们快去吧。"大家吼一声一拥出去。

早见白老太太掖着裙儿，提杖自房上跳过道："没世界咧，蟊贼竟敢入俺白家，真没长眼睛。"白兰倒提一柄柳叶单刀，小抓髻都松蓬蓬，与白娘一齐跃过垣来。白仲站在垣上。

142

早见五六大贼，嗖嗖嗖翻上垣，顺横垣直越上正房，喊杀如雷。白仲大怒，随手一镖，自房上打落一贼，突然群贼大叫："杀呀，休走了商三官。"

大家一望见当头一健贼，浑身劲装，手中一条索鞭，大叫："白家人听真：俺们是跟下商三官来的，咱无仇无恨，休要作对，不然可别怪俺们！"

白老太太叱道："蓦贼竟敢犯我白家，三官在白家便是白家人。"

孝先夫妇、白兰白仲姐弟四人分头蹿上房去，镖行人也都跳过垣，奔外院去护镖。

商三官一听贼人是为自己来的，以为不过是绿林人来劫镖，登时大怒叱道："商三官在此，哪个送上头来？咱走镖四十余年，江湖人谁敢捋咱虎须？懂得交情的，便自去，两不相扰。"

早见那持索鞭贼跃过，大叫道："商三官认得俺吗？你当年驼峰山发得好威风哩。"

三官一看却是大盗蒲豹，三官大怒叱道："蒲豹瞎贼，还未死掉呢？须知当年商某手下留情，不然你哪有今日？如今恩将仇报，又来寻死？"

蒲豹哈哈大笑道："三官休说闲话，今天你没得说了。"

三官大怒，挺剑杀过，二人鞭剑就院中杀起。白老太太铁杖抵住三五大贼，张宾双斧截住一贼，却是李霸。李霸一双厚背七星刀，武功也非昔可比，三五合杀败张宾，亏得镖友林七助战，敌住李霸。许大伉与诸伙友护持镖银，白孝先夫妇在房上截住数贼，白兰白仲小姐弟赶到后院防守。这夜里月色明朗，天空薄薄布下片片白云，许多人在院中就月下杀起，一片呼杀声闻于四野。

且说一行镖行人跃过垣去，直奔外院，早见一群大贼，一色的青布裹头，结束伶俐，提了兵器，喝命车夫推出镖车。镖行人大怒，一齐蹿过，大叫蓦贼留下首级。群贼见敌人赶到，五六大贼挺手中兵器截住，一行人杀得翻翻滚滚。群贼抵不住，呼哨一声退下，突然嗖嗖嗖一连蹿入数大贼，长刀一挥，杀入战圈，镖行人奋勇战了一会儿败下，群贼大叫推出镖车。车夫抄起车子，往门外便推，群贼也不赶镖行人，呼啸一声押镖欲走。

突见三五条黑影，自垣上刷来，嗖嗖嗖，一齐跃上围房，后面一条人影其速如电，闪然已到垣上。数人大叫看家伙，一扬手四五支钢镖直取后赶来之人。那人猛地掣步闪过来镖，随手抄着红绫一撒手，一道白光。月光之下，只听得啊呀一声，早见房上一人翻着筋斗滚落房下。垣上那人早一晃身形飞跃上房，大叫："好贼崽子，竟敢犯我白家，我老人家可饶过你们咧？"

镖行人细细一看，却是白老太太。原来白老太太在内院截住三五人贼格斗，群贼见一个白发老太婆，哪里看在目中，再也想不到，一交手之下，老太婆一条铁拐如风雨之势，呼呼呼盖得群贼兵器叮当乱响。群贼知白老太太厉害，吼一声一齐挺兵器四下兜杀，白刃卷处，将老太太围在垓心。

白老太太怒骂道："蛮贼，真真不要脸上来了。"说着铁杖平撑，旋身一荡，只闻呼呼呼一声响亮，老太太一杖激开群贼兵器，震得群贼虎口发麻，稍一含糊，早有一贼单刀铮的一声飞上半空，老太太一个长虹跨月式，顺手一掣铁拐，直揳地兜上，吓得群贼一齐跳起。不想老太太叱声着，随手又一带铁杖，从群贼中腰刷过。群贼闪之不及，稳当当挨了一杖。当拐到当儿，二大贼从腰折断，滚出丈余远。余贼被撞得站不稳，跄踉踉一齐抢倒，鼻头几乎抢平。跳起来喊一声，一齐跳上垣去便跑。老太太舞杖赶下，群贼见老太太步下不但不老，却劲健非常，生恐老太太赶来，返身发了数镖，这一来未打着老太太，倒被白老太太接镖回敬了一镖，登时一大贼了账。群贼见老太太武功非同寻常，大叫风紧，回头飞跑。

老太太刚想追下，镖行人叫道："白大嫂哇，快助俺们吧。"

老太太一个轻燕掠水式飞跃下垣来。镖行人道："刻下群贼已抢出镖，俺们这些无用之人敌不住，老嫂快助俺们一臂。"

老太太真是老当益壮，挺胸道："螽贼哪里去了？"

镖行人道："方出大门。"

老太太挺拐杖当先，一路螽贼崽的乱骂，镖行人气壮了，随后喊一声赶下，大叫留下镖车。贼人正叱令推出车子，独轮小车走不快，行不半里早闻得后面谩骂，追下人来。群贼令车子先走，十数大贼挺兵器等着。见老太太当先，与镖行人到了。

群贼笑道："你这老不死的白毛儿，还来送死怎的？"

老太太怒道："瞎眼的东西，俺白老太太江湖人哪个不知？老是老了，手中铁杖却不老。"说着一搭铁杖，黑油油一条挺直的怪蟒一般，当头还有一昂起一双龙头，猛地向石上一劈，一块斗大石块登时碎裂。

老太太笑道："猴儿们头颅比石头还挺棒吗？"

群贼吓得目瞪口呆，胆小的早已悄悄溜之大吉，只剩下两个狞性大贼，蓬着猬须，瞪着牛卵般凶睛，大叫"老婆娘来吓哪个？"两条枪哧溜溜突过。镖行人喊一声杀过，老太太手中铁拐一格，突道："得咧，弟兄们不必动手，俺铁拐多年未沾荤腥，委实馋得厉害，今天大开斋，喝点儿人血也是好的。"

镖行人果然远远排开，一个个挺胸腆肚，气昂昂瞅着。早见白老太太铁杖架开来枪，两健贼回顾自己人逃得精光越怒，双枪齐击，突突突一连数枪，两贼前后取势。只见白老太太轻身闪开，铁杖虚点一下，两贼忙一闪，不想老太太一个指虚击实，中途抽拐自下点来，二贼拽枪后退一步，老太太偏会逗趣，收拐便走。两贼大笑，以为老太太吓跑了，随后双枪刺向老太太后心，老太太回头望望，猛地一侧身一闪，斜刺里飞起一拐，拨开来枪，两贼已然风也似抢到，不防老太太一手捉牢一贼，掉拐头只一击，那大贼登时一声未

145

哈，连脖颈都缩入腔内，头颅更不用说了。那一贼正大叫来救，不想红线般的腥血、白渣渣熟脑浆溅了那贼一脸。那贼登时吓得打了一个冷战，手中枪竟不敢前突。

老太太大怒叱道："看那贼像。"说着顺手一拐。那贼横不椰子飞上半空，啪嚓一声，摔得脑浆迸流。

老太太笑道："原来却这般不中用，俺白老太太多年未玩这个了，平白杀个人是良心上过不去，可是你们未安好心，劫俺白家不是送上门吗？"叱令推回车子，车夫重又卷回。

白老太太与镖行人返回院中，兀自杀得难分难解。镖行人与白老太太不敢离开，院中的白孝先夫妇在房上与五六大贼交手。孝先妻子月华一双柳叶长刀，一片电光般飞卷，白孝先拼力杀退大贼。不一会儿又从垣上蹿上三四大贼，一摆兵器上房助战，踩得屋瓦一片咯咯乱响。月华见房上不易动手，虚晃一刀，一个顺风飞絮式跃下房去。群贼以为月华怯敌，大叫："休走这花娘子！"声尽处，四个大贼连续飞跃下房。月华听贼人口中不说好话，气得俊目发光，挑着眉梢，双刀护了面门，四贼落地，月华娇叱一声，双刀一分，翻卷着杀过去。四贼挺兵器哈一声截住，口中乱骂。月华大怒，双刀疾如风雨，四贼兵器搠到，月华双刀平撑，一旋倩影，当当当激开来兵，四贼未容反手，月华进一步，一个鞘曳双锋，双刀白茫茫两道白光平突过去。四贼一分，方叫得一声小心，月华双刀一翻，自左右突过，哧溜一下，一贼正往前一探身，月华一刀已到，整整戳入那贼胸中。那贼啊呀一声，横不椰子翻倒，一连翻了几个筋斗。那三贼正霍霍地刀光搠来，不防那贼猛然一滚，自足下撞过，登时绊翻二人。二贼一滚之下，白刃撑地，双双旋到月华足下。月华正双刀架开一贼之刀，地下二贼平地双刀旋过，一纵身一个龙门跃鲤式跳起，唰一声自贼人头上跳出圈外，地下二贼就地取势，不想月华轻身早已不见，二贼手势如风收不住，左右一刀削过，不容分说

146

互相敬了一刀，血淋淋地吼了一声跳起。

三贼三把刀突转，月华方轻身飞落。那一贼正四顾不见敌人张皇失落，只觉冰凉的刀刃架在后脖颈，娇滴滴地道："笨贼，咱在这里呢。"

那贼一缩，往前一蹿，月华刀势一紧，贼头滚落。那两贼正虎也似突来，人头滴溜溜一滚，绊在一贼足下，月华双刀雪亮地杀过。两贼见不是势头，喊一声回头欲走。月华见两贼蹿上房去，一扬手每人敬了一镖，两贼一歪身，咬咬牙关带镖逃去。

房上诸贼围了孝先，大叫："白家人竟敢帮助商三官，杀杀杀！不要与他留面孔，休走那花娘子。"

群贼都红了眼，孝先一柄单剑杀得三五大贼步步后退，突然呼啸一声又自后坡房上起来五六大贼，大叫："弟兄们杀呀，白家人一个留不得！"声尽处一片锋刃雪片般旋过。孝先虽勇，究竟一人难挡众手，月华忙叱一声赶过，双刀重又杀入。孝先偷眼一看，见院中的商三官正与蒲豹厮杀，二人鞭剑相较，杀了百十合不分上下。蒲豹一条索鞭如一条乌蛇纵横屈曲，真有龙蛇之姿。三官老当益壮，一柄剑上下翻飞，白茫茫漫散下一片白光，二人堪称对手。三官一面接战，一面心中含糊，因为蒲豹与自己结仇十多年光景，不想蒲豹兀自未忘复仇，竟中途劫镖，显见得蒲豹是为自己而来，且蒲豹鞭法并非昔可比，一定受名师指教，自己横闯江湖四十多年，未尝遇敌手，如今说不定栽在蒲豹的鞭下，一世英名付之流水。想着剑锋不由得一紧。

蒲豹单鞭一掣，趁三官那一剑突过，偏身闪过，一伏身一个绊马式。三官究竟老健异常，一纵身飞起。蒲豹一带单鞭，那明亮的鞭头返挂过来。三官反手一剑，剑锋正着鞭头气力十足。三官之剑竟激得一斜，可是鞭头平激开了。蒲豹大怒，一掣索鞭节节合收在握。三官就蒲豹一腿下扫，一个平地升天式，跳起丈余高，猛然提

147

气一挺身躯，右手宝剑荡着白光旋下，就蒲豹头上一个天女散花式，剑光漫溢，片片泻下雪花。蒲豹真个了得，只一缩身，就手中单鞭向上，猛地一撒鞭头，便是一个擎天之式，那鞭一条杆也似，笔直地激入剑锋。三官见势忙用剑去搅，哪里搅得动。

原来武技一道深奥无穷，大约分内外两派。外主刚，内主柔，外重表化之拳勇，内重气体之柔功，俗语说得好，柔能克刚，这武功一道也是这样，如果内外功同样之火候，外功多不敌内功，可是各有所长，不能并论，内功绝顶便能运用罡气，使其流行周身，这一口丹田罡气，随意所之，如练金钟罩之功，便是如此。金钟罩有人说是妖术能以咒语避枪刀外袭，其实不是，便是练气功之一道，那罡气到哪地方，那所在便能抗外敌，便是身体中血球一般，不过他有坚柔之力。内功练到绝顶，手中无论拿什么东西，都能使用如兵器一般强利，如古时越女与猿公较剑，只以竹枝而胜猿公，可见罡气作用，能意之所之，便有效力。如武技中用之索鞭、流星，甚至于百步飞拳之类，均是气功。

作者虽不能说懂武功，但其中有至理，练金钟罩功夫也是同一之内功，这是作者亲见过的，便是边塞一片石地方，山名是忘了，只记得山上有两座古庙，两庙距离至少五十里之遥，东西地位，东边庙中是一道士久住，西边庙中是一住持僧人，二人做了方外密友，山庄人都知僧道是武功家，可是始终没人知道二人缘由。

作者小的时候，道经一片石，是赴关外，见庙中老道正在山下，手中一双铜锏，与怪物格斗，细细一看，并非怪物，却是一猴子。猴子身高足有三尺左右，手中一条火尖枪，两个就山上斗了半响。老道双锏舞得连人影都迷离离，可是那猴子一条枪越发快速，一枪枪地只管刺在道人身上，那道人披着外氅，却用一条带束了衣，露着不平坦的肚皮，眼看那猴子一枪刺在道士肚上，却似有弹性一般，马上激回来。道士忽地将锏一扬，猴子便丢了枪，蹲在一边十分好笑。

一问道士，方知猴是他驯养的，已十多年，武功十分了得，有时顽皮起来，道人都捉不得它。它的缺点便是力弱，所以道士能压制它。道人之不入刀枪，他说是金钟罩功夫，非得练得气功太好，不能习此道。他说他那猴子有一回十一月闹脾气，偷了一柄刀逃走了，正是下大雪时，道人追下，哪里都没有。后来西庙中老和尚将猴子绑来。原来和尚用双剑，武功比道士强十倍。这日和尚去烧香，见殿内雪白一物跳跳的，和尚不知什么，悄悄返来，摘了双剑赶来捉怪物，却是那猴子。猴子不服，两个就殿前交手，三晃两晃，猴子败走，想跑，被和尚自后一手捉了，与道士送来。

细问道士姓名，只是不说，后来听说道士听和尚劝告，将猴子杀了，因为猴子常悄悄去搅扰百姓，百姓那时用火枪打都不中，和尚恐将来没有能敌他，与百姓遗害，这并不是捏造。和尚不敢说真，左右道士猴子是看见过的。

一想已数十年光景，那时作者不过七八岁，在小说中经有刀枪不入，与猿猴之异，确是有的。从道士之内功避刀枪看来，罡气是真无止境，便如蒲豹那索鞭，竟笔直上突，如一条铁棍，也是纯粹内功。当时三官剑拨不开来鞭，知道蒲豹功夫了得。只见蒲豹单鞭一搅，三官宝剑激开，身势不敢下落，屈身一个蹬波式，二人胜负如何，下文分解。

第五回

防巨盗老将呈英风
宿佛堂红妆惊怪异

　　那商三官一个青蛙蹬波式，一径跃出圈外，蒲豹大叫，抖索鞭反身拦过，三官一旋宝剑，一道白光激开来鞭，各进一步重卷，杀作一团，鞭剑往返堪称敌手。不过三官这时上了些年纪，又搭着酒后体力疲惫，久战未免觉得十分吃力。三官怒气之下，不肯示弱，挺剑奋呼大战。二人又斗五六十合，三官之剑一点点地迟慢了。蒲豹见势，大吼一紧鞭锋，着头兜下，三官将心一横狠斗。二人翻滚滚斗到房下。

　　三官北垣招架，蒲豹见三官后退数步，赶忙一掣鞭头，节节索鞭落手，趁三官一剑劈空，蒲豹只一闪身，猛然一撒手中索鞭，一个毒龙出水式，唰一声一道雪亮的鞭头，直挂三官当胸。三官后无退路，宝剑又不敢轻接索鞭，忙一挫身，提气用了一个龙门跳鲤式，嗖一声直挺挺一长身，跳上垣头。蒲豹一鞭啪一声，整整挂在垣上，透了一个洞。蒲豹掣鞭之下，三官已一翻身跳过垣去。蒲豹大叫："商三官当年威风哪里去了！"说着飞身登垣。

　　正四顾之下，不想三官就在垣下伏身，见蒲豹登垣，随手一镖。若论三官镖法时称一绝，有商家镖之号，与白家枪是同享盛名的。

当时三官一镖直取蒲豹，竟一道白光闪处，当啷啷一声，被蒲豹一鞭磕飞，这既是三官急切发镖未尽其技，也是蒲豹武功绝顶，绝胜三官。蒲豹一鞭开来镖后，哈哈大笑，一纵身一个顺水行舟式直挺身躯，一朵云儿般飘落当场。三官盛怒之下，仗剑直劈过去。蒲豹不敢反顾，反臂一鞭，三官见敌人鞭到，生恐接着，忙一掣剑，蒲豹已进一步，一旋身杀转。二人这一交手，直闹得月色昏淡，满院光霞流走。

白孝先见三官因老迈气衰，有些敌不得蒲豹，自己又被群贼截住，脱不得身，心中究竟恐三官吃亏，虚晃一剑，一纵身跳下房来。群贼大叫走的不算汉子，孝先全不理会，群贼也不赶下，吼一声数道白刃，直取柳月华。月华正双刀霍霍，连劈二贼，这一来未免有些不敌。

且说孝先跳下房来，接着一个鹞子翻身，跳下垣去，大叫："蒲豹笨贼，只管与一个七十岁老头子拼命，未免笑杀人，说什么能为！"

蒲豹一面战，一面偷眼一看，见孝先站在垣上，倒提了一柄宝剑，英风凛凛，看光景一定有惊人武功，不然不会如此大言。登时叫道："俺为姓商的而来，不干他人之事，喂，朋友们，别挫劲儿，免得自招祸害。"说着一紧索鞭，越发唰唰唰兜杀得好不凶实。

孝先冷笑道："蒲豹来吓哪个，须知白家人不是好惹的，你惹寻三官理论，咱白家须不是你们打杀之处，想你也不认得白孝先是什么人。"说着一跃轻轻刷过，大叫："商叔叔快将笨贼交与俺，捉下一个牛子般笨贼，不辱你英名吗？"

三官见孝先来助战，乘势虚刺一剑闪开，孝先早挺剑削过，大笑道："来来，咱年当力壮，正好杀他百十合。"

蒲豹见三官来了帮手，自己正要报仇，三官又久战力弱了，当时蒲豹气得哇呀呀怪叫，不由得头角上如一盆火炭烘上热腾腾直冲脑门，气急反倒说不出话来，一带索鞭没头没脑向孝先便盖。孝先何等身法，滴溜溜一旋身形，已然不见了。蒲豹再也想不到，怎敢迟慢，忙一收索鞭，往前一跃，将索鞭抖开，一个回头望月式，反臂一鞭。孝先正落在蒲豹身后，挺剑搠到，见敌人鞭到，轻轻就鞭头一激，只闻铮的一声，爆激出一溜火光。蒲豹那鞭猛然一挫，登时激得倾过，锋头回突，吓得蒲豹一低头，咻的一声响，已就头上挂过，闪得自己往前跄踉踉撞出数步。蒲豹又怒又怕，反身当儿孝先已大喝起来，蒲豹不敢大意，旋身接战，二人翻滚滚斗了三十余合不分上下。

三官见孝先勇力足敌蒲豹，方放下心，见房上群贼围了月华，杀得难分，月华虽英勇，也是单人不敌众手，只仗了身轻步下迅速，双刀随身流走。三官见了方跃上垣去，早见房上群贼一分，月华双刀卷入，白茫茫一片华光，闪电一般，群贼哈的一声，单刀一旋分头突过去。月华双刀平撑，一旋倩影，叮当当格过来兵，进一步一个绊马式，双刀相接，挨地削过，群贼纷纷跳起。不想月华一带双刀自下撩上，群贼挺刀来拨，月华手腕一翻，一个顺手投梭式，明晃晃双刀一分，就贼人刀到，只一翻玉腕，平削上去只闻啊哟一声，当啷一声单刀落下，随后滚下一贼。群贼一分，那大贼直滚落房下，摔碎头颅。

原来月华一刀到处，那贼闪之不及，右臂连刀断落。当时群贼一闪，凶睛望着同伴又死一个，不由大怒，口中乱骂。月华大怒，见房上自己一人动作不得手，双刀一抬，纵跃下房。群贼大叫休走了白家媳妇子，一定捉个活的玩玩。月华气得杏目双挑，见群贼连连纵下房来，月华不等群贼动手，双刀砍过。群贼正相顾示意，意思是想合围，月华怎不明白，只运用轻身之功，引得群贼奔逐，虎吼乱扑，稍一不留神，竟有二贼对面撞了个乖，嘣的一声，马上一对仰面朝天。

三官正在垣上，望得哈哈大笑，挺剑去助月华。月华见三官到了，道："老叔，你老人家快教训教训这群贼子，委实不顾面孔了。"

三官知道月华吃群贼骂，受了委屈，登时道："不打紧，等老叔割他嘴巴。"说着早有四大贼奔三官，群贼围了月华。

三官见那四贼生得怪模怪样，火燎鬼一般，一人一柄单刀，吹着胡子蛮杀。三官退一步，四贼叫道："你这老白毛，真也不知死活，不敢战便开，这里缩丢此人。"

三官一看群贼连接战退让规矩都不懂，不由好笑道："老是老了，不看老谁还服咱商三官呢。"

四贼一听商三官，不由一怔，八个眼睛奇异地将三官扫了一下，大叫道："蒲大哥说三官天神一般，原来是个糟老头子，来来来，杀呀。"说着四人齐上。三官挺剑杀过，四柄白刃中，五人团团打了四个朝面。三官究竟家数非凡，四贼方知道，糟老儿也是如此，怪不得蒲豹夸奖他。当时五人斗了一会儿，四贼分四路进攻，三官又没有分身法，只见他拢着小白胡，全凭一柄宝剑，水也似一荡，四柄刀再也突不入。三官见四贼齐到，一纵身跳出圈外，影儿不见。四贼照顾之下，大贼大叫："弟兄们小心……"一句话犹未了，只觉脖上冰凉一家伙，吓得大贼哟了一声。

只闻三官道："真也惯得你们不像样儿了，动不动嘴角上不干净，人家年轻轻的女人，怎不生气？那么你会骂，俺会削你嘴巴子的。"说着大贼狂叫一声。

只见三官一剑平削在大贼嘴巴上，一堆肥胡子腮整块落地。那贼一个筋斗一滚，鲜血激流。三贼正突来救，被两贼一冲，步下不稳，马上闹了个筋斗，几个人乱滚作一团。三官已宝剑一旋，一连切杀二贼。

月华双刀正杀得三四大贼手忙脚乱，群贼见三官炮制大贼，吓得浑身发软，早被月华明亮单刀削去一颗贼头，余贼吓得一闪，一声呼哨，大叫风紧，回头便跑。三官、月华随后赶去。

月华叱道："笨贼休走！"数贼已分头蹿上房，月华不知赶哪个好，一迟疑之下，群贼已去，只望见三官影一晃，拽剑赶向后院。月华追踪赶去，早见数贼反回，又截住三官战起，一会儿嗖嗖嗖越过横垣。

月华叫道："老叔哇，休放走贼人。"

三官笑道："不放走的，追。"说着二人追下。

且说群贼方蹿过内院横垣，便是一片偌大菜圃，延垣围了一圈树木。群贼生恐敌人赶到，忙奔树木下，预备稳身。群贼见一株巨柳，垂着碧色丝条，群贼一齐奔过，一贼飞身登树，顺一巨柯想跳出垣去。只闻一会儿扑通一声，二贼又顺着爬上，一贼正探头望望，见先过去那贼直挺挺躺在草地，月光之下，似乎摔死。二贼纳闷，矮矮之垣不致摔死的。细细一看，啊哟，连头颅都没有了，一贼摸了一手凉渗渗却是腥血。二贼得便下缩，早被人揿顶揪了，不容分说，一刀一个扑通推下尸体。后面之贼争先恐后爬上树，见上面之贼乱蹬乱挣，群贼一看，原来上面荫蔚中伏了二人，正每人抓了一贼头项，割了头。群贼发声喊，跌滚滚跑下，顺垣头逃去。

从树上跳到垣上二人，却是白家姐弟白兰白仲二人。原来二人自入后院遇见二贼，被二人杀退，一径逃过前院。二人恐自后垣袭入贼人，赶忙跑去，候了一会儿，一贼没有。白仲想返去助战，白兰不许。因为后面如再有敌人侵入，更没法阻挡，所以二人稳等一会儿。见数条人影蹿过房来，直奔后垣，随后连着逐来二人。

白兰道："一定是贼人败逃。"

于是二人隐伏树上，不想贼人利用巨树登垣，正逢二人，二人只不吭一声，上一个杀一个，当时二人站在垣上，见后面三官与月华赶来，二人因大贼丢下头，群贼顺垣落荒逃走，一齐跳垣。只见白家姐弟连发了两个法宝。早闻啪嚓啪嚓两声，二贼顺手滚落。被三官活捉一个，那一个落在垣外，屁滚尿流逃走。原来二人发的暗器却是新割的血淋淋的人头。当时二人仍想赶下，被三官唤住。

二人道："刻下贼人力穷还不追赶？"

三官道："贼逃去是了，不必死追。况前面还有贼人未退，你二人仍守此不得轻动，俺们返去助战。"二人唯唯，三官、月华又赶到前院。

前院镖友张宾、林七二人杀败大贼李霸。李霸绕院逃走，亏得群贼救了，且战且退，一径跳过垣去。外院白孝先与蒲豹战百十合，孝先施展家传奇技，一路杀得蒲豹鞭施不得，步步退后，孝先一紧单剑，一路八卦剑，只见宝剑锋芒漫溢，化作一片白光，不见了孝先人影。蒲豹只觉八方均是敌人纵横，冷飕飕的剑光乱旋，逼人毛发。蒲豹久经大敌，一看这路剑法委实厉害，自己一定要吃亏。

原来这剑术中分许多门路，如太极、八仙、八卦、梅花等等，多得很。据说八卦剑很和易理，按卦形化出，分乾、兑、离、震、巽、坎、艮、坤八路，变化无穷，练这功夫非剑法根基深奥不可，因为此派剑法尤重气功，火候不到，休说学，门径也不易窥得。

当时蒲豹大惊之下，使泼索鞭，想突破剑锋，不想鞭未还击，早见剑影一旋，挨顶平削。蒲豹敛住鞭头一伏身，单鞭突拄。孝先身形一闪，宝剑一带，哧溜一下，自鞭头平削下。蒲豹只觉肩头怪痛，一闪身横撞出丈余，左臂已垂下。原来孝先一剑削落蒲豹左肩一条肉，蒲豹撒脚飞跑。

孝先大叫道："蒲豹休走！"随后赶去。

蒲豹已跃过垣去，捏唇一声呼哨，外院许多大贼，正与白老太太、镖行人争战，闻声一齐弃战逃走。蒲豹正走之间，见剑影一闪，三官在前面笑道："蒲豹当年俺手下留情，你竟恩将仇报，还有何说？"

蒲豹又恨又怒，咬牙抖鞭便抢，一个朝面，蒲豹虚晃一鞭便逃，一面叫道："商三官咱没仇了，姓白的咱饶他不过的。"孝先赶到，蒲豹连发数镖，被孝先轻轻闪拨躲过，再赶当儿，贼已逃远。

白家人返回，看看镖一点儿没丢，白老太太还拽拐杖巡视，知贼去了。三官等返来，白老太太方休息去了。孝先连夜料理贼尸，白兰白仲二人解来一贼，孝先令人看守了。将五六具死贼抬埋。幸未伤人，只孝先臂上轻刀伤，镖友伤者数人，都不重。

三官道："蒲贼不想竟不忘前仇，哟哟，他武功大不似以往了。亏白世侄，不然俺交对了。"说着草草一叙当年与蒲豹驼峰山之战。

孝先道："蒲贼已去，但老叔前途也须小心，不然俺便去送您一程。"

三官道："改日再议。"

白老太太笑道："猴贼崽子，真不要脸，竟闹到我白家来，商老弟你说贼人多么胆大。"

三官道："贼人之来都是为俺招来，亏得老嫂一家人。"

老太太笑道："贼人究竟藐视白家，不然老弟落在我家，万不致出这岔子，你想当年镖行人经此过不是一次了，从未劫过镖，添上巡哨，如今贼人竟敢前来，俺不打还留着他干吗？"白老太太说着十分得意。

次日询问提得之贼，方知蒲豹自驼峰山一败，便留心武功，经名师指教，三五年流落河南山东一带为盗。前月遇见李霸，他也是自驼峰山解后，与白杨山贼结伙，因李霸想夺交椅火并了一阵，被山众杀败逃下山，又混入直隶，单拉镖行走镖索线。这次探得一行镖，道出河南，武师却是当年著名武师商三官，李霸一想，三官仍活着呢，当年不是三官，自己何致没有归处？于是想勾结黄河水盗与太行山贼劫镖。不想遇见蒲豹，李霸一说缘由，蒲豹想起前仇道："俺寻他多年，这三官老儿还干这生活，好好，俺索鞭一定开利市了。"决心劫镖，顺手仇杀三官。于是大聚党徒，布在各要路，侦得一行镖到，果是三官。蒲豹探得镖过中牟，想在山路候镖，所以那日孝先见田中二怪汉钻出问路，便是蒲豹、李霸二贼。

二贼知镖一定过中牟了，于是前去会了弟兄，单等劫镖了。不想三官在后湖盘旋住了，蒲豹算计镖早当到，亦错过二日呢。莫非镖行得了消息，岔下路去了，如此可大费手脚了。于是又与些贼分头去踏访，正逢白亮三周祭日，许多镖头致祭，落在白家。群贼知道在白家，白家武功厉害，不是好说话的，不敢去。蒲豹自重就技后，自以为天下无敌，决去劫镖，贼众以为与三官过不去，白家不致伤江湖情面，与敌作仇，所以马上劫镖。

当时孝先将那贼放了，告诉那贼说："如见了蒲豹要他再学本领，不然不必在江湖丢丑了。"

那贼感激得叩头道："俺此后不敢干这勾当了，白爷您多么宽大，俺如会见蒲豹，劝他学好，俺叫徐健，改日再会吧。"说着拜别自去。

白家想不到招了一场虚惊，三官本想次日便上路，经此一闹，又隔了一日，督镖往湖北进发，临行时白老太太命白孝先送出河南境，又劝三官早日洗手。

三官道："老嫂说得是，俺经此越发无意江湖了，交镖后，一定不问外事。"说着拜辞白老太太，一径去了。孝先相送，直入湖北界方返回，早将折服蒲豹之事忘掉。过了数日，三官又返来与一行镖友来拜见白老太太，因为三官稳当当交镖返回，从此洗手不干镖行生意，三官等住了五六日方去了。

白孝先家居无事，好在有数顷田园，便自己督工耕种。每日短衣跣足在田中耕种，倒也乐得安闲自在。一晃五六年光景，白兰已十六七岁，下嫁湖北齐家。齐家也是世代书香，月下老便是商三官。因为齐家公子齐书恒曾追随三官多年，武功非常劲练，与白兰年岁相仿。白仲又定下亲，便是商三官女儿，名商幺妹。因为三官生平无子，只三个女儿，长女嫁直隶大侠萧生之子，次女嫁苏州于家，均是当代武功家。幺妹又幼，所以名幺，生得巧小伶俐，梨花其面，蛾眉樱口，习就一双柳叶长刀，尤打得一手飞弹子。小的时候便好游猎，与白仲正是天生良缘。

一年，后湖龙王庙庙会，正当五月天气，空中撑定一把火伞烧下来，如烤如灼，僻境山庄等闲见不得热闹，村中又扮演村会来凑趣，什么秧歌、中帆、逗和尚等等，招来左近山村人，便连六七十岁老太婆，扶杖也要凑热闹，抖出当年妆奁衣裤，一走哗哗山响，褶儿挺立，老远一看，便如纸俑。那白胡老儿光着油亮肉头，一条耗子尾巴小辫抛在脖颈上，眯挤着老眼，精神百倍，也是兀自偷瞧小娘。庙会期红男绿女，人山人海，一簇簇村姑村妇，打扮得花绿绿，轻鬐巧笑，扭头折项，花蝴蝶般拥过。这时无赖村少，大展色眼，摆得一颗头拨浪鼓一般。

这日孝先正从村外游玩一会儿返来，见对门豆腐店小媳妇与村中爱说笑的麻大娘在门外买线。小媳妇道："大娘你说俺家里的，因为明天是庙会日子，紧赶慢赶，做一件长衫，俺呢，每日忙得脚打后脑勺，连双鞋子都没混上。"说着一抬小脚。大娘一看，果然水红鞋子，带帮歪破。小媳妇接说道："因此又赶了一双鞋子，只上得鞋穗子，明日便能穿，所以买点儿线，大娘你说哪颜色好呀？"说着抖

158

开各种线向尖尖小脚上比。

突然有人叱道："瞧你一个出家人在此贼头贼脑张甚鸟？"

孝先等一看，却是货郎儿望着对面树后一丑和尚喝斥。孝先一望那和尚，生得黑黪黪面孔，两道浓眉，一腮横丝肉，嘴角上还一块疤痕，正甩开大袖转身去了，一面嘟念道："出家人怎的？出家人便不许长眼睛不成？"孝先也未在意。小媳妇见和尚锋利双目张望自己，不由脸儿一红，低骂生疔疮的贼肉头，说着匆匆买了两绺线去了。

孝先返家，白老太太正亲自检点香烛，预备自己去进香。次日孝先携了一应之物，随老太太进香返来，自己又去玩玩。行到街心，见黑压压一片人，闹得风雨不透。内中隆隆一阵木鱼声，有人嘟念道："你瞧这年月什么都奇奇怪怪，一个和尚化缘，是非给不可，俗语说得好，布施是随心善缘。"

孝先挤入一看，却是一家商店门前，四平八稳坐着一个和尚，正是昨天自己所见之丑僧，垂眉闭目，打敲木鱼，好不热闹。店东叱道："你这和尚也忒可恶，把你吊八百还少吗？如此胡搅，大和尚，俺这是生意门，便把你送会究办。"

和尚不语，兀自大敲，店东大怒，双手去抓僧人双肩，意思想扳倒僧人。不想双手着肩，如抓在铁石上，又硬又热，百忙中哧溜一下，滑开自己双手，闹得后坐。店东大怒，跳起来大叫："反了反了，和尚便敢出手伤人！打打打！"说着店中抢出四五个少年，店伙虎也似提着拳头，直取和尚。早被孝先拦住。

店家一看是白先生，登时似乎有了倚靠，大叫道："白爷来得正好，快打这秃头。"

和尚突然张开双目，将白孝先扫一眼道："俺何曾动手？你自己要栽跟头呀。"说着又合目大敲。

孝先喝斥不住，过去一拍和尚。和尚猛然弄得一闪，张目望望，忽地惨惨一笑道："原来是他，怪不得有些气力。得咧，施主，咱不化了。"说着就站起身来，双手往孝先一推。孝先觉得一股热气直透当胸，当时也未理会，和尚扬长而去了。

观众笑道："人怕硬的，狗咬破的，瞧这野秃见了白爷便拍屁股走开。"

孝先游了一会儿返回，便觉得浑身不适。月华以为中些风寒，孝先也未在意。不想庙会一晃过去，孝先虎也似汉子，一头病倒，十多日不好，一天重一天，最后大口只管咯血，咕嘟嘟鲜血，好不怕人。请医生看，也说不出什么病。白老太太慌了手脚，细细查看孝先病状，问孝先是不是与人殴打，或搬甚重物，孝先摇头，想一会儿绝没有与人怄气，只庙会上被和尚推一把，啊啊，不好，那和尚推来热烘烘，分明是内功，与百步飞拳一般手段，于是告知老太太。

白老太太断定受内伤过重，但那和尚不知是谁，无仇无恨不致下此毒手，登时月华与白老太太都哭起来。因为内伤在一期内，会武功的人能自己导气医治。过一期内部溃烂便没法治了。

当时孝先叹道："俺一生避免结仇，还落如此下场，也是俺自己不觉察之过。"说着落泪，与月华道："俺不幸中道而别，老母亲养，自己不知保重，摧毁父母遗体委实不孝，望你此后替我善事老母，教养仲儿，白家后嗣无继，也该与白仲完婚了。"说着又咯血数口。

月华掩面道："不要惦念以后，都在俺身上。"

孝先点头道："俺深知你能事，所以心甚平坦，不念以后，至于俺之血仇，仲儿当留神访查。"说着瞑目一会儿气绝。

家人举哀，尤其白老太太念子心切，哭倒于地，月华去扶，相抱痛哭，丫头菊子掩面劝止，月华痛丈夫之死，决心访仇，打起精

160

神办理丧事。白兰从湖北赶家，一家又大哭一阵。老太太不令张大丧事，亲友都未通知，只商三官来了，哭奠后，会见老太太。

三官道："俺这辈人儿，倒老耄至此，不想孝先世侄中年被仇，唉，俺赶来与老嫂商议孝先之仇，当访查，孝先也能瞑目。"

老太太道："此仇大约是那和尚，细想咱家未与和尚结怨，只嵩山卧禅、蓟门泉玉，可是二人均是孝先父亲方外好友，再说二人现在至少近七旬了。"

三官道："老嫂所说二人，俺也会过几次，绝没这事的。俺以为孝先生前不好外事，为人谨慎，绝没结仇江湖，所以被仇，恐与俺有关。"

老太太与月华母子都一惊，望着老英雄的胡子嘴巴。老太太道："老弟难道你侦得吗?"

三官道："哪里侦得，不过细细推想，孝先除了那次掩押镖过此，适逢大盗蒲豹被孝先杀伤衔恨，血仇怕不是蒲贼了。"说着精光四射的双目将大家一扫。

老太太道："是了，俺也想至此，只因蒲豹不是和尚。"

三官道："江湖上最是盗贼无行，僧道尼丐无不隐踪，焉知蒲贼非盗化装? 或无所归混迹清门?"白老太太悟过，深以为然。

三官道："孝先平生忠谨，不意为了俺致遭不幸，老嫂请少慰，俺舍掉了老命一定访仇。孝先有灵，也可以薄慰瞑目。"

老太太慌了道："老弟你这个年岁，岂可再出? 反要俺多一番挂心，还是要孩子们侦探为宜。"

三官跃然道："老嫂俺老虽老了，但江湖上朋友多，究竟较侄妇孙儿们经验多，俺便当知会朋友，一同侦探，怕贼子逃藏天上不成?"

老太太望望三官胡子都白得雪也似，甚不放心。三官看出老太

161

太之意，笑道："老嫂不必挂念，俺老健如当年，不然老嫂请看俺膂力步法。"说着撩衣下阶拉开手式，扑通通打了一会儿拳。又抄起八百斤石墩抢了一个八开门，轻如拈草。放下石墩，又掖掖衣襟，演回轻身功夫，真是猫儿一般。

演完大笑道："老嫂看俺腿脚还不老吧？"

老太太含笑道："果然不老，那么老弟便走一趟。"

三官大喜，当日便去了，是去知会自己老友如王成、张宾、许大侹、林七、卧禅和尚、蓟门于小辫、遵化州的激正学等等，都是前辈老英雄，现在都洗手居家纳福。三官一一走到，居着老面孔谁能不出来，况且与白亮都是莫逆之交。这一招呼便是数十位老英雄，三官都吩咐听消息，单等捉贼。如办得顺利，便不惊动这些人。

三官这一趟足足去了一个月方返回。白老太太想同三官一同出马，月华白兰好歹劝住。三官道："老嫂这点儿事不值劳你了，只俺与侄媳妇、孙儿便行了。"

老太太身边有丫头菊子伺候，菊子是老太太房里丫头，这时不过十多岁。生得俊秀可人，天生伶俐好武，与白兰白仲跟月华学武，武功也很可观。老太太也不拿她当丫头看。菊子虽年幼，也看得出亲疏，所以对于一切行之惟谨，老太太一切都得菊子之力，月华也省一些心思。

当时计划妥了，单等出发，月华与白仲一路，三官与白兰一路。这老太太备了酒筵请三官吃，三官一面吃着，一面闲谈，老太太提起为孝先伤感。

三官道："但望仇人早日就戮，这里老嫂应该多念些佛经，保佑俺们顺利破盗。"白老太太果然念了两声佛，白兰、白仲二人到亡父之墓祝告保佑早日复仇。当日大家结束了，负了一应之物，辞别老太太去了。临行老太太嘱咐侦得仇人，不可轻动，必须聚各路老英

162

雄动手妥当，大家约定去了。

三官与白兰一路，三官穿一件踵式布袍，扎腿裆裤，一双薄底鞋子，腰中束一条布带，挂了烟筒烟袋儿等等，七股杂八，秃着头，负了一件小包，又拣了一柄阔刃刀，佩在腰下。白兰打扮更可笑，上身红衣，下身绿色撒脚裤，一双红鞋子，脑后绾起高髻，负了一包裹，暗藏兵器，乍一看活脱一个村姑。

三官望了白兰，又望望自己不由笑道："咱这是送孙女上婆家去。"

白兰笑道："三爷哪里去都成，你老人家心中一定有一定路。"

三官笑道："踏访踏访的，怎有一定呢？有一定地点，不用踏访了，手到擒来，爽利得多。"

白兰道："便是没地点，也须有个准心柱，在某一项上注意。"

三官道："那是一定，兰姑你想，僧不离庙，虽说这和尚不比普通僧人，但他既是和尚打扮，一定奔庙宇稳迹，咱便庙中注意是了。"于是二人往北，过中牟山一路踏访。可笑白兰只要见光头之人，不管是不是和尚，也要瞅两眼。一连十多日，未得些下落。三官心中暗道:这茫茫人海中，寻一个和尚，真如大海捞针。于是到处与百姓谈天，隐询村害。有的说本村闹妖精，半夜三更在人房上乱滚，据说有人看见是村头石碌碡成精了；有的村庄说俺村就是接正山坡，动不动山洪下来，冲得田苗精光。三官一听，这些害于自己一点儿牵连没有。

这日来到一小小山庄中，三官、白兰过去，背后招得许多小儿女乱叫看媳妇。白兰笑道："你们尽管看媳妇，俺问你们，此村叫甚名字？"

小儿女见白兰问他们，一齐瞪着乌黑小眼，一面将手指送入口中，大些的道："名小莫庄。"

白兰道："可有店没有呢？"

小儿道："有是有，因为此村与大莫庄相对，距离不远，你瞧那片树木处便是了，店在大莫庄，就是一样……"说着按住话头。

白兰道："怎么？"

小儿道："不说哟，俺妈知道又捶打俺。"

白兰道："不打紧。"

小儿四顾道："俺妈告诉俺说不要多话，因为大莫庄小莫庄一带很不安静，所以客人少了，店也开不起。有一回有一位住家姑娘，过大莫庄便丢了，说歹人专偷小媳妇，你不害怕……"

正说着突然有砂糖嗓人叫道："柱儿，你要作死？"

白兰、三官一看，却是一个肥而且粗妇人，一步一颤的肥肉，挽着袖，露出条粗肥臂，猛虎般奔过，一把揪这小儿乖毛，一连扇了两个嘴巴，吵道："你还说不说？俺嘱咐你什么？"

小儿怪哭道："都是你这小媳妇问俺，又要咱吃打。"吵嚷之下，早被妇人提拉得跌滚，直入一沿街小家中，将门啪的一声闭。白兰倒闹得不是意思，群小儿四散。

这时已日薄西山，晚霞飞舞，阳光平射过来，万物现着淡黄色，远远唤鸡豕声。一会儿一阵清风，丹霞散去，红日只余半圆的锋芒，红得火也似，山村已家家闭户。三官、白兰正徘徊村头，一年古稀老太婆扶杖唤鸡，见白兰、三官登时一怔道："喂，你这老爷子一定是送女儿的，上哪庄呀？"

三官道："开封。"

老太婆道："远得很。如今已晚，又有年轻妇人，还是早觅店房，快莫摆在这里，俺老婆子是好心眼，又见这里没人，不然可不敢说这话。"说着呼到一群鸡，闭门而入。

三官、白兰何等机警，看村中光景是有可怕之事，二人相顾，

164

反心中快活多了。二人徘徊之下，夕阳已落，晚风徐吹，送上一轮早月。

白兰道："方才那小儿说，对面名大莫庄，有店道，并说行旅稀疏了，一定有盗乱，便是与咱们无关，与百姓除去隐害也是咱应当之事，三爷咱便赴大莫村如何？"

三官道："正好，顺便侦查。"

二人就月光中一径奔对面村庄。行不里余，早自林隙望见一片森林拥护了一片庄院，静悄悄不闻更柝。二人扬长进村，村栅已关，栅上见二人到，叱道："什么人？"

三官道："俺是远途客人，因贪路错过店道，请方便方便。"

栅上个精壮汉子，望下一望道："原来是个糟老儿，放他进来吧。"说着启了门。三官携白兰进村，二汉望是白兰一个村姑打扮，但白兰白白面孔，究不掩其美，不由二人太于猴头猴脸。

三官、白兰一径去了，远远眺村衢宽阔、小巷纵横，二人行尽一条街巷，见一家门外挑着一个破笊篱，还擎着一块红绫，便是村店幌子。三官叩门，内中连连答应，哗啦啦开了门。三官一看却是一位六十左右岁店婆，眯挤着老眼骂道："老现报世，又从哪里灌脓来了？老娘一天到晚忙得脚打后脑勺，又逢这年荒月乱，半夜三更等候门户，呸，你也不吧嗒吧嗒够滋味不？"

三官、白兰登时一怔，三官道："咦？慢着，你这里难道不是店家吗？"

店婆子拂着老眼细细一看："哟，了不得，原来是客人到门，俺当是俺当家的撞回来咧，这是从哪儿说起。俺这老眼晚上认不清人，看客人笊小胡儿，与俺当家的一样，所以尽管着胡说不认人了。"说着呱唧呱唧自打了两个嘴巴。

三官、白兰不由一笑，店婆望见白兰惊道："我说你这小姑娘可不要命了？这般时候挣甚命？那若遇见……"说着咽住自语道："少说话，多磕头。"将二人引入上房。掌上灯烛，用鸡毛帚拂拂拂一阵乱扫，弄得尘灰满屋，道："客官从哪里来呀？怎这般时候才到呢？"

白兰道："俺们是长途客人，赶开封，妈妈你先打盆水来净面。"

老小婆道："瞧俺当家的还撞在外面，客人都到门，哪里去寻他去？没别的，自己挣命吧。"说着自去。

这里三官白兰放下行装，闻得前面劈柴挣扎之声，一会儿店婆送上水来。三官令白兰先净面，自己出去练一会儿晚功夫。白兰净面整理一切，去寻店婆，三官方返去，只闻白兰与店婆谈天。

白兰道："妈妈，你店中共用多少人？"

店婆道："哟，我的姑娘，可说得好听，俺们这山圈小村店家，均是住户代开店，多少捞点儿油水，贴补日用是了。不瞒姑娘说，当年俺这店很打过么，后面两个山汉般伙计，柜房用着一位司账。只因近年来贼老官与俺们过不去，尽管作闹，所以客人少了。俺店中养不起闲人，一发连管账先生都撵掉，只俺老两口连东带撑。俺那当家的天生半吊子性，便是当年店中委实挣了些银子，归报儿被他连吃带喝，外挂赌嫖，没有他未敢过的，一下抖光。现在虽没有别的毛病，生意又不当事了，他动不动拿酒消愁，喝醉了撒酒疯。今天一定又去吃酒，因为前天过了两位客人，大约是母子二人，赏了两八钱银子，他便足得受用不了，不是打酒便是买肉，闹得好不风光，吃俺抢白一顿，登时吵作一团，直至现在莫转来。"

白兰道："妈妈说贼闹得凶，难道这儿不安靖吗？"

老婆子答道："可不是的，这是姑娘走不了话。便是东村小媳妇住家去，中途连驴子丢掉。本村白绅家成块金子丢掉，那还不算，白绅的小妾夜里睡得好好的，光溜溜不见了。有人说小妾有外道逃走了，逃走还光了屁股？后来传说发现采花贼，据说往别处送姑娘。

你这花枝似的须小心呀，如俺这活僵尸不怕这个了。"

白兰道："真吗？究竟失落娘儿探得到了哪里？贼人可有下落吗？"

店婆道："姑娘说不得的，俺老婆是爱说笑，因为有一家夜里谈说此事，说失了小娘，送到某某山中，当时一家人失落脑袋，只他家小媳妇出走撒尿未丢掉命，因此谁也不敢说。据说贼大爷会驾云隐形，说不定哪里都有他们。"

正说着，扑通一声，老婆子吓得一跳，却是一只鼠子自梁上滚落，嗖一声直从白兰腿下跑过。店婆念佛不迭道："可吓杀人，姑娘少说闲话。"

白兰还询问，老婆子摇手不迭道："病从口入，祸从口出，姑娘别谈这个咧，还有一样，姑娘年轻幼小，路上也须多小心。"

三官听了正想过去从店婆口中套出些索线，突然当当当一阵大敲店门。老婆子道："一定是老天杀的来咧。"说着提灯连应而去。

白兰也便返来，三官道："怎样？"

白兰笑道："店婆不敢细谈，大约此处一定有些古怪，三爷咱便多盘桓些日，或可得些线索。"三官点头。

只闻门外一阵乱吵。店婆道："这个年月你们吃饱不去顺炕沿，眯嗒一觉，又只管撞甚尸。"

只闻粗声野气男子叫道："俺们听说你店中前天来了一个花不溜丢小娘，还携了一半大小子，走了没有哇？"

店婆啐道："不干好事，多天你们死掉，俺也熬出来咧，人家早去了。"

男子失意声道："你瞧多么不巧，俺听说小娘俊样得很，至少可以偷一腿子。"

三官跳入院一看，却是五六个歪戴帽子斜瞪眼的无赖少年，拥在门外，嬉皮笑脸。店婆双手把门便关，少年推着道："俺告诉你们一声，明天俺们有事，早上你预备些饭，俺们吃了上路。"

店婆道："俺须不该你们的，连连吃嚼，俺受用得了吗？"

少年道："欠账还钱，俺们未要你们记在账上吗？喂，想着忘了是不成的。"

店婆闭门骂道："好人没长寿，祸害一千年，这些宝贝怎不报应了，老娘也清静些日。"

三官笑道："这不是照顾来了吗？"

店婆撇嘴道："唉，没法子，他们是村中地痞，专吃白食，稍一沾惹他们，马上想着法害人。一年到头，他们猴来胡混，吃着喝着还不算，动不动借上吊八百，咱这喘气生意担得了？有一次俺稍一打沉，晚上后园草门焰腾腾着起火来，吓得俺从此不敢差招他们。他们次日来了，还说人怕惯就脾气，动不动倔头倔脑，如今哪个不顺眼，咱便给他个见过，不如顺当当答对咱，好多着呢。客官你说惹不起他们有甚法子？"

三官未在意，这时已二更时分，三官入室，白兰就墙角下一张草床睡着。三官行了一会儿坐功，听得店婆启门，一路吵嘴进来，大约是老店东。三官和衣倒下，一觉天亮。二人起来，店婆过来伺候水。三官洗漱罢出去闲游，白兰一人在店中闷得慌，到店外看看。自村头转过一群奇形怪状恶少，一个个打扮得戏台上黄天霸一般，一路嬉笑直拥来。一眼望见白兰，一齐尖锐目光扫过，相顾一龇牙。白兰见内中有个怪头汉子，尖尖的头顶亮得冒油，一根头发没有，猪八戒偏爱俊，他内着短衣，红绸甩裤，一条生丝板带，当头结了个二龙戏珠式，佩了一柄短刀，胸前还颤巍巍插了一朵月季花。

白兰见他秃头，不由注目，心想这人魁伟秃头，莫不是和尚化装？想着直看肉头少年。一群少年一拥入店，耸着鼻向空乱嗅，回头望望白兰。白兰正望秃头少年，目光碰在一起，少年傍拉着哈哈大笑去了。白兰入室。只听少年乱吵催饭，店婆道："你们先等一会儿，俺们这是买卖，有客人得先伺候客人。"

少年瞪目道："什么客人？俺们你敢说不是顾主吗？误了俺们事毁掉你鸟店。"

白兰正躺在草床上假寐，突闻咇咇之声，白兰一望，见窗外伏着一人正张望，却是秃头少年。见白兰一望登时摆头一笑，很透着轻薄。白兰大怒，顺手抄起茶杯一扬手一直奔秃头，啪嚓一声，少年哟了一声，仰面翻倒，跳起来头上已长血直流，大叫反了反了。白兰已箭步跃出。

秃少见了骂道："臭花娘子，竟敢张致如此，打打打。"说着双拳一分，便奔白兰。白兰一闪身形影儿不见，秃头正晃着油亮头皮四顾，早被白兰自后一连打过两掌，打在秃头好不清脆。秃头狗也似纵屁股欲爬起，又被白兰一连两脚踢倒，几乎连鼻头也磨平了。

白兰骂道："贼猪狗，竟敢窥俺。"说着握拳当当捶得秃头怪叫。诸无赖闻声赶来，见白兰粉拳打得秃头乱滚，大叫救人。无赖大怒，大叫："了不得，可没世界咧，哪里来的臭花娘，敢挦咱虎须？"说着一拥齐上，乱糟糟蛆一般。

白兰一闪身闪过，无赖一下扑空，四五个栽在秃头身上，大家一阵乱搅。白兰回头便去，无赖遂过。白兰娇叱一声，双拳打入，无赖呼啦一闪，四下围上。白兰纤腰一扭，一腿自下扫过，扑通通一连栽倒数人。无赖大叫："了不得，上呀，咱真个被这雌儿撅了尖，便不用闯字号了。"

白兰略展身手，引得诸少年磕磕撞撞，老大的耳光被白兰打得不倒翁一般乱晃，一会儿一个，头破血流。连白兰身儿都未扑着，胆小一点儿的早逃之大吉。只有两个拧汉，抄起店中门闩扫来，白兰一跳，一个顺水投梭，未等门闩回掣，早掩身过去，劈落门闩。少年来搏，早被白兰拎着一臂，一提举起四顾无处寄放。见店中粪坑正沸边欲溢的黄金色污水粪，白兰娇叱一声一掷，啪嚓一声粪汁四溅。那无赖整个滚了一个筋斗，浑身如上了一层黄漆。那一个见了吓得回头便跑。

白兰叱道："鼠辈可认得姑娘了？"说着去了。

那无赖挣了半晌，爬出粪坑。诸无赖见白兰入室，瞧个冷子扶出秃头，满身臭粪的无赖没人敢近，自去溪边沐浴。

店婆见无赖去了，悄悄跑来道："姑娘你可惹出是非来咧，他们是本村土豪手下人，那土豪外号大靠山，武艺高强，手下有数十无赖，凶得紧哩。"说着挨近白兰道："姑娘俺告诉你，人说大靠山根子深得很，听说他与某路山大王通声气，这可是传说，姑娘快躲开吧。"

白兰笑道："不瞒妈妈说，俺有武功防身，怕他什么？"

店婆道："俗语说独龙难斗地头蛇，俺还不愿意客人久住吗？"

白兰道："是了，等俺爷回来便去。"

正说着就听门外一阵大乱，吓得店婆一闪身，一个后坐道："快跑快跑。"白兰一看却是一群横眉溜眼汉子，携了一位壮男子。那男子生得丑鬼面孔，一双鲜眼睛，满面碎麻子，颔下微须，一身劲装，拽了一双短戟，一拥入店。群少便如一群恶狗乱咬，一色的单刀，大叫小花娘子快出来。

店婆方叫得一声："她、她去了。"白兰大怒，一纵身跃出叱道："无耻的东西，姑娘在这里，哪个有本事上来？"

早有一恶少跃过，白兰一看到少年生得细高身材，浑身瘦得人干相似，小头长颈，一双胡椒目，头上青布包头，一挺长脖颤巍巍乱摆道："呔！你这花娘子，想不知咱毒头蛇厉害，等着咱这手猴儿拳来料理你。"白兰越看越生气，呸一口唾。毒头蛇正挺脖怪叫，不防唾在面上，气力十足，便如起掉一层油皮般痛，猛然一闪身叫道："了不得，竟敢暗下毒手。"说着双拳一分打过。

白兰迎面双拳截住，三晃两晃，白兰身形如风，毒头蛇连鬼影都瞅不着，一路啊哟，嘴巴拳头挨了无数，看准白兰，一个虎扑食扑上，白兰一个龙门跳鲤闪开，落在毒头蛇背后，一手掐着长脖，毒头蛇挺脖乱挣，滴溜溜绕了个圈，长脖直低下胸前，一路憋得青筋暴露，热牛般怪喘，瞪着眼张着嘴好不难看。

白兰猛然一放手，毒头蛇正前挣，登时闹了个嘴啃地，跳起便跑。一面道："好花娘子，手头真个歹毒，若不咱脖上有些功夫，怕不鼻头朝了脊骨。"

只见群少大叫："弟兄们上呀，咱给她个以多为胜。"

突然当头持戟汉子一沉脸道："闪开，如此现眼，与咱抹脸。"群少一闪，白兰见那汉子气吼吒道："哪里来的野鸟，愣敢撅咱尖？须知大靠山岂吃这个？"说着一轻燕掠水式，直落当场，步下好不轻速，双戟一分，直取白兰。

白兰轻叱一声，就戟势一伏身闪过，一个顺水行舟，平挺身躯，自大靠山双戟下闪过。大靠山反身一个双龙出水左右突过一双短戟，白兰提上一口气，嗖一声飞起丈余落势，就势双拳直拄大靠山头顶。大靠山一伏身单戟向上平刺，白兰一曲身猛然一伸，呔一声一个紫燕穿帘式飞落当场。大靠山双戟刺到，白兰单臂就戟柄一横，就势进一步，一脚踢落一戟，大靠山倒退当儿，白兰早娇叱抢入，大靠山见不是势头，使发单戟，嗖嗖嗖一片白光飞绕。白兰早双拳齐奋搅入戟影中，一双小脚莲步轻移，早打得大靠山步步后退。

群无赖吓得目瞪口呆，又不能上前，只见大靠山就白兰一拳掏空，忙掣戟一个拨云采月，雪亮的戟锋直取白兰咽喉，白兰一伏身，大靠山一戟平实过去，白兰早平扫一腿，大靠山上撑一戟，一个老渔撑篙跳起，趁白兰未转身，自后突过一戟。白兰何等身手，一偏身闪过，那戟已突在白兰前面。白兰顺手一抄，正着戟柄，就大靠山前进势一拉，大靠山觉得白兰臂力十足，站不住足，跄跄跟直扑跌出丈余，一支戟早到白兰手中，赶过去刺在大靠山屁股上。大靠山一滚，大叫"小的们杀呀"。

群无赖没法，又见白兰赤手夺戟，连大头子都战败，大家喊一声硬着头皮杀过。白兰抖单戟，就来刀影中一搅，白刃翻卷，拨飞四五口刀。白兰进一步一个漫散梨花式，突突突连刺翻数人。无赖喊一声四散逃走，大靠山早被人架走。白兰掷戟咯咯笑道："如此薄技，也居然豪霸，真也可笑杀。"

店家吓得乱抖，见无赖散掉，悄悄一拉白兰道："姑娘你这乱子大了，如今你躲开都不成，因为咱店中担不起。"

白兰笑道："不打紧，俺便住上十天半月如何？"

正说着，三官返回。白兰叙说一切。三官怒道："好蟊贼子，真不长眼睛，竟敢欺咱村老儿，兰姑你便当多凿他们几下，有三爷与你撑架子，怕他什么？"

老店东见一双老翁少女，语中离奇，暗暗替三官、白兰捏一把汗。不想一日工夫，大靠山并未敢呲毛儿来。当日晚上，店东老夫妇备了酒饭，三官与白兰吃过。

老店东蓦入笑道："不瞒客官说，近数日来，咱小店中连同您二位，统共住过四位怪客，便是前二日有一个小媳妇，领了十六七岁半大小子，因为她二人宿咱店中，便有大靠山一党前来捣乱，不想那媳妇子见他们打笑，自己气得绯红脸，四顾见一伙客人运来红粮袋，正四五个人吭哧抬了一巨袋，压得一溜歪斜，小媳妇笑道：'瞧你们多么不中用，一个米袋多说不过八百斤分量，还值得如此？'抬米人正压得没好气，登时放下袋，抹汗道：'你这小娘敢是有疯病？快闪开路，不然你风吹便倒形儿，提防着你腿儿脚儿，不是玩的。'小媳妇咯咯一笑道：'咱便开个玩笑如何？'说着双臂一分，抬米人不由己地跄踉纷纷栽倒，小媳妇已一手提一袋，只一拽，凭空抛入门内，一连五六个米袋，通如不费力气。再看无赖早已缩头逃走，那小媳妇吓走无赖，次日便上路。如今姑娘又惹了大靠山，但一天没事。想睡起来，您放心大胆歇一宵，明天早些上路，免多少啰唆。论说店不厌客，话虽如此说，如您这点儿劲儿，俺老夫妇委实吃不起。"

白兰笑道："老店东不要怕，都有俺呢。"

店东道："您能久住吗？再说强龙难斗地头蛇，何必置这气？"

三官道："店东说得是，俺们远途客人只求一路福星，多一事不如少一事，喂，店东快算上账来。"

店东从袋中掏出一细条，一一报账，统计白银三两余。三官摸出五两碎银赏了店家，一定明日上路。店家去了，三官饮了一会儿茶，白兰到外边去方便归来，三官已和衣睡觉，白兰又将一切行囊收拾妥当方睡了。

次日三官睡醒，张目不见白兰，以为白兰起床，候一会儿不见，返来只闻老店东叫道："客官还未起吗？刻下饭已熟了，便请您用饭。"

三官跳起来，见屋门反掩，连行囊都无，只自己枕下尚藏着自己随身单刀。三官一怔慌慌张张开门，大叫"兰姑呀兰姑"，叫了一会儿没有白兰答言。

店婆子跑来道："今天早上客官们还未开门，怎会走了姑娘呢？"

三官大惊，细细询问店东，大家一齐惊怔，三官跳上垣去查看，见垣上青草有的踏倒，三官跳下来道："不用说了，一定受奸人暗算。"又向窗上查看，见二三穿就小洞，最后在窗外石台上，拾着一块火石与硫黄屑，三官断定白兰是受熏香被盗。但自己夜里却便同时被熏，过时间久了，也会醒过。

当时三官又气又急，满头汗淋下，心中暗道:俺携了兰孙访盗，不但久未得盗迹，如今却丢了兰孙，倘遇意外或遭贼侮辱，俺对得住谁呢？想着咂嘴搔首，细细一想，一定是大靠山党徒所做手脚，询得大靠山住居，辞别店东，一径去了。想寻着大靠山要人，不想大靠山只剩空房，不知哪里去了。将个三官老头子急得暴跳，直奔波一日，连白兰影子都未能见。老头子跑得饿了，掏掏腰中尚有两余碎银，买酒宿店之外，所余无几。三官连夜踏访，连探大靠山宅二次。

是夜月色清朗，水也般清明，三官探查一会儿，房子空洞洞。归来躺在床上，心中惦念白兰，怎能睡着？起来望望月色，想起失了白兰不由心跳肉战，坐卧不安。突看见一双伶俐人影，自南往北从房上飞跃而过，其速如电，顷刻只见前后两个黑点子。三官大疑，一纵身跳上房去跟下，加紧足力，看看两个黑影嗖嗖自房上跳下。三官暗道:"好伶俐身手，是大靠山一党，俺未免支撑不了。"想着跟下。见二人行尽，当头一所巨宅驻足，三官一看，越发奇怪，却是两个绝俊小姑娘，后面一个好似白兰。三官方抬手欲呼，见那二女孩望了一会儿，一径跳上房，后面小女孩哪有白兰？三官心中奇特，俟二女孩跃下房，自己方随上，见二女孩似乎侦探什么满院看了一遍。

一细腰窈窕身材的道:"一姐咱今天又空走一趟，你听他们多么耳目灵通，预先逃走了，那么咱便返去复命，隔日来取首级吧。"

那个生得粉白丰颊的道:"大哥限五日工夫，八妹你我多小心是了。"说着二人一晃身形不见了。

三官久走江湖，向来未见过如此奇特事儿，只听人说江湖中有一种侠盗，是团体结合，内中推举一人为头领，法令甚严，与当代探凡客同取一义，专杀贪官污吏、土豪劣绅。据说其党中之党徒，不分老幼，甚至僧道尼都可做，其中人都是一腔铁血大侠，其中党徒严遵约法，否则一定斫头。其中约法三章，一禁淫，二禁贼，三禁妄教。如稍犯不赦。百姓因不明真相，多有受惠。疑神鬼，借有大仙爷住子的。

当时三官见两个小女孩来去无踪言语古怪，知道一定是侠盗，或来寻大靠山。想追踪又不及了，只好返回居中，一觉天明。次日晨起开了店钱去了，去访白兰。一晃二日光景，白兰依然不见影子，将三官几乎急出病来。三官混了二日，已身边银尽，只落得一柄单刀。

这日来到一处小庄，三官一打听，名大王庄，仍在中牟界。大王庄处在群山之中，北有雄鸡山，南有鸡影溪，地势颇险峻。三官走得连饥带渴，就溪水牛饮一阵入村。突然有人笑道："客官你是住店的吗？"

三官回头一看，却是一伶俐麻皮店伙，三官道："正是。"

店伙望望三官道："便随俺来。"三官随了店伙渡过鸡影溪。

三官道："店家上哪里去？"

店伙道："客官不知，因为此村有数家店道，均在村内，俺们特临山近水开了一座小店，客人不爱进村，又贪此风景好，生意比较兴隆得多。"说着直抄过小村，转弯拐角来到村后，已挨近山麓，地势颇直，真是上有青山，下临绿水，山风徐吹，说不尽清爽。

三官道："店家俺赶路忙，便赶快备饭。"店伙答应，三官就敞棚下歇了。见店中还有两个凶眉暴眼伙计、一个店东。店东生得白怪面孔，鲜眼，一部络短胡，刺猬一般，有五十余岁年纪，说起话来粗声野气。

三官见店中人都是怪魔般大汉，以为他店中一定生意兴隆。正这当儿，有一健壮店伙过来笑道："客官俺山野小店，规矩是先交钱，按钱随意做什么饭，左右必带一壶酒。"

三官一听，本来自己没有钱，饥了半晌没好气，望望店伙面上似乎熟识一点儿，于是道："不瞒伙计说，俺行路遇盗，没有钱。没别的，便将此物换饭吃如何？"说着啪一声，却是自己身边短刀，拍在桌上。

店伙一看笑道："俺要这刀干吗用？那么客官你只好先当去此刀，拿银子吃饭是正理。"

三官说道："呔，你这不是刁难？刻下俺哪里去当？委实说，俺商三官到处吃得饭，你换饭便换，不然咱便白抄一嘴。"

那店伙一听，细细望望三官道："左右咱店中没生意，多少捞点儿，此刀出去卖掉跑道钱，便算五钱银子，与你弄顿肉馒头吃是了。"

三官点头道："由你由你。"

当时店东双手叉腰道："伙计，咱这是生意，你们怎不长眼？没见客人没带行囊，想咱吃嚼吗？"

麻店伙道："左右咱多天没进猪子，昨天虽来三个，那两个又宰不得。"店东点头。

一会儿店伙先来一壶酒，三官饿极，抄起酒壶一气饮尽。放下酒壶，弹丸般嚼了五六个馒头，忽然一阵昏迷，登时栽倒，觉得被人捉弄去了。隔了一会儿，三官醒来张目一看，黑乎乎只一盏油灯，满室腥臭之气扑入鼻孔。三官欲起，又被绑了双手，身边放着一把牛耳尖刀。三官大惊，知道受店家手段。

一会儿店东走入笑道："看三官可认得俺吗？当年驼峰山李霸便

176

是咱了。"

三官一听，知道不好。李霸道："今将你送上大寨割碎你，哈哈，蒲大哥丢开此事，你竟投上网来。"

三官大怒叱道："蠹贼，三官受你暗算，俺英雄一世，如今为友人之事也值得。俺便是为白孝先之仇，特来访拿蒲贼。"

李霸哈哈大笑，命伙计打开木床，内中取出三人，三官一看，却是白兰母子三人，三官又是一怔。四人相视怔了。三官叹道："不意你母子亦落贼店，白兰既有下落，俺死也瞑目了。"李霸喝令暂押起来，派一个伙计看守。

那伙计见没人了悄悄道："三官认得俺吗？"

三官并不晓得。伙计道："当年后湖白家一场厮杀，被捉之人徐健便是俺了。蒙三官大恩释放，不得已随李霸在此开黑店，此店乃是蒲豹主使，以查行客与富商镖行等，不过贼中耳目罢了。刻下蒲豹因官中捉得紧，削发为僧，曾仇杀白孝先，刻下占据雄鸡山清山寺。"

三官道："你能救俺吗？"

徐健道："俺曾说过，永不为贼，这不过不得已，怎能不救？店中无多少人，三官与白大娘等一齐杀出，当捉下李霸。刻下贼人查视之下，不得久延。"于是刀割四人绳索。

白仲一滚跳起，咕咚栽倒，徐健端过一碗水，向大家一喷，四人吸一口凉气，立时筋络活流，纷纷跳起。徐健把与大家兵器，一齐杀出。三官手中一把单刀，柳月华母子均是短斧，三官首先跃上房去，一径挡住前路。徐健故意抄起一条门闩，大叫走人了。

李霸与三个伙计闻声抢出，大叫休走了商三官。说着各拿短刀。

突然有人叱道："李贼这个瞎掉眼，老爷子在这里呢。"

李霸四顾之下，早见单刀一闪，哧溜一刀突过。李霸往前一跃，

177

三官已撅着小胡身形一晃逐过，二人单刀相交。柳月华母子三人各截住一个伙计，三晃两晃，白兰一柄斧飞绕了一店伙刀锋，一个绊马式，短斧向下横扫。那店伙一跳闪过，不想白兰短斧回掣，一个腰横玉带式，凭空儿来。店伙手忙脚乱，扑哧一声自腰中截断死掉。那两上伙计猛见红光一闪，吓得虚刺一刀，一齐跳出圈外，大叫老徐动手呀。

只见徐健抡开门闩直取柳月华，月华一低头，门闩自月华头上旋过。那伙计正想挺刀助战，不想徐健一变面孔，门闩搂头刷过，吓得店伙狂叫，徐健不理，一连五六下兜过，那店伙稍一缓势，早被徐健平旋一下，整个头颅打得粉碎。那一伙计大叫徐健反了，回头便走。早被白兰白仲阻住去路。伙计挺刀来斗，不一合被白兰一斧砍翻。

这时三官单刀杀败李霸，绕院追逐，李霸一面大叫道："老徐动手呀。"突见老徐门闩竟打死伙计，心中明白，大叫反了反了，挺刀丢了三官，直取徐健。

三官大叫："李贼还想走向哪里去？"说着去助徐健。李霸被杀得红了眼，无奈自己势孤，只三官一人还敌不住了，何况有柳月华母子。于是向三官虚晃一刀，一纵身跳上房去，大叫改日再见。

三官正想赶上，突见乌蛇似的一物翻着筋斗突过，啪嚓一声将李霸打落，却是徐健，见李霸上房，百忙中拿了一条门闩，将李霸打落房下，被三官一刀切掉头。

徐健道："此处党羽已清，但蒲豹党徒甚盛，不可不防，咱便当先离开此地，以谋破蒲豹。"

三官道："那么何不就此为落脚处？"

徐健道："此处挨近雄鸡山，时有山贼落脚，倘被蒲豹晓得，一定统山众来袭，咱人少势孤，大为不妥。"

178

三官以为是，于是大家动手将店中所有银子拿了，一把火焚得精光，五人连夜去了，就大莫庄村店宿下。大家商议邀人破清山寺，捉拿蒲豹，月华问徐健清山寺究竟在什么地方，徐健细细一说。

　　原来蒲豹自到河南省，因为武功超绝，便统领河南绿林，声势日大，杀人放火奸淫抢掳，朝廷震怒，发大将哈登与河南巡抚协力拿贼，在黄河两沿作战。蒲豹大败，被追拿得逃不脱，削发为僧，因此无人注意。

　　一日蒲豹过后湖，想起当年白孝先之仇，想报复又不敢大意，偏偏凑巧孝先竟遇蒲豹向一家小肆强化，去叱喝和尚当儿，蒲豹见了，登时悄悄一掌拍在孝先胸上，内伤过重，又未理会死掉。蒲豹大快，从此又集合党徒占了雄鸡山清山寺。

　　这雄鸡山也是中牟山支脉，山虽不高，但乱峰参差，屹然壁立。雄鸡山在群山之中，四览群峰，便为众星拱月，纵横前后左右共八路幽径，与雄鸡山并峙，山峰名为九峰山，一共九个高峰，南有鸡影溪，半月式兜了群山，据说雄鸡山远望很像一只雄鸡，因溪山相对，山头倒影映入溪水，故名鸡影溪。溪水直注山峡一数亩巨湖中，再流入黄河支流。因有此溪，九峰山便如一道壁垒般坚固。

　　蒲豹占据雄鸡山，就山寺建起大寨，广收党徒，凡江湖亡命，尽投九峰山落草，真如梁山水泊。蒲豹法号清棋和尚，虽说当了和尚，可是和尚不过是掩人耳目，不讲禅诵经，每日纵淫纵酒。他聚了旧日绿林大盗，分建起八座大寨，连同自己占据九峰，八位寨主统归清棋和尚统领，那八位寨主各主党徒千余，将个九峰山整得铁桶相似。清棋和尚又将九峰改名九龙山，便按龙字排下。雄鸡山改金龙山，自取金龙帝王之义，便归清棋把守。二龙峰守将钱荟，为人精悍，善用一柄大斫刀。三龙守将牛金，生得傻大粗黑，步下用一条大杆，勇力非常。四龙守将梁培烈，善用丈一长矛。五龙守将

179

方茂，用双刀。六龙守将贾保，用开山大斧。七龙守将王大有，用山字钢叉。八龙守将孟武，用铜锤。九龙守将双明，步下双戟。这几个魔头好不厉害，声势宏大，官中早已探得。因为贼势大，只求不闹到目前，便得算天下太平。

清棋拥有重兵，又发下许多暗探，一方查行旅，一方侦察官中动静。他所派下之人，有的开店，有的做小生意，或江湖艺人等等，无论谁得了银子与美色女人，都须先送金龙山大寨，由清棋过目，每月一分。不但银子上秤，便是小娘也品足论色公分。山贼势大，所以徐健不敢大意。

当时三官等听了大怒，月华等气得红扑扑的俊脸道："还有世界没有？"

三官道："明天俺便先知会俺朋友以备破贼。"

月华道："您老人家朋友多，及早方好。"

三官道："俺当初知会他们，卧禅和尚曾说去寻殷正学、于化龙，一同赴后湖。一来闲散闲散，二来以防有事。路途遥远，往返太费时间，那么明天咱先返后湖，会同诸英雄再说。"

徐健道："正当如此，事越妥当越好。"

大家计定，过了一夜，仍返后湖，到了白家。老太太正忙得不可开交，大丫头菊子跳来，与月华、三官道劳，并笑道："前两天从直隶来了一行客人，听老太太说是当年老太爷朋友，内中还有个秃头和尚。"

三官拍手道："妙妙，一定是卧禅来了。"

大家入内，果然是卧禅和尚，与苏州白三枪、于小犇、殷正学，还有正学三个徒弟沈维周、李铁、刘一眼。三官的孙子商循小名狗头也随来了。大家相见十分欢喜。白老太太年长，便是老嫂子，月华母子叩见，狗头又与月华叩头，三官又介绍徐健，并草草一叙得徐健之力，火烧黑店。

卧禅晃着秃头笑道："徐居士才算得眼光明亮，试看江湖绿林人有几个弃暗投明的。"

徐健道："人不能一错再错。"

三官道："事也凑巧，诸位都来了，不然还得俺亲自走请一趟，那么改日俺便去约会李成、许大愕、林七等人。"

正学道："此可以不必，因为咱人已不算太少，隔日先走一趟，如能破得九龙山，便不必惊动他等。"

三官道："这更好了。"

白老太太道："据说山贼势大，不如请来以防意外。"

白三枪也说不必，三官便不去了。当日月华吩咐备酒，大筵群雄，三官更谈到丢了白兰之事，透着发急形儿。卧禅道："三官你怎平白便丢去白兰呢？"

三官笑道："到如今俺也未明白。"

白兰笑道："还不是大靠山做手脚。"

月华拍手道："说起来巧得很，便是大靠山如何死了？"

三官道："怪不得俺两次探他宅子，不见大靠山影子，遇见二女子，一定是你母子了。"

月华笑道："瞧老叔你说来便来了，俺们何曾到大靠山家中？"

三官正色道："这是俺亲见的。"

月华道："杀大靠山之人更奇怪。"说着一叙。原来月华携了白仲，母子二人去踏访贼踪，五六日未得。一日道经大莫庄，遇大靠山，被月华抛米袋吓跑了。次日母子上路行了一日，遇见一条河阻住，母子看看天晚，前后不着村庄，正徘徊当儿，对面划过一只渔舟，舟上一渔婆子，生得白嫩，头上粉绫色髻，一身土布衣，双足赤跣，手中一条桨，一面哼着村歌划过，很显得风致。猛见月华母子，登时一怔道："你这小娘子，难道是想渡河吗？"

月华道："正是，便请方便方便。"

渔婆道："天色已晚，即是渡过，对面也赶不上村店，不如暂住船上，俺这里有清水米饭，新上水鲜鲤鱼，来上两条，明天娘子您多赏些酒钱是了。"

月华大喜，渔婆划过舟，母子下船。渔婆打扫船内，内中还睡着一褓襁小孩。当晚渔婆米饭供客，又蒸条活鲤鱼，绝是特别风味。月华一面与渔婆谈天，一面用过饭。渔婆撑起席棚，一灯如豆。月华母子奔波一日，尘头土脸，就河水净身，赏玩一会儿远景，已日落月升。渔婆将舟划入靠岸芦中睡了。

次日五更初罢，天色微明，渔婆起来做饭。偏那小孩哇哇啼哭不止，月华蒙眬间闻得辘辘车声，一会儿有人喝道："呔，快划过船来。"

渔婆道："那个船倒有，老娘未受遇如此叱喝过。"

月华、白仲不由倾耳，只闻粗声野声怪叫道："反了，臭婊子可认得是干吗的呀？"接着叮当单刀磕碰声，渔婆吓得哟一声。月华探得一望，见一群怪模怪样汉子拥了一辆小车，当头一汉子似乎厮熟，天不甚明，又望不清。

渔婆早抖着道："老爷们俺当是寻常客人。"

怪汉叱道："还敢多话，过一会儿戳透你。"

渔婆早荡过船，诸汉子齐跳上船。船身乱晃，当头大汉叫道："快将车子打开，趁此放放气儿。"

月华一看，从车内扶下一女子，懒洋洋似乎一点儿无力气，月华心中一动，这群怪汉一定不是善类，细看女子，一径扶过来，月华不由一怔，那女子正是白兰，她怎会落奸人之手？那么三官哪里去了？想着一拉白仲，诸汉已直入船舱，看得分明，大汉正是大靠山。

白仲大怒，大叫"奸人休走！"诸汉一齐吓了一跳，月华母子已双刀杀到，诸汉百忙中纷纷拔刀。大靠山一看："咦，原来是这花娘子，杀杀杀！"说着群汉兜上。一个小小船只，怎容得了大家厮杀？亏得白仲单刀平撑，一旋身磕开来刀，进一步一刀突过，早有一贼倒在船上，猛然一滚撞得二人一齐滚落水。

月华已刀逼大靠山逃不脱，看看杀到船沿，大靠山一翻身滚入水中，白兰只张目望着不言不动。月华久听先辈讲说，绿林种种手段，知道是受熏香。于是自河中取水与白兰饮下，一会儿精神复原。白仲早大耳光打扇得捉得二汉鬼号杀怪叫，说出一切。方知大靠山自被白兰折服，不敢明着找亏吃，于是趁夜悄悄入店熏香熏过白兰，稳当当盗出。见白兰姿色秀艳，决定去金龙山清棋和尚处献功。因为大靠山也是九龙山党羽。

当时月华大怒，将二贼绑了，扑通通投入河中，船婆吓得半死。月华安慰一会儿，令她速做饭。渔婆哪里见过这个，不敢言语，不知月华等是什么人，居然杀败群汉子，不住偷眼望。一会儿饭熟了，月华母子食毕，重赏船婆，渡过河上路。

白兰道："论说咱应该返回去寻三爷，这时他老人家不定怎的急呢。"

白仲道："不必了，三爷丢了姐姐，一定四下寻找，回去恐也遇不着，倒两耽搁了。"月华也以为然，于是不去寻三官。

母子所过庙宇村墟都要注意。这日入山径，抬头一看，对面群山杂列。月华道："山路不易行，且多歧途。"

白仲道："船上二贼说金龙山，一定是贼窝了，并且二贼说什么和尚，说不定与咱仇人有关。"

月华跌脚道："你瞧这倒疏忽了，怎未留意细审问二贼，或得仇踪亦未可知。"

白兰道："不打紧，二贼说金龙山，咱打听此山就是。"

母子议定了，先不前进，好容易遇见二人，问一问金龙山，二人只摇手不知。又等一会儿，遇见一斫柴汉子，白仲询问金龙山。樵夫摇手道："金龙山是有，俺们不敢说的，距此尚远，须过此山，旧九峰山便是。"说着去了。

月华等听得没头没脑，好在樵夫说过此山，于是母子取出干粮充饥入山。白仲探路，只寻光滑山路走。山路越行越崎岖，除了长林鸟道便是盘峰洞壑，并许多藤葛荆棘儿，绊脚牵衣。三人行尽一程，一片密杂林木蔓延数里，仰面不见天日，简直竟成黑暗世界。母子三人穿过林木，已是日落时候，片片红云飞舞，月华不由猜疑不敢进。登高远望，离村庄远得很，四外烟霞雾绕，云气出自山头，三人不由慌了。

月华道："今天只得宿山中。"

白仲摸摸背上干粮，还足两顿食用。月华道："咱山宿不可挨近林下，因为野兽毒虫出没所在，必寻山阳积石为障。"

三人绕过山头，白兰突然道："前面有粉壁，一定是寺院。"

月华一望，果然林隙影出粉壁，白仲悄悄道："怕不是贼人所在？"

月华笑道："岂有此理，是寺都是贼人不成？咱快去投宿。"

母子走过林木，果然一片壮丽寺院，山门紧闭，阶前都是长草，似乎是无人居住古寺。白仲敲了一会儿门，无声响，白兰跃上垣去，方知是空寺。母子三人跃入内中，三层正殿，对面佛堂，佛头上都布满白渣渣鸟屎。三人寻了一会儿，见正殿连佛像都一个没有，内中净洁异常，最可怪的正面一把虎椅，两旁排下石墩，上架木板。

月华摇手道："深山古刹尽多奇怪，看此一定有些缘由，咱切不可宿此。"

白兰、白仲好奇心盛，决定看看是什么稀罕。于是母子也未敢少动正殿陈设，就对面佛堂歇下。

这夜明月当空，地上如铺了一层白霜一般，从佛堂外望清晰异常，只那龇牙咧嘴的佛像似乎生动起来，好不怕人。母子三人拂去佛龛尘土息下。连日奔驰，一会儿入梦。只白兰心中惦念商三官，心想：一个老头子丢了自己，不定怎的着急。想着蒙眬半睡，还仿佛白日之事，一一晃在目前。突觉有人说笑，白兰惊起，突然目前一亮，却是从正殿射出来的灯光。白兰吓得心中乱跳，忙一推月华。

月华起来，白兰附耳道："娘看正殿是什么？"

月华一望，见正殿左右双灯辉照，下面虎椅上一二十左右岁白面少年，生得温和异常，只双目炯炯发光，四顾左右十余人，都坐在木板上。那十数人中，什么人都有，甚至鸡皮老太婆、白发如银的老儿，还有二八少女、绝俊女尼参差列坐。

月华悄悄附白兰耳边道："俺闻江湖有一种党派，是小林义侠，不过他们行踪诡秘，门外人不得知。如有冒犯其党，定戮不赦，想此辈即是了。"

母女说着，只见那俊少年道："大家到齐了，只缺一姐、八妹二人，昨天她二人来报说，大莫庄大靠山逃走，但一姐、八妹的公事期限未至，想她二人一定追踪下去，今天大约不能来了。时光不早，咱便赶快报差，俺还有差遣呢。"

只见一位老太婆伛偻着驼背，站起来拄杖道："大哥，上次派遣湖北，白河女盗王妮子纵淫掠杀，大哥早已得报，今已被俺取来首级。"说着从膝下解下一布包，打开一血淋淋人头，蓬发污血。

少年笑道："总是大娘办事稳重，那王妮子英悍异常，除大娘谁能诛她呢？大娘但将首级携回，警戒其部，务以解散为佳。"老太婆

185

领命，一晃身形影子不见了。

突然暴雷般叫道："大哥派遣入晋，沙河镇遇镖师尚武，押镖十万，因尚武屡走官镖，十万银子，探得确是某大臣私有，不过剥刮民血脂而已，所以劫下分布孤寡。"

月华一看却是一粗眉环眼健汉，生得瘟神爷般，声若击钟，正探手于怀中取出一本账簿，打开朗声念道："南宅范娘子早寡，暗布银二百两。济王孤儿百两……"

念了十余家，少年道："住了，俺先问你，尚武镖师呢？"

大汉道："他他他……被俺杀了。"

少年似乎嗔怒道："如何擅杀武爷？"

大汉道："尚武师专押朝中大臣私镖，为的是多得镖价，此人贪而无义。"

少年叱道："此亦自食其力，好在尚武恃强凌辱卿党，罪大，此次未警戒诛戮，未免不当，将分布镖银清单交上即是。"

大汉将账簿交与少年，少年道："擅杀尚武，你该当何罪？"

大汉道："杀人偿命。"

少年道："尚武师为恶当先警后戮，减轻杀人之罪，自鞭三百。"大汉声诺如雷，取过小萝卜粗细皮鞭，左右前后噼啪自击三百。

少年道："晋监池马盗周容罪当诛戮，速取其首级，遣散余党复命。"大汉答应去了。

其余人一一禀报一切，都是各地民害，少年一一差遣。突然嗖嗖两道黑影自房上落下，少年笑道："一姐、八妹返来，好巧，好巧。"

月华一看，却是两个绝色小姑娘。欲知后事，请看下文。

第六回

破山贼突来白娘子
争翠姨仇杀宋全兴

且说月华、白兰望去，却是绝俊两小姑娘，一窈窕倩腰，一白嫩丰满，浑身劲装。大家一齐站起迎接，独少年虎也似踞坐。二小姑娘先见少年道："大哥巧得很，今天真个赶到，方才大娘已出山，发往濮北，所以知大哥仍在山。"说着献上一人头道："他诡诈得很，上次逃走，最后在独流河畔碰见，取得首级。"

少年道："一姐、八妹辛苦，此是大靠山首级吗？他虽无能，但为虎作伥，罪恶益深，一姐便去金龙山清山寺警告清棋和尚，如怙恶不悛，当取他首级。"丰颊女子应诺去了。

少年道："俺闻清山寺总统九峰全山，势力颇大，取清棋首级恐不易得手，八妹、九翁、秀师傅不必远去留用。"

只见窈窕女子与一长须老翁、一妙龄女尼，一齐站起答应。少年又道："事见机而动，有所得速来报。"大家应诺。

少年一挥手，大家站起，与少年一齐去了，一个个轻如飞鸟，连点儿声息都无，只余一汉子取下扫帚，将一切打扫一光方去了。月华母女惊怔之下，已五更时分，母女谈说怪异，月华断定是义盗。白仲醒来，一无所见，不住怨白兰不唤醒自己。

当时月华说完，白三枪道："不错，前些日俺们来时，途遇俺旧友，也是武行人，自湖北来，说白河女盗被一老太婆取了首级，兰姑所见，一定是所谓大娘的了。"

殷正学背着手笑道："江湖奇人正多，看此辈也是与九龙山作对，我辈又成一流人物了。"

白兰笑道："爷爷们，俺们自那庙中得来金龙山消息，决定探山，不想又落贼店，亏得三爷赶到。"

三官哈哈大笑道："俺赶到怎的？不过多一个被绑的罢了。不遇徐大哥，俺未免对不住老嫂了。"

白老太太谢过大家。大家道："老嫂如此便见外了，孝先侄儿被仇，咱多少尽点儿心。"

三官道："刻下清棋和尚踞金龙山为害，有徐大哥说得明白，绝是孝先侄儿血仇了。兰姑山寺奇遇，也是咱暗中一个帮手，再说有什么一姐、八妹，俺在大莫庄两探大靠山宅院，曾遇二女子，想是此二人了。一姐被派清山寺，警告清棋和尚使其胆寒，然后咱们着手破贼也容易得多。"

徐健道："不错，若细想起来，咱人到得不少了，可是清山寺九龙贼拥兵上万，头领均悍勇非常，全山均有埋伏，况且其党徒遍地，咱们一动一静都有他们耳目，更不见得手了。既然决定方针，必使所向必克，不可冒行。商老英雄去请朋友也好，不过稍经些日子，若比较不得手不迅速好多，还是请齐了朋友再着手的好。以先俺以为咱弟兄人不少了，细细分配，不够用。"

殷正学笑道："不错，况且商大哥已给大家信了，何不候一候呢？咱多年未弄这个，别栽了。"

白三枪也这样说，卧禅和尚主张不去请人，见大家都说不行，自己又荐了三个英雄，都是北地好汉，这三个英雄姓仲，乃是胞兄弟，祖居迁安，号仲家三雄。村名仲家寨，长名仲山秀，仲名仲山雄，季名仲山芳。弟兄三人义气好交，专打不平，在边塞很著英名。

商三官道："俺老悖晦了，他弟兄俺是认得的，当年仲士伟便是三人之父，与俺是总角交。"

殷正学道："俺也认得，于兄之长姐，便是仲士伟之妻。"

于小辫笑道："正是，俺那三个侄儿很有其父之志，不过仲山秀好道，轻不出外，顺便招得来也好，因仲山芳很好的水中功夫，这是最难得的。"

白老太太道："俺也以为多请些朋友好，那么大家暂盘桓些日，俟大家到了再说。"

白三枪道："左右闲了没干，虽说得些线索，顺便在这待机中，策计策计，免得临时抓瞎，也是好的。"

月华插不上嘴，只与大家送茶送水，商循见满屋均是长辈，十分拘泥。白老太太令白仲行出别室闲坐，白仲又邀了殷正学三个徒弟。

殷正学道："刻下未得决计，你们小弟兄去候消息吧。"五人去了。

这里大家会议去请朋友帮忙，看三官挺胸腆肚，很透着老健道："一客不烦二主，还是俺走一趟。"

白老太太道："老弟也这个年岁了，俺看屋中除了俺年纪大外，便算商老弟了。"

三官道："卧禅和尚比俺大一岁，于化龙比俺小几岁，白三弟、殷大官更小多了。"

原来于小辫名化龙，白三枪名白三山，殷正学之父两放山东学差，人都呼正学为殷大官人，这几个英雄都是苏北著名武功家。于化龙曾两入王府应召献技，曾与王爷戏偷稀世明珠一颗，王爷奇其技，将那夜光珠赠予化龙。他又小辫系在小松枝上，将松枝拉倒，王爷赠名于小辫。白三山家传使得好花枪，每遇敌不过三枪，准能取胜。白家枪是名著大江南北的，无人不知。

当时白老太太道："商老弟不必你辛苦了，只循孙儿与仲孙儿走一趟可以了。"

殷正学道："门生飞腿李铁，脚步颇快，也可以走一趟。他为人老实精悍。"

三官道："那更好了，各路英雄须几个人去，白仲不熟北地，可随小孙商循同行，还显得郑重，他小兄弟去直隶请蓟门玉泉和尚，仲家寨仲氏三雄因为路途遥远不是一天半日之功，咱这里不妨先预备着。再打发李铁去请王成、张宾，二人现在通州，给捕头铁砂掌丁大印帮忙，从通州顺便到北京，寻林七、许大愣等人，两路卜去快得多。"大家称美，于是决定了。次日先派下二路人下去，诸好汉候在白家。

这是续集中伏线，如商循、白仲邀人，途中奇遇；李铁寻许林二镖头，协同访镖；商幺妹大闹清山寺，一姐、八妹宝剑示警；九翁秀师傅双探九龙山；仲山芳偷渡鸡影溪，大闹水牢；商幺妹下嫁白仲；高岳失镖遭仇，双鞭托友；群英会大破九龙山，等等紧张节目，不可预叙，均在续集中。

慢表后湖白家群英大会，且说施屯仇春瀑自操起团丁护卫，选拔人才，便遇白小娘子。这时白小娘子新寡，家中有许多南北英雄，候着人齐攻打金龙山。白小娘子闲了没事，时常带了菊子出猎以解烦闷，巧遇仇春瀑，施屯、后湖二村接近，互相闻名，小娘子本想与春瀑谈谈，又恐久出老太太唠叨，所以飞马去了。

春瀑正在用人之际，念念不忘，又想起后湖现在未知如何，山贼一定不饶过，首尾相接、齿唇相依之村，何不协力破贼？春瀑想着，归来与陆绮一说。陆绮叹道："如白小娘子武功绝可佩服，可惜未一晤。"

春瀑道："俺明日想到后湖探访白老太太，并询后湖现境，如看贼警，可以共同协力。"陆绮深以为然。

次日春瀑收拾，亲到后湖村投刺拜访白老太太。白老太太听说是施屯仇春瀑，连忙接入。白小娘子令菊子烹渖一茶敬客。

白老太太道："昨天孩子们道经贵村，曾归来提及仇壮士，俺想俺真是老了，一概疏于走动，便当年尊父与俺家很好交情，论世交上说，俺与尊父均是一辈人。"

春瀑笑道："但是侄儿也听先严说过，近些年来也是侄儿久客在外，如今家居不多年，也疏于问候，便连孝先嫂都不认得，说来也煞是可笑。昨天偶遇孝先嫂，方想起来，老太太莫怪。"

白老太太甚为喜悦，叙了些旧话，柳月华令白兰拜见春瀑。春瀑道："听说还有个侄儿呢？"

老太太道："提不得了，自孝先死后，俺辈老英雄均特为跑来与俺舒这口气，侄儿他上直隶请朋友去了，下去不过十多日，返来早呢。"于是将孝先之死，商三官等特为复仇之事一说。

春瀑叹道："孝先为人老成，不意遭此不幸，委实可怜，老人家不必闷闷，如今南北英雄齐到，与你老人家出一口气，是容易的。便是商老等之立意，也是为民除一巨害，小侄提不起，望老太太有用小侄之处，只管吩咐一声，追随诸老前辈也是三生有幸的。"

白老太太笑得前仰后合道："虎父无有犬子，当年九翁兄在日，哪个不知？"

春瀑道："诸英雄都在府上，侄儿要借此拜晤。"

老太太拍手笑道："瞧俺倒忘了，那商三官、于化龙、卧禅和尚等均是九翁兄老友。"于是令月华同白兰去请大家。

一会儿齐跄跄来了一群人，春瀑一看生白胡老英雄四五人，都是矍铄非常。当头一位飘着白须老人，双目生光，大叫"仇世侄在哪里"，老太太指道："这便是商三官了。"仇春瀑连忙施礼，老太太一一指引了。

于化龙道："仇老侄咱多年未见，当俺见你时不过十多岁，光阴真快，一晃三十年光景，想俺们老一辈的大半逝世，如九翁兄病残，俺这二年才晓得，也是路途遥远，不易通音信的关系了。"

卧禅和尚叹道："提起这话，又令人想起当年咱弟兄何等气概，如今你我都已风烛残年，仇世侄咱此一晤，是缘当如此，再晤说不定是另一番变态呢。"

白三枪、殷正学、商三官一齐摇头咂嘴道："唉，真也不堪回首了。"

仇春瀑要与大家叩头。三官拦着道："咱是不易见，快坐下谈谈，自家人何必如此多礼。"

白老太太也说："免礼了，免礼了。"大家落座。

老英雄爱说旧话，仇春瀑都是也所未闻，只有哼哈。春瀑询问踏访清棋和尚经过，由三官一叙。春瀑道："如今地面不靖，便如中牟山赤松岭上，又有一伙大盗落草。"

白老太太道："这也一年有余了，好在山贼未胡闹，所以也未理他。"

春瀑道："刻下山贼有向山南动手模样，便是前些日，山贼竟向敝村要粮、银子，又要美女，步步逼紧了，老太太庄上没有动静吗?"

白老太太道："听孩子们说，山贼也派人来，村中素日习武，竟一径逐出贼使，后来一向未得贼人动静，大约贼人知得后湖不是好惹拨撩的了。"

春瀑沉吟道："敝村正练庄丁，以备与贼人一拼。"

白老太太道："好贼子，便敢如此，老侄你只管放心，刻下咱庄上群英并聚，怕他什么山贼？如老实些便罢，不然决不容其存在。"

春瀑听了道："那好极了，如山贼有甚动静，老太太听消息助俺一臂。"白老太太应了，春瀑请诸英雄到自己庄上盘桓几日。

商三官道："左右哪里不是住，改日消闲了，到你庄去望望。"

春瀑道："诸位叔叔如有用小侄处，便早吩咐吧。"

化龙道："听消息是了。"春瀑辞归。

过了二日，赤松岭山贼路铠果然提兵攻打施屯。原来路铠自龙保返回山寨，叙说施屯不肯交粮，并且村中只有仇春瀑，高岳不在。路铠大怒道："这还了得，既高岳不在，兄弟们预备攻打施屯。"

二寨主哈赤叫道："寨主只给俺一彪人马，手到捉下仇春瀑。"

路铠道："不可大意，俺闻仇春瀑乃仇九翁之子，与高岳齐名。"

哈赤大叫："了不得，寨主真将咱哈某看小了。"说着去了。人报二寨主领少数人马下山，直取施屯村。

路铠道："哈赤恃勇而去，必败。"于是令三寨主白腾云去援。白腾云善用一条画戟，有万夫不当之勇，领本部喽啰去了。

且说哈赤不服，统兵直取施屯。一会儿到了施屯，抬头一看，村垒坚固，上面满是精壮守丁，刀枪映日，旌旗飘飘。哈赤步下双戟一招，部下霍地一分，排开阵式，哈赤大叫仇春瀑答话，春瀑早劲装登栅，用剑一指哈赤道："你是什么人？"

哈赤叫道："俺老子便是哈赤，你村竟敢抗命，今便洗掉你鸟村。"

仇春瀑大怒道："彼此无仇恨，山贼竟敢生事，可莫怪俺了。"说着叱令整队，壮丁一字排开，两阵对峙。春瀑大叫"谁与俺捉下哈赤"，突有人大叫"在下愿取哈贼首级"，春瀑一看，却是教练黑有金。

春瀑道："小心了。"有金早步下抢过手中一条火尖枪，大叫"哈贼快来送死"。早有哈赤部下悍将伍万年，一双板斧杀过去，二人登时交手。枪斧杀作一团，五六合竟不见上下。

突然有金猛然掣枪着地一抖，一片白光溢下，平突过去。伍万年偏身一闪而过，双斧一分，一个顺水投梭式，单斧平削过去。有金刺一枪，万年斧不敢直落，抽回当儿，有金双手挺枪，一个撒花式，突突突枪锋突过去，分三路而下。万年飞过一斧，当一声激开了，进一步大斧劈过。有金带枪回头便走，伍万年大叫"败将休走"，随后便赶。突然有金反身一枪，直刺万年胸头。万年一闪一下，臂下挟了来枪。有金掣枪之下，伍万年早抛双斧来夺那枪，二人同时用力，只闻咔嚓一声，枪折了。二人一齐闪了一歪斜，每人持了半段枪乱打。有金持有下半截不合算，趁势一挡，一踊身抢过去，一把抓了万年，二人揪打一会儿，万年半截枪也掷掉，二人拳脚乱滚。有金敌不住万年，被万年摔过一臂，一只手掐了有金脖颈。有金身长脖细，一阵乱挺，憋得双目上翻。黄大忠见了大叫蹿出去，手中一把单刀，直取万年。黑、伍二人斗了十多合，黑有金吃了拳脚不知多少。

哈赤见黑有金来了帮手，双戟一撑杀过去。仇春瀑更不少慢，拍马挺大斫刀杀出，截住哈赤。伍万年被黄大忠一刀劈死，与黑有金一齐突入哈赤阵中，黑有金拾了万年双斧，直劈入去。

且说哈赤与仇春瀑二人马步战了十多合，不分上下。仇春瀑大怒，猛然一掉马头，趁哈赤双戟到来，挺刀一激，双戟磕开了，兜马一振大刀劈入戟锋中，一个白虹绕顶，雪亮的大刀平削下去。哈赤一低头闪过，不想春瀑又将大刀翻卷回来，哈赤一纵身当儿，哧一声连包头髻子削落，吓得哈赤一闪，跐跟险些栽倒，登时身上无

194

力，望了春瀑有些可怕。春瀑已大叫"蟊贼，留下首级"，飞马杀过去。哈赤将心一横，重又交手，刀戟缤纷，不十余合，仇春瀑大刀委实厉害，杀得哈赤只有后退。哈赤这时才明白，原来自己所向无敌，竟敌不得春瀑，于是虚晃一戟败下。春瀑将大刀马上一招，黑有金、黄大中统壮丁冲杀过去，一阵突破贼阵，杀得山贼望风溃走。哈赤拽戟逃走，亏得白腾云统后来救，方抵住春瀑。哈赤肩头中了一镖败回，春瀑不再穷追。

哈赤败回山寨，会见路铠。路铠大怒道："俺说春瀑武功了得，你偏要去，折俺兵马，摧俺士气。"

哈赤道："春瀑虽勇也是兵多之故，下次寨主多发兵马，定捉仇春瀑，将功折罪。"

路铠道："不可，俺兵一败不能再败，明天俺亲统大兵，四路攻打施屯，必使一战成功。"当日调动兵马，次日路铠亲领兵分四路并进，只留哈赤守山，因哈赤带伤不能出战。

且说仇春瀑自战胜之后，收壮丁而回，全村迎接，一个个喜气洋洋。春瀑道："俺料虽败山贼，未尝不是偶然，恐怕路贼卷土重来。"

村人道："此战已使山贼丧胆，即使再来有何可怕？"

春瀑道："俺负一村安全之责，不可大意，只几日俺便赴后湖，邀请白家人帮忙。"村人大喜。

当日春瀑赴后湖，会见白老太太，一叙山贼扰乱之事，请求帮助。白老太太大怒道："蟊贼子真个逞头上脸起来，俺白家自孝先父子去世，一向不问外事，如今仇老侄来了，怎说谢绝吗？"于是唤过白小娘子道："你春瀑弟来了，邀咱给他帮忙，其实也是为了施屯一村百姓，你便走一趟，菊儿也带将去，多少是一个帮手。"

白兰道："奶奶，我也去。"

195

老太太笑道："年轻人儿性子好动，你爱去便随去。"

月华道："刻下商三叔等均在，可以知会一声。"

老太太道："不必了，谅这群蠢贼也不值得。"

小娘子领命道："明天俺与兰儿去就是。"

春瀑应诺辞了老太太而去，小娘子、白兰送出。春瀑道："白嫂明天早到呀。"

小娘道："仇叔叔放心。"三人分手。春瀑返回，已日落时分，陆绮听说邀白小娘子也是欢喜的。

次日上午，白小娘子未到，突然探马飞报道："刻下山贼已分四路袭来，速做准备。"

春瀑慌了手脚道："贼势既大，白家援兵未至，万不可大意。"于是指挥壮丁登栅，陆绮也劲装佩了双刀，吓得高岳娘子一总儿啾唧着。这时李氏娘子病好，蕴华已十多岁，生得玉娃娃一般，每日从春瀑夫妇习武，使得好单刀。李氏娘子病好了，春瀑以为李氏携了蕴华度日甚为不易，陆绮也不肯放行，所以一向住在仇家。

当时李氏道："若她父亲在家，也是春瀑叔帮手，如今只好她婶婶你也出马了。家中空虚，俺委实害怕。"

陆绮道："不打紧，贼人到不了此处，大嫂这个年岁，还怕贼人背了去不成？"说着咯咯笑去了。蕴华提了刀梭巡院中。

且说陆绮领了少数人守西门，春瀑守南门，黑有金、黄大中守北门，黄铁守东门，李岐往来接应。不一会儿山贼漫山野而来，远远一望，只那尘头昏暗暗，刀光白茫茫，望不着边儿。庄丁不由慌了。春瀑心虽惊，故意沉静之态，只下令各路不得出战，只许拒守。四路壮丁得令，正合意下。陆绮令壮丁伏下，偃旗息鼓，每人一张弓、一袋羽箭。

路铠起怒而来，兵势甚盛，白腾云一股取东门，刘一刀一股攻西门，大目王黑虎一支兵取北门，路铠取南门。四路鸣鼓兵攻到了。

春瀑一看，路铠已排下阵式，步下一双钢锏，一指春瀑道："你是仇春瀑吗？"

春瀑道："正是。"

路铠震怒道："俺统万余大兵，顷刻攻破你村，你是晓事的，火速投降，如若不然，屠绝全村人口。"

春瀑怒道："呸，狗盗还敢大言。"说着下令各路紧守，自己领一彪人马，火杂杂杀出村去。将刀一挥，部下直如一条长蛇，唰啦声拉开了。

路铠令悍目霍光出马。霍光一双板斧，马上直取春瀑。春瀑大怒，挥刀迎上，大刀阔斧战不三合，春瀑猛然一带马，让出一刀，霍光大叫双斧劈入，春瀑一闪，顺手一个顺手捽羊式，将大刀一抹，霍光大叫一声，已血淋淋肥头滚落，战马逃回。

路铠方叫道："了不得。"春瀑已纵马突来，大刀一连嗖嗖嗖劈过数刀。路铠左右闪躲，一分双锏，二人杀作一团。

西门之陆绮将兵伏下，用的是虚虚实实战法，大贼刘一刀兵到栅外，不见栅上有人。刘一刀笨贼哈哈大笑道："一定施屯兵不足用，虚守西门。"叱令攻打。兵士一齐上攻，陆绮趁势一声号令，垒上兵士齐起，张弓放矢，雨点般落下，单往贼人厚处射下去。贼人挡不得，鬼叫乱滚败下去，带伤的过半。陆绮挥兵直下，一阵追，掳贼百十人，不敢穷追，击退而返。

刘一刀想不到受此挫折，奔到东门，守将黄铁正与大盗白腾云相拒。白腾云一支画戟蛮勇异常，黄铁垒上守不住，白腾云已一撑大戟跃上栅，亏得李岐赶到，与黄铁协力与白腾云厮杀。三人杀了五六合，李、黄两把单刀敌白腾云不住，壮丁守不得栅，早有十余健贼架了云梯爬上栅，往垒下便闯，吓得李、黄二人黄了脸。不想

197

刘一刀败下，直溃冲到东门，与白腾云搅作一团，白腾云兵不知就里，竟乱卷起来，随了败走。白腾云望见自己兵乱了，不敢大意，又抢下栅去。活该十余健贼，见白腾云退下心慌，被李、黄统壮丁截住，一阵杀死大半，余者不管深浅下栅去逃走。

仇春瀑与路铠大战四五十合，路铠双铜架不开春瀑大刀，步步退下。

北门黄大中黑有金只有坚守不出，白腾云与刘一刀会兵，见自己兵并未被敌，合兵又重杀回去，这一来黄铁、李岐二人越发吃力了，忙派人去请援，村丁不足济得甚事，大败。正在危急，突然白、刘二贼挥兵退下，壮丁哪里敢追。

原来路铠正敌仇春瀑不下，白小娘子与白兰、菊儿赶到了，三马冲入贼后阵，四把单刀直如闪电一般，贼人鲜血激处，从人头飞滚之中直突前阵。贼兵前后阵挤作一团，路铠正慌得想逃。早闻白小娘子叱道："蓊贼子认得俺白家人吗？"说着双柳叶刀处唰唰唰，直上直下，一连旋过数刀。路铠闪过，虚晃一铜回头便走。

菊子马上单刀娇笑道："俺当什么铁铮铮的？原来如此没用，早知如此，何必劳咱娘？"说着赶下。

白小娘、白兰拍马冲突，仇春瀑恐村内有惊先返回。白小娘母女两匹马突入白腾云阵中，贼兵大乱，因此白腾云统兵不敢久战退下。菊子赶了一会儿，回头只自己一人，兜马而回，会见小娘母女，一齐入村。北路大盗王黑虎得了路铠败走消息，也收兵缓退而去。

仇春瀑点村丁死人数，教练黄铁、李岐均带彩，春瀑大怒，与白小娘商议。小娘道："俺家老太太说来，山贼既动兵，不能殃及一村，日久恐其势大难除，令俺看势而动。如此俺看大家拼力破了赤松岭，扫清贼党，方能免后患。"

春瀑大喜，当日引白小娘等入己家休息，与陆绮会晤。大家说起来，陆绮之父还是柳禅栖盟兄。月华见高岳之女蕴华非常喜爱，白兰拉着蕴华谈笑，小姐妹直如故交一般。大家商议破贼之计，春瀑道："俺以为路铠必不甘心，俟明日对战捉下，蛇无头不行，如此便算扫除贼党之大半。"

陆绮道："路铠武功非弱，未必马上得手，必以计取。"

白小娘子笑道："俺也是此意，不过这计须得斟酌办。"

春瀑道："施屯多山路，处处可以伏兵，何不诱敌捉下？"

白小娘道："东有白荆谷，峡口甚阔，越行越窄，里余地名牛角峪，可以伏兵山上，预截断去路，明日大战，故败入峡，然后挥兵掩杀，路铠可擒下。"

春瀑寻思了一会儿道："此计甚好。"于是令人连夜截断牛角峪去路，令黄大中、李岐二人伏兵双峡，一切埋伏停当了。不想次日山贼未来，一连三五日山贼一发未来，大家好不纳闷。

陆绮道："山贼知我们势大，一定不敢来了。"

正说着，人报下哨人捉下一个奸细，春瀑叫带上。一会儿壮丁拥来一汉子，大家一看，那汉生得粗壮，双目乱滚。春瀑叱道："你是什么人？一定是山贼探子来做手脚，从实说来。"

那汉道："俺是旅客，道途贵地，想过牛角峪被垒断了，过不得，所以绕道而行，竟被捉住为奸细。"

春瀑令搜其身边，得一把匕首。仇春瀑拍案道："来瞒哪个？你身带凶器，还有何说？与俺打！"

突那汉哈哈笑道："姓仇的休逞威风，俺瞒不过告诉你吧，俺便是路大王部下精目徐尚才便是，奉令探查虚实。"

仇春瀑道："路铠如何不来攻打村坊？"

徐尚才不语。

春瀑道："既不敢战又何必如此蝎蝎螫螫？"

徐尚才仍不语。

春瀑大怒叱道："你难道哑了不成？"

问了数声，尚才方一翻白蛤目道："瞧你多么啰唆，要杀便杀，老子没空与你谈心，左右山中一切俺不肯说的，死也对得起山中弟兄，你便不必问了。"

春瀑一挥手，左右推下尚才。柳月华道："仇叔叔不可大意，既捉得徐尚才，何不就此行计？"

仇春瀑叱令缓行，一问小娘甚计。小娘道："释放徐贼，恩结其心，故使其返山与路铠讲和，各不相扰。山贼正在势孤之际，必愿接受，俟双方无疑，悄悄出兵打破山寨，此攻其不备，乃欲擒故纵之计。"

仇春瀑与大家计议一会儿，大家称美。仇春瀑道："山贼虽两败，但其负隅顽争，亦难制发，白嫂之计深料透贼势。"于是令推回徐尚才。

尚才被推回来，哈哈笑道："姓仇的不必迟疑，要杀早些了事，左右从俺口中想探什么虚实，是梦也盼不到的。"

仇春瀑连忙跳下座椅道："徐兄果然好汉，俺乃故试兄之胆量。"说着一伸大指道，"可佩可佩。"亲解其缚，延之上坐。

尚才怔然之下道："俺既被捉，未即诛戮，为何如此？"

春瀑道："敝村与贵寨相依既久，永未有不睦，今互相误会，实为不幸。敝村愿与贵寨重叙旧好，各不相扰，未得其人。今见徐兄乃恳挚朋友，即请与路寨主传个话，永结同盟。"

徐尚才道："蒙仇兄高看，敢不尽心。"于是在施屯留了一日，春瀑加意款待，次日送返赤松岭。

尚才到赤松岭山中，四大头领正计议，因徐尚才一去二日未返。突得尚才返来消息，连忙招入。

路铠道："徐兄弟中途有错儿吗？怎便一去二日呢？"

尚才道："好叫寨主得知，兄弟到得施屯村牛角峪，山径已被截断了，因此被哨兵捉下，押入施屯。"

路铠道："那么怎又返回来呢？"

尚才道："仇春瀑并未难为俺，只托俺与寨主带个话，便是请双方退步，永结同好。"于是将春瀑之言学说一回。

哈赤大叫道："寨主快发兵马，一定施屯吃不住劲儿了，来求和，何不来个赶尽杀绝手段？"

路铠摇手道："慢着，骄兵必败。你初次行军败北便是骄敌之故，俺以为施屯两战均胜，又有白家人帮助，实非内虚，乃是恐生灵涂炭。俺兵闻仇某之名胆寒，两败锐气被挫所致。俺想再战恐不利，久峙双方无益，且咱寨接近施屯，永为仇敌，无安宁之日，不若趁此和好，两不相扰，此近结远攻之计，不然仇某震怒，与后湖白家同结一党，则俺寨立危。此机会不可失。"

徐尚才也道："寨主甚当。"只哈赤、白腾云不悦。

路铠道："如恐仇春瀑意不真，可查其牛角峪埋伏，如已撤即是真心，否则仍有威心，必不真，可出其不备攻打。"大家称美。

次日路铠又派徐尚才入施屯，并携了路铠之书，请求春瀑答复。徐尚才到得施屯，春瀑等迎入道："路寨主意下如何？"

尚才道："路寨主本不愿结仇，乃受人愚弄。今深有悔意，有亲笔书在此。"于是呈上。春瀑看了，不过大意是知好之意。春瀑大喜，也写了复书，彼此设誓。徐尚才便代路铠为誓，双方永不相犯。当日尚才吃得和事酒，又趱回报告。

过了三日，果然春瀑将牛角峪埋伏卡兵全撤销了。路铠因两败，这无条件和好，觉得美幸。突白腾云到来，会见路铠道："日前与施屯交战，俺兵两败，实为绿林耻笑，今与施屯和好，寨主何不趁此出兵，骤然突破施屯，一洗前恨。"

路铠道："焉知施屯无戒备？"

白腾云道："可派人往探，如仍戒备可缓行此计。如无立行不误。"路铠大喜，当日派下精探，乔装入施屯。

仇春瀑受了小娘之计，与山贼和好，恐仍有兵备，未免使山贼生疑，于是将壮丁撤了，只派几个便衣少年，悄悄查有可疑人没有。路铠精探入施屯，早被人侦得，报与春瀑。春瀑探下道："不必惊动。"忙请白小娘子、陆绮商议。

春瀑道："如此看来，山贼与咱村和好，正与咱村之意相同，不然不会再派探子，俺料不日必有变动。"

陆绮道："何不先下手，突入赤松岭？"

白小娘道："只好如此。"

春瀑沉吟道："就此发作，山贼亦有趁我之心，多少有点儿警备，不若预发出一彪人马，埋伏山下，如山贼袭来，咱村突起迎战，以炮声为号，埋伏兵立出，趁赤松岭空虚，一鼓可下，使山贼无归路必败。"大家拍手称好计，连夜拨了一部健丁，春瀑亲自统了埋伏村外山下庄中，悄悄调动健丁，大开村栅，没事似的，只派下五六个快探。

且说路铠听白腾云之计，派二精探入施屯，满村没一个壮丁，只有几个类似流氓村少乱晃。二探返回报告，路铠仍不放心，又派人侦探牛角峪，果然撤了埋伏重卡。路铠大喜，次日统全山之兵去攻施屯，只留悍目龙保把守山寨。入夜二更时分便出去了。路铠、哈赤一路，白腾云、刘一刀一路，二路并进，偃旗息鼓，摸下山来。

早被施屯探子侦得，飞报入村。白小娘子母女率壮丁伏在村外，陆绮、菊子二人把守南门要路，黑有金、黄大忠、李岐、黄铁四人分头把守，伏在垒上，只要听得炮声，一齐暴起。埋伏好了，三更左右，山贼衔枚杀到，都聚在村外，预备发作。许多大贼架上云梯，想爬上去。突然震天价一声炮响，吓得山贼一怔，早一声暴吼，满垒布备壮丁，大叫："山贼中俺们之计了，俺仇爷已兵袭了你山寨！"

这一来吓得路铠心惊胆战，看村备来势兀突，分明早有计较，巧咧，说不定落敌人计中。早有栅上一员女将，却是春瀑之妻陆绮，双刀雪亮地一指山贼道："路贼背誓，又来犯我村坊何故？"说着叱令放箭。乱箭如雨当头射下，山贼抵抗不住，大败退兵。

突然自后阵卷起一彪兵马，冲得山贼七零八落，当头飞过匹马，两马上两员女将叱道："白家人在此！蚕贼却落俺们计中了！"这二人正是月华、白兰母女，二人统了些健丁，一路杀透山贼坚阵。

哈赤大怒，双戟一分直杀过去，白兰马上一柄雁翎刀截住哈赤，马步杀作一团，五六合不分上下。白兰一掉马头，闪过一戟，一个顺水投梭式，平刺过一刀，哈赤挺戟去搅，白兰早已抽刀，回头便走。哈赤大叫"小娘子休走"，随后飞赶。不想白兰一带马，反手打出一支袖箭，哈赤一低头闪过，方骂声入娘的，白兰二箭早到了，哧溜一声穿透左肩。哈赤大叫一声，一个歪斜，带箭逃走。

路铠双铜敌白小娘子不过，陆绮、菊子又从栅上杀下来，山贼抵之不住，大败而走。陆绮、白小娘子两路兵掩杀，杀得山贼四散败走。陆绮刀斩王黑虎，白兰活捉徐尚才，白小娘飞刀杀了大贼杜东明、成向先，掳获百十喽啰。

赶了五六里，直入山寨。路铠以为到了山中便可拒敌了。大叫开门，突然一声炮响，寨垒上满是施屯旗号，早有仇春瀑站在垒上，左右押了一人，却是龙保。

春瀑大叫道："路铠谅你甚计敢来瞒俺？俺已夺你大寨多时了。"于是叱令左右将龙保一刀斩首，连尸抛下。路铠气得怪叫，叱令攻打，人报"好叫寨主得知，刻下施屯劲敌赶到，已堵寨山口，一路精兵掩将来"。路铠心慌意乱，早闻得一路杀声随风传来，山贼个个心慌，早被陆绮、白兰杀透。路铠、白腾云忙截击，春瀑自垒上飞下夹攻，路铠大败。

刘一刀截住仇春瀑，两马相交，一双大斫刀嗖嗖杀起来。后路山贼溃下，白腾云、路铠心慌，敌陆绮、白兰不过，兵器虚晃逃走。刘一刀杀不过仇春瀑，有五六个大悍目助战。春瀑大怒，猛然一退马，趁诸贼一色地长枪突到，双手挺刀只一搅，叮当激开了，一个长虹绕顶式，白亮一道刀光平削过去，早有二个大贼头颅飞落。刘一刀大叫风紧，与几个大目便走。山贼四溃漫山乱走。

白腾云当头闯到山口，又被白小娘子挡住去处，白腾云不敢接战，抛了兵器越山逃走。路铠、哈赤二人杂入山贼中逃出，只刘一刀逃至山口，前有白小娘子，后有春瀑。一刀想趱回，春瀑已赶到了，一刀切齿狠斗，被春瀑一刀劈于马下，其兵尽降。

仇春瀑大破赤松岭，将喽啰一一缚来道："你等乃良民，受路铠威逼，今与你们盘川，各自回家安生，不可为恶。"喽啰们十分感激，被春瀑遣去了，只将捉得之大目一一斩首，一把火焚光大寨方返回。

白兰绑来徐尚才，春瀑叱道："俺未薄看你，今如何仍助路铠？"

尚才道："俺本诚意请和，无奈路铠听了白腾云之计，卷土重来，非俺所甘心背反前约。"

春瀑道："你情有可原，放你去吧，下次脚步自己谨慎一点儿。"尚才拜谢自去，掳获一一纵去。

次日大犒村丁，款待小娘母女，庄丁死者由村户抽银辅助。小娘子总算未白来，十分欢幸。当日辞行，陆绮不舍。

小娘子道："使命完成了，还得报告俺家老太太，免老人家惦念，日后望常走动。"

陆绮道："二村接近，往后还少晤面了吗？"于是送小娘返后湖，全村人都来恭送，招得大街小巷小儿女，指指点点看媳妇。

小娘一行三骑返后湖，次日春瀑又与陆绮亲赴后湖拜谢白老太太。白老太太的丈夫白亮与陆绮之父是莫逆之交，白老太太格外亲近，又与陆绮引见诸老前辈，大家叙了一会儿故旧。春瀑想去，老太太不放陆绮去。

陆绮道："这里把地路程，往后还少来了吗？"

白兰笑道："仇家婶婶，你若怕仇大叔不答应的话，俺去替你搪塞。"说着拽了春瀑便往外拉，一面道："你老人家先走一步，丢了婶婶朝我说便了，何必一步跟着一步的？"

老太太笑道："兰丫头疯了，怎竟和大叔开起玩笑来？"

白兰笑道："是吗？俺家那口子一向未理会过这个，如俺这里一住五六个月，大叔还……"

小娘瞪了白兰一眼道："疯丫头，越彪上来了。"闹得陆绮很不好意思。

商三官、卧禅僧等也不敢笑，只相顾道："这还不错，赤松岭先少了一害，然后便邀仇贤侄夫妇给咱帮忙，再好没有。"

春瀑辞出自去，陆绮留在白家，一连五六日方返回，这且不提。

且说路铠与哈赤竟一败涂地，两手握空拳，南方站不住脚，二人一路偷盗奔北地而去。见梅花峰地面可以安身，各村富庶，便聚盗落草。

白腾云逃出，身边只一宝剑，一路明是卖艺拳师，暗中偷窃。他性淫，把来弄婊子，到得石帆村，被宋全兴收下，更名白恒。也可以说孽缘，无巧不成书，偏偏来了一个高岳，便被宋全兴恩结了，与白恒结下两世血仇。

高岳自被冤越狱刀杀尚才、冯万善逃走，想投北京镖局春瀑把弟金道年，又恐露了马脚，一路投亲友，缓缓北上，出山海关玩了一趟，在供围中混了二三年。因高岳武功了得，猎友中铮铮之辈，非常得利。高岳本是兴之所至，供围中混得腻了，又入参场。因为参场中有个小场头名李峻山，当年下关东打烧饼生活，人都唤他烧饼李，生意做得虽不错，只是本钱小利头薄。混了十来年，底子厚了，说了一房老婆，二人混了不上个把月，老婆竟席卷而逃。峻山半生血汗付诸水流，方知那老婆专门放得好白鸽。峻山无法，混入参场，年久充个场头，统管若干兄弟。

每逢入山寻参，久在场中人，诸商非常多，场头先祭王刚哥，据久历此中人说，王刚哥乃是老山特产一种鸟，其鸣声如唤王刚哥，传说从先有一掘参头名王刚，因蹚山觅参，统下兄弟失踪，辗转山中呼王刚哥，死后化一种鸟，专管食参子，故蹚山人必循王刚哥鸣声而进，必有好参苗。闲话不表。

且说李峻山逢故乡人，直如小儿见娘，拉住高岳不放，高岳没事干，便入参场。参场主人毛寿山乃是武营出身，生得高大粗黑，一身武功，十分了得。寿山凭一双拳头，结识江湖，统有参场，手下工友千多人。寿山银子结下一个硬靠山，便是边疆总督，因此没人敢惹寿山。寿山玩忽人命，直如儿戏。

高岳入场，这时正逢山中出了岔子，工友没有敢入山。据李峻山说，山中出了大兽，专伺害工友。毛寿山正募勇士捉拿，有能探得甚兽的，赏银百两；有能除害的赏银五百两。多日没人敢就募。

峻山笑道："高爷何不应募？稳得五百两银子，凭您武功是容易的。"

高岳也是好奇性子，于是揭了募榜去见寿山。寿山正因山中巨害发愁，见有人应募，连忙接入。一见高岳好个气概，当时笑道："壮士高姓大名？哪里人氏？"

高岳未言，峻山道："这便是兄弟同乡，姓高名岳，好一把子武功。他本无意干这个，被俺邀得来，特与毛爷效力。便是前些日新入场的新弟兄了。"

毛寿山道："真有本领吗？不是别的，俺听说山中巨兽，原是山豹子，凶得很哩。有名的老猎户王飞龙还被豹子食掉呢。"

高岳笑道："不妨试看，乃与山中除害，并非为赏银应募。您放心，高某不胜任，便告退，除了豹子更好。"毛寿山大喜。

高岳道："俺自出关未有称手兵器，请毛爷赐利剑一口。"

寿山喜极，叫人"取我剑来"，左右拿过一柄剑，毛寿山托在手中道："此剑乃十年前俺在武营中偶得，锋利无比，切铜铁如泥沙，便把来相赠，以作鼓励高兄入山之兴。"高岳大喜辞出，预备入山。

李峻山拍手道："高兄恭喜恭喜，您应募手到杀了豹子，一张上好金钱豹皮便值百十两银。何况您又得毛爷高看，赠了宝剑一口，这是毛爷从来没有的事，您身重，俺也跟着扬气。"

次日李峻山收拾一切，以备入山。毛寿山又将李峻山叫去道："高岳成功，也是李兄一臂之力，俺备了干粮肉脯，外带上白干酒一提，将去以做山中食用。"

峻山喜出望外，谢了携物而出，与高岳一径入山。一路峻山意气飞扬，便如他自己能诛豹子一般，二人直奔老山，抬头一看，山势起伏连延，屹然兀突，便如四合兜下，烟云笼罩，草木蓊郁。东山头上挂了一轮红日，普照得山头错落，阴晴变化，好不有趣。

峻山笑道："高爷您最好玩山游水，未到过这儿吧?"

高岳道："不曾。"

峻山道："过得前面山头，便能平视诸山头，便那闹豹子所在，也一望在际了。"

二人说着，踱过白茫茫一片山石，平铺得里余地。峻山道："此

207

处地名白石峪，便是入山要路，出了白石峪，北有狼窝，东有草狐峡，高爷你看，那林木阴森森所在，便是狼窝了，那儿地势凹凸，多洞穴，产一种麻丝长草，可以织席，只那儿特出青狼，动不动成群结队为害，因猎人搜捉得紧，狼也稀少了。有一年白石峪牧羊人弄得两头小狼，不想夜里鬼号般，群狼寻来，连村屋都揭破。村人吓得放起一把火，狼方吓走。因为野兽性畏火，所以入山人身边免不得携带火种。"

二人说着已入山峡，满山碧绿绿细草，突然嗖一声，从深草中蹿出一物。峻山一伏身，从头上而过，却是一只草狐，一径逃掉。

峻山笑道："他妈的，这物儿若到草狐峡更多了。"

二人说着已入狼窝，两壁山径，一条窄窄曲径。李峻山逢鼠兔洞穴，都要用标枪探探，偏巧没有一只狼。二人出了狼窝，便是一带长林，阴森森好不吓人。

李峻山道："此为草狐峡要路，穿过此林便是草狐峡，多产草狐。"

二人入长林，密杂杂不见天日，只有处处阳光自林隙透过。仰望直如疏星罗布，阵阵林风如吼，吓得峻山四顾，生恐冷不防跳出野兽。

高岳笑道："只管走，如有山豹子顺手玩玩，倒也写意。"

峻山道："这漆黑的，倘有青青扯腿子，是耍的吗？"

二人行尽林木，目前登时一亮，却是一条窄窄山溪，萦回如带，碧绿的水潺潺流下。二人奔去，掬水来饮，二人就衣襟揩手。峻山道："这溪便是响水溪下流，发源在左虹峰，曲兜了右虹峰，直注蒲子湖。从湖中曲曲泻下，委实有趣。高兄爱玩，咱顺便玩玩也好。"

高岳道："俺闻左虹峰最高，登临可以眺望诸山，这响水溪一定发源左虹峰山头上了。"

峻山笑道："这便是美中不足，此泉发源左虹山麓，名为龙井泉，据说大旱曾从井中祈雨，井中有一条小青蛇，据说是青龙，至今那儿还有一座小庙，名青龙寺，内中供着一尊神头鬼脸神像，说是龙王。近来龙井中也没有青龙了，好事人从草塘中提了几条黑泥鳅放在井中，点缀意思。"

二人沿溪行去，见一条独木桥，峻山吐舌道："俺可玩不克化这个，倘如失足滚落溪中怎好？"

高岳道："不打紧，只管放心走，别低头下瞧，没错。"

峻山笑道："不成，别捉弄俺滚落喂乌龟。"

高岳扶了峻山，施展轻功，一阵轻风似的过了独木桥。二人休息一会儿，峻山道："前面便是草狐峡，过了草狐峡，便是右虹峰下的蒲子湖，挨近右虹峰，乃是九峰山，当年野兽最多之地，非大帮猎人不敢入九峰山。现在巨兽少了，出个山豹子便算稀罕事。"

二人行去，群山兀突四下兜来，二人直如两个粟米，仰首一望，山头仿如将要压下来，长空碧落，又如平铺下来与白茫茫云丝，喷自峰头，结成平直线，一带林木都被迷茫的烟云笼罩，半隐半现，活脱一幅烟雨图。

高岳拍手道："有趣，李兄你瞧山林云雾中，隐隐又现出碧色峰头，越显得渺茫了。"

峻山道："不错，那便是左虹峰，俺听说金钱豹子便出没左虹峰，高兄得手又是五百头大元宝翻滚。"

高岳笑道："真着了财迷，须防乐极生悲，豹子咬了屁股。"

李峻山缩脖笑道："高兄可别照顾俺这个。"

二人说笑过了一带长林，地势越崎岖了。又过了垂崖，下临一溪清水，便是响水溪上流，二人抄过溪畔，觅路登崖。行尽一程，突然一阵阵激流声，高岳四顾不见山水。

峻山道："须得过此崖，前面一片橡林掩蔽。"

二人过了橡林，许多狐兔食橡子，惊得四窜。过得橡林，目前空落了，原来橡林外一片汪洋湖水，湖中生了许多青蔚蔚蒲子，鱼儿跃浪，白鹭低飞，隔湖右虹峰高摩天日，山腰中扯下一匹白绫，便是响水溪来源，自山腰绕过。水虽不大，以高临下奔流激湍，水花溅得丈八高，直注蒲子湖。山空谷应，激流声聒人耳鼓。

高岳笑道："怪不得名响水溪，看这水注下，顷刻被青苔映得碧绿，不如名为响水流蓝，可以说是右虹绝景之一。"

李峻山道："那边是左虹峰，有龙井、青龙寺，可以玩玩去，可有一样，高兄宝剑须预备好了，说不定撞着豹子，咱到左虹峰至早也得落日时分。"说着拿出干粮，二人就湖水食点心。

峻山解下王八壶方想对嘴吃酒，被高岳拦住道："慢着，入夜时分，咱深山老峪尽大睡成吗？冷飕飕的，喝酒壮胆，快把做夜里用。"峻山只得收起。

二人到了左虹峰下，远远一座山寺。峻山道："那便是青龙寺。"

高岳一望，左虹峰不过高耸，没什么奇景，青龙寺不过一层殿小寺，内中生得数尺长草，四外密杂杂许多枫树，只中间一溜草倾倒，便如有人走过。

峻山道："这里一定有人，高兄看草不是倒了一片？"

高岳诧异道："奇怪，这一带草扑倒，难道四边之草便蹚不着？"

峻山也不由惊诧，用标枪拨草道："他妈的，谁闲了没干将牛放到这里来？"

高岳道："怎知道？"

峻山道："这不是蹄子儿？"

高岳也用标枪一拨，看去，登时吓了一跳，悄声道："俺闻虎豹之足印如梅花，李兄瞧牛有这样足迹吗？"

峻山吓得只是摇手，意思恐高岳说话，被野兽闻了。高岳笑道："李兄咱为什么来的？再说便是有豹子，也未必在寺中。"

峻山吓得不敢移步。高岳故意道："看这蹄印子，豹子至小有毛驴子大，夹顶一口，便咬去半个脑袋，多么霸道。"

峻山一定要寻归路，高岳不肯，高岳挺枪入寺，峻山也大胆随去。见内中一尊人身牛首、甩着长须两条的怪偶像，浑身金鳞，手足便如鸟爪一般，佛头上许多白渣渣雀粪，匾额三个大字，是龙王殿，已被鸽做了窠儿。

突然峻山杀猪般叫起来，高岳大惊，挺枪赶去，峻山正面如蜡渣，对面血淋淋抛着一物，高岳用枪一拨，却是半段人脚。高岳忙止住峻山道："此处一定有凶兽。"

峻山道："日前王大胆入山失踪。"

于是二人四觅一阵，见草中纵横许多白骨。峻山吓得乱抖，又想转去。高岳道："李兄你瞧日已西下，还来得及吗？有俺绝没事的。大约豹子离不了青龙寺一带，咱既蹚着兽迹，夜里行事就是。"

李峻山不敢在寺中久待，先出寺去了。又不敢离开高岳寸步，双手挺着标枪，双目四顾。高岳肚中好笑。二人转出寺，已红日衔山、晚霞飞舞时候了。群峰错落，阴晴变幻，一阵阵吹草晚风。

高岳道："龙井在哪里？"

峻山引了去看。高岳一看越发可笑，只一小山泉，发在山麓，人工砌成井状，一面坡式，水自内泻出，果然井内有数条泥鳅鱼乱蹦。高岳看得没趣。浏览一番，天色暗下去，山风吹落红日，送上早月，又与山中添了一番景色。

峻山道："高兄天色已晚，咱寻个安身所在，明天返去，俺委实不禁吓了。俺看当年成群客人，均宿九峰山，那里灵狗多以避凶兽。"

高岳道："咱干吗来了？今夜非捉得豹子不返去。"

李峻山叫苦道："高爷你说宿哪里呢？"

高岳道："山中夜景难得，咱便在此对月喝一回，岂不妙得很？"

峻山慌了道："高兄你这不是开玩笑吗？此处越有豹子，越宿在此。"

高岳道："俺为杀豹子来的，焉肯错过？"

峻山急得跺脚道："高兄饶俺吧。"

高岳道："放心，有俺绝没事。"

峻山一想高岳一定有把握，不然他岂能玩弄人命？于是将心放开，就左虹峰下二人席地而坐，解下行装。峻山先将王八壶放在龙井上，自己就水食了两个干粮。高岳玩着月色，皓月当空，天上连点儿云丝都没有，月明星稀，月色普照下，如一层薄雾。二人对月把盏，峻山吃了几口酒，早忘了害怕，拍手唱道："月亮高高挂，钻入了霄汉。我生困迫呀，直低落黄泉。有心翻身看，月高在天，天梯难得，叫我怎攀揽？"

峻山唱完，抄起王八壶咕嘟嘟饮了一会儿酒，高岳听了拍手笑道："妙妙，真是对酒舒情，俺与你不一样呢。"说着拾起标枪，托得一抖，试了一会儿身手，缓缓松了手势唱道："月当头，剑花沸，恨无知我，碧血何流？国恨私仇，郁勃难收。"高岳唱毕，二人哈哈大笑。

高岳道："李兄看咱唱得怎样？"

李峻山道："不如俺说得正对心眼儿。"

高岳慨然道："人各有志，岂能相同？"

二人对酒舒情，心旷神怡。峻山道："可惜没有下酒物，不然醉饱越发有趣。"

高岳笑道："醉饱须小心豹子。"

峻山也刚将豹子忘掉，不由耸然，高岳抬手大笑。突然唰啦啦一阵长风，枯叶漫天飞舞。

峻山道："夜深了，真个有些寒凉起来。"于是寻了些枯枝想焚着取暖。正沙沙敲火镰，突然一声怪吼响透云汉。二人登时大惊，峻山啊哟一声，一个筋斗。高岳早抢了枪，大叫"李兄小心了"。话未了突然嗖嗖自土岗后蹿过二物，黑乎乎直扑过来。

高岳望着分明，忙一把拉了峻山往乱石堆中一搡，峻山吓得骨软，瑟瑟乱抖，早见高岳手中一条标枪迎月一抖，簇起一条银蛇，土岗后蹿过二物，一径落在龙井下。高岳一看，却是两只苍色巨狼，拖着老长大尾巴，精光之精目，早望见高岳。当时高岳以为豹子来了，见是两狼，哪里放在心上，大叫挺枪赶过。

两狼见有人来，一齐伏下身形，长尾一扫，一个虎偎窝式，吼一声扑上来。高岳见两狼扑来，一伏身一个青蛙蹬波式，平挺腰身，一道黑影直刷过去。两狼蹿过高岳头顶，前狼落地，方一掉尾，后狼正蹬开足力，一个乌云般刷过，啪嚓一声，竟落在前狼身上。两狼滚倒，就是一抖威毛跳起，互相呜呜两声，彼此咬作一团。

高岳趁势掉枪刷过，两狼顾不得自家咬死架，高岳一枪早到，哧溜一下刺着一狼。两狼狂吼，一狼掉尾扑来，高岳枪一竖，迎头一下，哧噗一下自肚下透过脊骨。那狼疼得一挣，高岳随手一搅，咔嚓一声，标枪折了半截，陷入狼腹。高岳高擎半截标枪，闪了一个跄踉。那狼连跃数跃死掉。那一狼望见同伴死掉，似乎害怕，掉尾便走。高岳赶追一步，一把抄着狼尾，只一拽，凭空抡起，摔在石上，当时鲜血暴飞似死掉。

高岳大笑道："原来如此无用，李兄快来。"

峻山钻在石堆不敢出大气，被高岳拽出，兀自乱抖。高岳道："两凶物已死，怕什么？"

峻山听说死了胆壮上来，笑道："原来是二孽物，俺还当是豹子呢。早知不相干，何不帮您一臂。"

高岳笑道："李兄又吹得好腮帮子了，那时吓得只管乱钻。"

峻山不服道："俺李峻山别的不说，捉个青狼土豹真玩似的。"说着拽过死狼，不想那狼没被摔死，一点点转过气来，猛然一挣血淋淋头摆在李峻山脚下，吓得峻山一抖，失声道："我的妈!"登时一个后坐。

高岳拍手大笑道："李兄威风哪里去了?"

峻山挣起，白了脸道："吓杀人了。"

高岳笑得肚痛道："李兄不愁没下酒物了。"说着焚了枯枝，用剑割了狼肉投在火中，一会儿香气扑鼻。峻山闻着香气，顾不得骇怕，抢了一块大嚼道："妙妙。"

高岳又从干粮袋中寻了一个老咸菜佐吃。二人烧狼肉下酒，真是异味芳香。二人吃得油光光嘴巴，峻山摸着鼓绷绷肚皮，兀自不肯罢手，又去寻枯枝。

这时月光如水，当头射下锋芒，山空谷远，二人悦笑声反应，似乎有人接言。峻山毛咕咕四顾，高岳吃饱卧在草地上，对月有些困倦了。方闭上目，听得山中四外虎啸狼嚎，远远十分真切。高岳张目望望，风清月白，袭人襟袖生寒。峻山仍猴在那里烘肉。高岳道："李兄直如几日未摸着饭呢。"

峻山道："这味儿真妙，明天咱二人一定背了一只回去烧吃。"正说着，香味充满山峡。在这山兽齐鸣声中，一声巨吼，吓得高岳坐起，峻山也不敢吃肉了。二人倾耳一听，那巨吼声一点点近了。峻山跳起便跑，一面叫道："快藏躲，一定有了豹子，这吼声正是豹鸣。"说着四顾寻不出妥当所在，大汗只管滴流。

高岳一听那吼叫近了，果然不比他兽之鸣，粗暴如牸牛一般，

214

好不怕人。高岳吓得跳起来，二人各抄兵器。峻山觉得自己标枪不济事，忙擎了身边火枪，装好砂药，以备万一。

峻山躲好了，高岳放下心，峻山招手令高岳躲开，高岳寻了一处石隙投入，听得吼叫错落，似乎不是一个兽鸣。一会儿暴雷般一声叫，高、李二人吓了一跳，只见漫山狐兔惊得乱窜，早从林中蹿出一只牸牛大小巨豹，到了林外四顾，双目精光四射，一条丈把长大尾巴，左右乱晃着，似乎悄悄眺望什么。一会儿方吼一声摇尾走来，一面扬起狞头乱嗅。

这时李峻山焚的枯枝已熄了，内中狼肉香气四溢，高岳方知道豹子是闻香气而来的。巨豹嗅着，望见死狼，纵身扑上，钢爪一拉，登时劈开，呜呜便嚼，顷刻残狼食尽，一阵舐唇拱爪，似乎自在不过，慢慢走到龙井边饮水，大尾巴摆在峻山藏身所在。

峻山几乎瘫化了，一双手关禁不得，捉对厮打。那豹饮水后，昂头大吼，接着又一声巨吼发在崖后，那豹闻声摇头摆尾，瞪起灯笼般双目张望崖后，高岳不由吸了一口冷气，原来左虹峰山崖上，正站着一只八尺长金钱豹子，望见苍花豹一腾身凭空跳下崖来，二豹并立，似乎十分亲热，互相舐唇拱爪，挨挨蹭蹭。两豹大约是雌雄二豹，蹦跳相戏弄得沙石乱滚，金钱豹一跃丈把高，扑到林下，拾些狼皮残骨，苍豹掉头过去，一颗头正对峻山，吓得峻山啊呀一声。

这一来不好了，苍豹吼一声逐去，峻山惊极，轰一声一溜火光，迎苍豹头上便是一下，砂药四飞，正中苍豹头上，皮焦毛卷翻了一个滚儿，怪吼掉尾直取峻山。峻山一枪发出，竟忘了装二枪。苍豹逐过，峻山只往后缩，杀猪般怪叫，挺火枪一径冲去。早被豹尾巴一下扫翻。

这时金钱豹猛闻枪声，吓得四足齐跳，顾不得食残骨，吼一声威毛四抖，蓬飞起来。高岳看得分明，大叱一声，便如天空中发了一个霹雳，苍豹正欲双爪搏峻山，闻声竟自后退。高岳已一个轻燕掠水式跳过，一道雪亮剑光刷过，哧一声，苍豹头上耳毛齐落。苍豹痛得怪叫，就地一滚，大尾乱扫，一跃扑上。

高岳回头便走，豹爪已搭着高岳肩头，高岳返身一足踏在苍豹腹上，苍豹正张了大口咬下，猛然着了一脚，撑不着劲儿，仰后栽倒。高岳赶过一剑，直透后股，苍豹一滚而起，重又栽倒，似乎力惫。高岳进一步一剑，马上开了瓢儿，原来四足兽的威力，全在扑捉，如迎其头杀上，则其威力不可施，如逃走正顺其威势，所以高岳一走，苍豹随后险些伤了高岳。

当时高岳剑劈一豹，金钱豹暴吼赶过来，风也似扑过，高岳一伏身，拽剑自金钱豹肚下钻过，那豹一下扑空，四顾掉尾左右一荡，扫得山石乱飞，一双电光般凶目直射向高岳。当时高岳挺剑赶过，不防豹尾猛然一带，登时将高岳兜了个跟头，那豹反身掉来当儿，高岳就地一滚，单剑平扫，嗖一声，豹爪趾齐头落下数个，高岳未跃起当儿，突然轰轰两声火枪，一溜溜火线飞上半空。

原来峻山吓极，生恐豹伤高岳，胡乱放两枪，这一来豹的威力大减了，因为野兽最怕响儿，当时那豹闻声已蹿起，高岳紧跟着飞剑刺过，那豹一掉身闪过，大尾一连扫过数下，无奈高岳身轻步敏，应之裕如，那豹连扑不着，威风大减，一面暴叫一面奔跃。高岳趁豹扑来，伏身闪过，见豹四顾，蹿下缓慢下来，高岳进一步，左手抓住豹尾铁臂一掣，偏那豹狞性，一面回头来咬，一面前挣。高岳性起，猛然一抡，一只丈八长巨豹竟应手翻了个跟头，翻身跳起欲走。

高岳一跃自后骑在豹背上，左手抓了头皮，豹回不过头，只乱蹬乱跳，高岳双腿一挟，直如铁箍，那豹当不得神力翻倒。高岳顺手单剑乱劈，那豹鲜血激飞，哪能再斗，只有挣命，人豹搏斗了一会儿，豹不转动了。高岳还是手抓豹头，五指已陷入皮肉中，那豹喷着血死掉。

高岳拽了剑，到龙井就水洗剑。李峻山竟吓昏了。高岳将峻山唤醒，高岳拾起王八壶残酒，与峻山喝了，撞上火气，方好了。

峻山道："高兄真好身手，力杀二豹子，俺这时还如同抽了筋般无力，高兄真个好彩兴，又得赏银又得两张豹皮。"

高岳道："俺的性子你知道，最是临财不苟，赏银俺不取，话说在头里，二豹皮乃是李兄相助，才有此收获，一定是你的彩兴，俺不分的。"

李峻山大喜，自己虽吓个半死，得两张豹皮也值。二人休息一会儿，天光亮了，二人先下山寻归路，知会场中去拽回豹子。

毛寿山大喜，请来高岳，设了一席酒邀峻山同吃。峻山真是喜出望外，不想寿山从未提银子，将两张豹皮也没收了。高岳本不想得五百银子，寿山这一来高岳大怒，便想去领赏银，不想寿山差人送一信来，高岳一看，大意是高壮士见义舍身，诛杀双豹，应得赏银五百已为之散济贫苦。

高岳大怒道："毛寿山欺人太甚，这掩耳盗铃勾当，来哄哪个？"立即去见寿山。

寿山道："足下可曾见信？大意已明。"

高岳愤怒道："五百银赏金，乃在下应募所得金，俺个人享有权，何故私下分配？"

毛寿山道："咦，俺替你慈惠贫苦，结下善缘，亦是美事。"

高岳道："善缘乃个人随心所欲，强迫是何道理？未得俺同意须得重交五百银，再说两张豹皮是俺力取，亦请赐下。"

毛寿山冷然道："这又奇哩，俺募人捉豹，是为张豹皮。岂有

217

此理。"

高岳道："山中野兽任人力自取，须不是你山，吃你薪俸，听你使，干脆速清手续。"

寿山大怒，叱命捉下，"什么地方，容你胡闹？"早有五六大汉奔过。高岳大怒，双拳一分，只一朝面，诸汉东倒西歪，被高岳一腿扫翻五六人，磕得鼻青脸肿、鲜血直流，不敢近前。毛寿山大怒，怪叫"反了反了，快捉下"。说着大叫，直取高岳。二人就大厅上打起对来。吓得工友齐叫住手。

高岳大叫道："早闻姓毛的为恶，人命关天，今天正欲教训你。"说着二人四只手打作一团，六七回合不分上下。

高岳恐毛寿山来了帮手，于是将拳势一紧，但见拳影迷离，围了寿山之拳前后左右乱转。寿山也自不弱，暴叫狂扑。高岳趁寿山一拳掏空，进一步一个叶底摘桃式，一拳虚晃一拳自下兜上，寿山横劈一拳，高岳早已掣拳，寿山一个推倒山式，一拳已到。高岳一闪，进一步二人并立了，高岳赶进一步，返身一个掏心式，一拳直奔寿山后心。寿山一反身一拳擂去，二拳相接，登时寿山一反身，二人双手一阵推拉，寿山那一手抓住高岳之肩头，那一手抄了高岳后脊。只一举，高举起来，往一块影碑石上便投，吓得峻山怪叫。

不想高岳猛然一屈身复又一伸，一个打挺式，凭空飞起，竟将毛寿山蹬了个筋斗。高岳一个轻燕掠水式，已飞落地上，便奔寿山。

寿山方爬起，又被高岳一连两脚跌翻。寿山大骂。高岳指寿山道："你假公济私，贪而无义，俺又闻你结交官府，杀人不偿命，今教训教训你。"说着过去一连两脚，寿山只是骂，高岳又一连捶下两拳，扑哧一下，一拳正打在眼上，眼珠迸流，寿山晕死过去。

高岳冷笑道："你装死，俺便饶你吗？"于是照太阳穴又是两下，脑骨都打塌陷了。高岳跳起便走，直如没事人一般。寿山被人抬去，有些气，一刻呜呼哀哉了。

李峻山得知高岳肇祸，窃了些银子，知会高岳一声卷逃了。高岳悄悄逃走，一路奔内地，盘川尽了，便以卖艺糊口。到得山海关已有通缉凶犯高岳布告，高岳慌了不敢入关。偏巧祸不单行，高岳腹部起了个毒疮，不几日迸坏，痛得高岳连日不得行动，本想候病好再走，不想日重一日，一总流脓滴血，一个虎汉不消十多天，弄得枯瘦瘦，面目无光。

高岳没法，只得返家乡，事隔多年，大约也没事了。高岳一身褴褛，鸠形鹄面，自顾不复当年气概，直过山海关，并没人注意。入关一路乞讨，到了石帆村病倒，巧逢宋全兴救了。当时高岳叙完，大家方知高岳大有来历。

白恒望了高岳道："高兄施屯人吗？仇春瀑可认得？"

高岳道："俺之生死弟兄。"

白恒双目精光直注视高岳道："俺也认得仇春瀑，便是高兄大名，也是久已闻名。"

伍村长道："高壮士为救宋全兴而来，当设法先救出方好。"

高岳道："俺苦不知宋爷之面，不然今夜入山救出宋爷，岂不便当？"

伍村长道："宋全兴生得矮矮身量，肥头大耳，一嘴巴短须，最易识得。"

高岳道："如此便好，俺今夜便走一趟，成功更好，不然设法攻打梅花峰。"大家称美。伍村长当日款待高岳，白恒不言不语，总是不住地注视高岳，高岳也未理会。

当日夜二更时分，高岳讨了一身夜行衣穿了，一袋钢镖，佩了宝剑，与大家道："大家少候，俺今入山得手便救出宋爷，不然也不惊贼。"

且说山贼路铠派了人入石帆村，持有宋全兴之信。石帆村先打发回去，容筹银。路铠觉得白银算稳当了，心想银到仍不放全兴，可以再敲一杠子。

且说高岳一径到了三仙山，抬头一看，月明星稀，连延的山峰起伏错落，一支高峰直入云汉，乃是梅花主峰。高岳倾耳一听，山空静寂，只有更柝相传，号令相继传来。高岳掩身登山，穿过深林，又是蚰蜒曲径，经过五六卡房，都被高岳混过。一径到山头，抬头见一座雄寨，壁垒峰耸，旌旗排列，许多小喽啰巡哨。

高岳伏身之下，见一群上夜山兵趸过，高岳趁势一个鹞子翻身式，翻跃上寨棚去，月光之下，望得分明，寨内分出几条街道，栅下列着军幕。高岳一跃而下，沿一条巷行去。行尽巷头，突见灯光一闪，高岳一纵身，蹿上垣去伏下。见对面来了二人，一个高黑汉子，当头提了一纸灯笼，后面一人不过十八九岁，托着一木盘，盘中放着酒肉，直从巷口过去。

高岳尾随后面，心想：这一定是给头领送酒去了，俺何不跟下，顺手诛了路铠？啊呀，不要，俺为什么来的？倘惊动山贼，救不得宋爷，岂不误事？于是不尾随，竟背道直奔中寨。

远远听得一阵啪啪乱响，抬头一看，一面大旗竖立了，一带高垣围护。高岳一看，认得是中军大旗，一定是路铠大寨，于是飞身跃上垣去，往下一看，四面围房东西箭道，中间一座大厅，另有一带短垣兜了，一排排蓬头树自垣内伸出枝柯。

高岳一个紫燕穿帘式，从高垣上一跃落在矮垣上，就树叶繁茂处隐下身，张望一拨拨哨兵，长枪短刀连续趸来趸去。高岳不能得手，只沿垣行去。望见大厅上灯光正明，有些人说笑，又见窗上人影晃动。高岳自垣上蹿上正厅后坡房黑影下，一个垂帘式掩身窗外，戳窗内望，见朝南坐着一英俊少年，两旁排立十数挺胸腆肚凶汉。

侧面一丑汉，灯光之下，须眉暴张，站起来指着自己道："寨主你若依俺老哈计行，早已大破石帆村了，何况老白在村中呢，那是咱当年马蹄下弟兄，这时说不定再谈旧好。"

高岳一听，方知道丑汉便是哈赤，英俊少年乃是大头领路铠。只见路铠道："话不是那样说法，凡事必须仔细，便知敌人无能吗？当年赤松岭你又忘了？刻下捉了宋全兴，只要石帆村交银子，咱慢慢吃嚼，不然攻打石帆村不迟。便那鸟村真也倔强，这时仍未交银子，也未得消息。"

哈赤大笑道："如此不怕闷出病来吗？既然石帆村看俺不着，俺们便要他晓得咱厉害，看寨主还供佛般待宋全兴，于俺一刀切掉，再与鸟村理论。"

路铠大不以为然道："事有事在，何必如此？宋全兴左右掉在咱手，还走他了不成？俺善视全兴，乃是看在银子面上而已。"说着二人大笑。

高岳想跃下结果二贼，又恐力不及，误了正事，还是先觅全兴。高岳翻身跳落垣上，转入后寨，连后槽上都寻到了，仍不见全兴影子。高岳听听已三更时分，夜深月白，一阵阵夜风吹得襟袖生寒。高岳心想：漫山寻过未得，如何是好？又转向中寨，只见巷口遇见那二人转回，直入正厅道："宋全兴饮食如常，他说求寨主放他回去，决心送上银子如数，如若不然，寨主兵破石帆村，死无葬身之地。"

路铠大怒道："这话来哄哪个？如放归便如纵鸟出笼，他村不交银子，俺正要问他，小的们带宋全兴。"早闻暴叫一声，左右十余悍贼忽地拥出。

哈赤道："寨主早当如此，人就怕惯成了性子，一发未瞧咱在眼中。"

高岳不顾一切，随下诸贼，转弯抹角又来到前寨，东西一条街，自西望东去了。直入一所小院落，诸贼入院，高岳便伏在垣上张望。

只闻有人抖着道："朋友，寨主叫俺干吗？"

诸贼叱道："住了，见了寨主定有交对，何必唠叨。"接着清脆两记耳光声。高岳一看，早见从屋中架出一矮汉子，生得肥头大耳。高岳知道一定是全兴了，随后尾下，见诸贼拥了全兴一路磕撞而去。

高岳恐生意外，这正是机会，于是拔剑在手，一面掏出双镖，自己伏下身，照贼一连发了两镖，早有二贼倒地。

诸贼一怔，四顾道："怎的了？怎随便跌滚？"

高岳趁势又镖杀二人，诸贼见镖影一闪闪的，登时大叫有人，五六大贼亮出单刀，高岳早一个轻燕掠水式刷过，宝剑一旋，一片白光绕处，现出高岳身形。诸贼大叫"兄弟们小心"，四个大贼单刀直取高岳。高岳迎头用剑一搅，叮当当磕开，进一步一剑劈入刀影中，登时杀作一团。四贼怪叫，高岳只从容不迫，一柄剑翻卷，单取要害，五六合高岳宝剑刺一剑便走，四贼大叫赶去，高岳侧身一闪，一个回头望月式，平刺过一剑，咔一声早刺翻一贼，三贼溅了一脸热血，猛然一分。高岳一个指虚刺实法，趁三贼单刀来拨，猛然一掣，翻向下面，一个撩阴式，一贼单刀拨空，一剑刺透小腹死掉。二贼回头想走，高岳顺手抹杀一贼，那一贼吓呆了，竟不敢动刀抵抗，被高岳一脚踢得丈八高摔昏。余贼架了全兴飞跑出老远，高岳赶去。贼不敢斗，扔下全兴便走。

高岳不去追贼，扶起全兴道："恩公快伏在俺身上，好逃虎穴。"

全兴吓昏了，竟不知所以，高岳蹲身背了全兴，一径跃出大垒，寻归路，到得三仙山下，闻得后面喊叫声，高岳回头一看，灯笼火把转过山林，高岳都不理会，一口气奔回石帆村。

伍村长等正因高岳久未返着急，突听得窗外喇一声，随即进来一人，正是高岳，背上负了宋全兴。高岳放下全兴道："幸未辱命，已救得宋爷返来。"

全兴四顾如痴。高岳道："宋爷安心吧，已到本村，瞧这不是伍村长？"

宋全兴一望，心下恍然。伍村长道："宋兄受惊了，今幸喜无事。"

全兴道："我怎又到本村？这汉子是什么人？"

高岳道："俺便是您收救之花子高岳了。"于是一叙入山经过。

宋全兴感激流泪道："承高壮士不避锋刃，救出龙潭虎穴，实再生之恩。"说着便拜。被高岳抄起道："宋爷休如此，高岳承您搭救，得以不死，是以舍身入山。如今山贼震怒，怕不来搅闹，便赶快备战就是。"

大家乱了一夜，天明方各自少歇。一会儿，全兴感激高岳，便坚请高岳在己家，早晚相伴，饮食俱偕。

高岳道："俺久别故乡，拟返里一次，如今村中与山贼相抗，俺焉能便去？"

过了二日，山贼果然大举攻石帆村，双方就村外厮杀，高岳在栅上督团丁，白恒统兵出战，与路铠相对。二将杀出，一齐一怔。

路铠道："哎，怪不得人说老白你在此。"

白恒恐其再说，大叫道："泼贼休得胡说，看戟。"二人就阵前斗了二十余合，不分上下。

哈赤又统山兵，就村外扎下大营，以备久围山村，天晚双方收兵。一连攻守五六日，互有胜负。

这日黄昏时候，伍村长请宋全兴、高岳会于私宅，宋、高到了，见本村马三在座。马三是本村人，为人好说笑，伶俐不过，外号马大吹，因他一身本领都在嘴上。马三虽然好说笑，心地特好。

四人会晤了，伍村长道："高兄不是外人，马三你便说吧。"

马三笑道："只因俺这鸟嘴爱说好笑，说话不大打幺，可有一样，可得分轻重。如今天俺报说此事，人命关天勾当，连俺脑袋都是背着干，决没虚话。宋大爷在此，便是昨天与山贼交战，白爷赶下路铠……"说着四顾道："没别人吧，隔壁有耳，须得防备防备。"说着低了声道："俺正因岔闲空，贼老哥未来，混出村去，将俺二亩塘放放水，归来听得杀声，吓得俺伏在藕塘，弄得脑顶均是泥，突然有二马奔来，到藕塘边驻马。俺一看，却是大贼路铠已跳下马来，随后一马赶到，却是白教练，也跳下马，二人并未厮杀。路铠道：'赤松岭一别，白兄弟一向混在哪里？'白恒道：'俺越山而走，又返去，大寨已被焚了，寻不见寨主，南边又存不得身，所以一路北上至此，在宋大户家充个武师，怎的也想不到路兄又到此，咱弟兄缘分未尽，仍得厮混一场子，只南甲俺认得，也未想到路兄身上。'路铠笑道：'你意向如何？'白恒道：'高岳武功了得，不得不防，俺与宋大户爱妾翠姨勾搭上了，俺哪里舍得了？'"

宋全兴一听登时面色通红，浑身抖起来。

伍村长摇手道："宋爷息怒，且听马兄说个究竟。"

马三接着说道："路铠拍手笑道：'老白你仍好这个，那不打紧，破了石帆村，宋全兴一家美人都把与你如何？'白恒笑道：'一定如此，俟俺稳住高岳，与宋全兴瞅冷子一刀结果了，你再听俺消息吧。'二人叮嘱一会儿，分手去了。这是俺目见耳闻，不得不报告，如何处理却在伍村长与宋爷了。"

高岳道："这事闹开，一村人命，马兄说得是，只白恒有些尴尬，俺已察觉非一日，并且俺在入山救宋爷时，哈、路二贼也曾念诵过，俺也未理会，这时正相吻合，白恒一定是山贼旧党。"

伍村长道："白恒为人凶顽，正颜拔扈，致村丁多有怨言，果真如此，不可不除。"

高岳道："不可大意，切从事调查，以俺目下看，白恒双目不正，横暴不知礼让，且近行动颇可疑，与山贼厮杀完全虚蔽人耳目，武功一道，却瞒不得俺。"

宋全兴一张脸红布一般，抖着道："可没世界咧，想当初白恒困顿卖艺，俺收留下来，如今视恩若仇，俺别无他法，辞退尚可，也是俺误交匪类，细想来马兄之言不虚，日前俺院中闹贼，高兄恍见人影一闪，好似白武师，终无所获，一定是白恒做手脚了。"

高岳道："大家从此缄口莫谈此事便是，马兄也不得再与他人说知，俟后咱大家小心，白武师守内宅，便从今调前院，以防其动作。果然通贼时，捉下诛戮未迟。"

大家决定了，散去。当日宋全兴调白恒守外院，高岳守内院。

白恒道："俺久守内院，深得宋爷信任，为何调俺守外院？必有人从中为祟。"

全兴道："俺个人之心意，何为作祟？"白恒不悦，从此调守外院，高岳入内院，白恒大恨高岳之谋。

原来宋全兴新娶了一小姜，名翠姨，乃是本村王大户之姜，大户年逾古稀，一夜与翠姨床上干那勾当，因年老气衰，脱阳而死，王大户族人登时将翠姨逐出王家。翠姨没法，从此又整旧业，度那青楼生活，送张迎李。在一个小小村庄中，往来的客人不过街皮地流之辈，除了抄白食，没甚油水，搅得翠姨安不得身，想离开山庄，又不知所往。

真是天无绝人之路，一日翠姨正在门外，见过来一威实之陋汉，见了翠姨，耸着鼻头乱嗅道："啊，好香，这朵花是谁家的？"

翠姨听得陋汉乃是威名赫赫的总教练白恒，外号花大爷的，翠姨登时丢了眼风，嫣然一声道："那不是白大爷吗？快家中坐坐。"

225

白恒意想不到，竟自随入，内中两间小室，收拾得十分净洁。翠姨敬客入，白恒闻得一阵粉香，不由心想美人可爱。翠姨一拉白恒道："你不必试手探脚，俺这儿没有捉你六条腿的。"

白恒大喜，知道翠姨一定是私门子，后悔自己不早探这香巢，二人从心所欲，真说不到之美处。因为白恒天性好淫，又生就丈八身量，驴大行货，翠姨乃是北京淫娼，外号花鸽鸽，真是色艺均佳的角色。自从王大户一个老八十白胡儿，更名翠姨。大户年迈，不能使翠姨足意，暗含着勾搭仆人鬼混。这回白恒正满了自己欲海。二人终日缠作一团，有些土混扰闹，被白恒一顿拳头打得落花流水，知道白教练外家子，谁敢再去溜达。

白恒银子充裕，翠姨每日打扮得花枝的一般，偏偏凑巧，一日宋全兴闲遛，撞见村后唐婆子。唐婆子乃是跳神出身，为人不正，年老了，做得收生、做媒，当个牵手的生涯，有名的光棍。唐婆子自翠姨下堂，唐婆子从中拉纤，翠姨做了几次好生意，所以唐婆子时常走动。白恒结识翠姨后，唐婆子去了两次。

翠姨道："现在白大爷常来，不接别人了。"

唐婆没有油水可捞了，也便疏脚步。翠姨在白恒面前，表示自己一心贴在白恒心上，将唐婆拉纤告与白恒。白恒无形中发生点儿醋劲，冷然道："你如再背了俺干别的事，俺拳头不容忍的。"

翠姨一头扎在白恒怀中道："俺好心告诉你，是要你放心，你反倒说人这个，真冤杀人。"

白恒笑道："俺与你开玩笑呢。"

过了二日，唐婆子去看翠姨，未入室，正撞见白恒，竟被白恒叱出。

唐婆子道："这是什么理由？俺是来看翠姨娘儿的，干你甚事？"

白恒大怒，伸手一掌，唐婆子登时一个筋斗，半面脸上便如新杀猪头般红。唐婆子大哭道："你便当着一名教练，也不该欺压乡党，俺老婆子这个岁数，怕他娘的什么？有本事你便杀了俺，倒干净利落。"

白恒大怒："俺杀你不当蹭死个蚁儿，若俺当年时，早掀掉你头，吃了你心肝。"

唐婆子怪叫怪哭道："你休张致，须知你嫖婊子，也是村中花银子雇的你，有两天饱饭吃，便不是你了。说话等着，要你晓得俺。"谩骂而去。

翠姨死劝住白恒。唐婆子愤恨在心，报复不得。这日撞见全兴，忽然想起，忙笑着迎上道："宋大爷哪里去呀？"

全兴道："没事。"

婆子道："有空咱家坐坐吧，俺正有点儿事想和大爷说了。"

宋全兴笑道："不用说了，一定又是你女儿添小人，求俺帮帮手，再不然你犯了寒腿，没处捞吃喝，又来寻俺。"

婆子笑道："哟，宋大爷您未少帮了俺，俺女儿添小人，不能一天一个，再说也用不着您帮手，俺那日您送米还有呢。俺有一可意人儿，想与大爷您说说。"婆子说着挤眉弄眼，凑近了接着道，"不用提怎的漂亮了，俺不是说，您左三右四的，没有这样一个人。"

全兴道："真吗？是谁？"

婆子道："便是王大户的翠姨。"

全兴一想道："哟，是呀，王大户殁了，美人呢？"

唐婆一说，全兴咋舌道："好人儿，头上脚下伶俐得很，你便引俺去一趟瞧瞧。"

婆子道："大爷莫急，接您这样人，须得知会翠姨一声，明天听话。"二人约定了。

唐婆子探得白恒入武场，自己悄悄去寻翠姨。翠姨见了婆子道：

"你怎一向未来？"

婆子道："俺哪里敢来？"

翠姨笑道："要你受委屈了。"

婆子道："俺以为娘子没个人儿，所以什么俺都照顾照顾，如今有点儿事与你商议，双方愿意便算成，不愿意只当未提。"于是一说宋全兴之意。

翠姨道："宋全兴是谁？不是大财主大爷吗？"

唐婆笑道："谁说不是？人家家趁人值，只房子占去大半庄，良田团庄全是，休说怎的阔了，便那大名的白武师，也是仰人鼻息。你若愿意从了宋大爷，凭你色艺，得宋大户的心，几年熬上去，那成箱满柜银子、大仓小屯的米粮好不阔绰。"

翠姨一想，真也是，自己出身低贱，长久混下去，哪里是收场？一年老一年，更无所归。于是道："俺有意嫁大户，惹得起白教练吗？"

婆子拍手道："瞧娘子多么糊涂，白教练须吃人嚼人，好了用上，不好了下去，有什么惹不起处？"

翠姨道："可得妥秘一点儿。"

婆子道："赌好吧。明天宋大户便来一次，收拾好了。"

翠姨道："不如今天夜里来，因为白恒夜里不能脱开身，白日来厮缠，撞着不是玩的。"

唐婆子大喜，于是知会宋全兴。是夜全兴便宿在翠姨处，一夜颠倒，早吸住全兴之魂，决心娶翠姨。与翠姨商好，定日宋全兴备了鼓乐，喜帖发出。这也是翠姨计划，必得如大娶一般。白恒还瞒在鼓中，这日见全兴亮了一乘花轿，方晓得。气得火烧顶门，想霸取又说不出。

当日全兴鼓乐娶过翠姨，贺客满堂，酒席上不见白恒，全兴令找来，一会儿人报白恒在东头小酒店吃酒。宋全兴哪知就里，道："一定白教练饿了，先饮一杯，快请。"

左右请来白恒，大家一看，满面酒气，红布一般，见了大家双目一扫，耸声大笑："宋爷喜期，俺倒迟到了，快把酒来吃上三斛。"

村人谁不知道白恒与翠姨之事，一定是犯了醋劲，谁敢答言。大家落座，酒肉齐上。贺客献喜筋，独白恒不肯，只拍着桌子道："谁与俺献一杯贺喜？"

宋全兴还在梦里，大笑道："同喜了，白兄你便吃上一杯。"说着一杯飞过。白恒双目一张，直如闪电，心想：全兴分明是来嘲笑俺，夺俺所爱，故意开玩笑。猛然手一拨，一杯酒倾地，当的一声摔碎了。

白恒大笑道："俺不该吃这杯的。"全兴也未理会。

这时酒肉吃得过半，全兴叫鼓乐娱兴，就堂外奏起。白恒只是酒肉齐飞，喝得身体乱晃，突蹾杯道："他娘的，锣鼓只管闹丧不成？吵得人吃不下。"

全兴以为白恒醉了，忙道："撤鼓乐，扶白爷休息休息，白爷醉了。"

白恒一翻双目道："哪个醉了？快把酒来。"

说着大盘肥肘上来，白恒拔出匕首，一晃一道白光，客人一齐怔了。

高岳叫道："酒筵之上，不得动凶器。"

白恒望望道："高兄住了，这不比鼓乐助兴强得多？"说着匕首划开肘，哧一声捅了一块，大笑道："俺真乐糊涂了，一向未与宋爷道喜，喂宋爷……"便道，"此块权当祝贺吧。"说着锋芒匕首直奔全兴。高岳挨全兴坐着，将全兴一推，一口咬住匕首，嘣嘣一声钢锋均落。

高岳大嚼，吐出匕首尖道："这个主人玩不惯，俺代替了。"

白恒见了，故意一闪身，抄起酒壶，对嘴咕嘟嘟灌下，掷壶跳起，大叫快活，嗖一声拔出单刀舞起来。嗖嗖嗖刀影纵横，直从贺客头上平飞，吓得大家乱藏躲，杯盘齐飞。全兴只叫住手，白恒越发加紧了步伐，一柄刀翻卷纵横，满堂刀光乱闪。高岳一拉伍村长，大叫剑来，左右递过剑，高岳只不离全兴左右，突然白恒大叫一声，一个大撒花，刀光一闪，直奔全兴。高岳见了，将剑迎刀一揽，铮然一声，单刀化作两段，刀尖翻卷，哧一声破窗而出。白恒见了，故意一滚，大呕大吐，人唤不醒。

全兴道："白恒吃醉，快扶去休息。"左右扶出。

全兴道："大家受惊了，咱不能为此败兴，添肉撤酒，免伤大雅。"

贺客有的从桌下爬出，悄悄溜之大吉，有的磕撞得鼻青脸肿，谁敢再勾留吃这惊吓酒？大家谢了主人，没兴趣散掉。始终宋全兴不知白恒用意。

白恒吃醋大闹花堂后，知高岳与自己对立，一切也便不敢大意，仍守内宅。翠姨嫁了全兴，虽说吃喝穿戴没一样不随心，只性欲不足，引为恨事。因全兴五六美人陪伴，哪个不沾点儿雨露？翠姨又想起白恒来。每当全兴宿在他房，便将白恒招入替全兴班。日久白恒与翠姨竟无人闻得，因白恒防守内宅，谁想到此了？这也不在话下。

当翠姨未得白恒时，与内宅得力仆人张成勾搭上了，自又与白恒重温旧梦，将张成扔开，张成恨恨在心，偏不信美人会舍掉自己，一定是不得其便。这时张成想了一计，候全兴不在家去寻翠姨，白恒又调守外宅，张成大喜。

这日该张成上夜，张成便悄悄爬上内宅房，突见人影一闪一径自外跳入，吓得张成伏在房上，一望却是白恒。张成心想：白恒又来了，俺没了希望。正想着，又见一条人影跃过，白恒似乎觉察，越房不见了。后面那条黑影直奔过来，一脚将张成踢下房去，碰昏了。醒过时，已被人绑了，天光大亮，座上坐的主人宋全兴，张成知道事坏。

全兴拍案道："你不是张成吗？夜里入内宅干什么？快说。"

张成道："小人该班上夜。"

宋全兴叱道："胡说，该班上夜，上房干吗去了？与俺打。"早有两个仆人老大皮鞭凿下。张成瞒不得，实说了。全兴气得发抖。

高岳道："主人，马三之言不虚了。"

夜里便见白恒入内宅，赶到不见了，捉得张成，全兴将张成大敲一顿逐出。白恒知得了，不由不安。这时山贼连日攻打，全兴以为正用人之际，也未敢辞退白恒。

白恒自张成走后，心中不安，便想献村。这夜高岳巡哨，捉了二奸细，乃是探听村中虚实，并白恒守地。高岳心中一动道："俺即是白恒弟兄，日前白恒与俺说，已与路寨主约定，定期献村，刻下白恒在宋全兴家，脱不得身，派俺替守，如有山中人由俺引见，真个可巧，如遇别人还了得吗？白恒便守背面。"

二探大喜，高岳放回二人。果然次日有山贼人到来下书，又由高岳接了，打开一看，乃是以火为号，某日献村。高岳作了回书，应允。悄悄邀得伍村长、全兴等，献出贼人之书，大家吓得黄了脸色。

高岳道："事不宜迟，咱便将计就计，先破山贼后捉白恒。"

伍村长道："事关重要，高兄小心了。"

高岳道："当先埋伏一部兵马兜贼之后，俺自上杀下可获全胜。"

次日调了一部健丁，派得力教练黄黑儿、柳三多、张六三人悄

231

悄埋伏村外，举火为号，先劫山贼后路。计定了，高岳悄悄拨了村丁抗贼。

届期三更时分，果然北栅外山贼聚众而来，高岳焚了一捆柴草，火焰冲天，山贼见了动起手来，高岳将栅大开，哈赤大踏步双戟一抬，喊一声突入。高岳一声号令，庄丁毒弩齐发，雨点般迎头射过去。山贼一怔，早有许多山贼翻倒。哈赤身带数矢，大叫不好，山贼翻身卷回，人争先走，反挤在栅门处，不进不退。哈赤舞戟挡矢，咻溜一下，一矢入目，整个眼珠飞出。哈赤一连两个趔趄，返身便走，双戟连刺翻十余大贼方抢出栅去。高岳早统兵掩杀，山贼死伤大半，不战败走。

高岳大叫："哈贼休走，中俺计了！"哈赤走不脱，返身来斗，二人杀作一团，剑戟战了五六合。哈赤因心慌，身带伤敌不住高岳。高岳趁哈赤一戟突空，迎头一个白刃劈风式，一剑劈过。哈赤一闪一分双戟，一个双龙出水，左右双戟雪亮地平突过来。高岳一个龙门跳鲤式，直飞过哈赤头上了，反臂一个回头望月式，刺过一剑。哈赤忙往前一跃，掉戟一个拨草寻蛇式，一戟一搅。高岳一掣剑，那一戟又刺向下部，高岳偏身一闪，进一步与哈赤并立，顺手一剑，扑哧声，刺透前胸栽倒死尸。

高岳统乡丁掩下，山贼大败，哭叫奔走。高岳大叫投降者免死，山贼方投了刀。又被路铠兵拥过冲散，截住高岳大战，黄黑儿、柳三多、张六三人看是时候了，一声号令自后掩上，先分一部截断山口，使山贼不得过。路铠正接战，后阵海啸山崩般拥过，冲得阵式乱了，自家彼此单刀相见。路铠心慌，敌不住高岳，虚晃一铜败走，被高岳打了一镖，左右冲不出，碰见柳三多，二人杀作一团。三多大杆敌不住路铠，被路铠冲出，带了少数人逃走。高岳尽降其部下，绑入村中。

天亮了，村中击得胜鼓，伍村长将捉得山贼善言感化放走，不准再入山作乱。

黄黑儿道："刻下山贼势败，何不趁此入山搜拿以绝后患？"

高岳道："此言甚是，哟，不必不必，穷寇莫追。"

三多道："不可错过此机会。"

高岳与伍村长低低道："俺离村不得，欲靖三仙山，须先捉下白恒，免后顾之忧。"

大家决定一面犒村丁，一面请白恒赴筵。人报白恒不知去向，宋全兴大怒，叫搜，哪有影子？

原来白恒自料不佳，这日在后园闷闷不乐，心想俺纵横江湖十多年光景，到处没遮拦，不想如今直同虎困于笼。正想着，突见对面人影一闪，却是翠姨直入花木中。

白恒忙过去叫道："翠姨俺在此。"

翠姨一看抿嘴一笑，一招手。白恒过去便抱，翠姨推开道："你还在梦中？那日捉得张成，你大约行踪已露，你不见得主人近日颇远你？我听小丫头说，她去寻主人，窗外听得主人与高岳等计划捉杀你，你还不快走？"

白恒不由色变道："那么俺便去，只舍不得你。"

翠姨道："死心眼子，日后凭你本领，俺会不入你怀抱吗？切记莫忘了俺。"

白恒于是悄悄逃掉，投三仙山。哈赤已死，三仙山空虚，路铠正在不得主意，白恒来了。路铠一叙约期献村之事。白恒拍膝道："路兄乃受人算计，定是那姓高的手段，咱便重整兵马，攻打石帆村吧。"

路铠道："山丁不满百，石帆村岂能容缓？俺们此处恐安身不得，江苏天柱山，句容县境，俺有个好友双蓬，踞有山寨，他善用一双铁锤，重六十余斤，勇力过人，可以往投。"

白恒恨恨道："俺乃受高岳之骗，宋全兴信高岳之言，委实可恨，俺必得劫翠姨方去。"

路铠劝白恒不住，只得由他。路铠自料势孤，恐石帆村来攻，先一把火烧了山寨，与部下弟兄藏在山中。石帆村探得三仙山山贼焚寨去了，石帆村一石落地。不想过了十多日，村防疏了，白恒挑了几个得力健贼，摸入石帆村，劫杀宋全兴，掳得翠姨，与路铠逃往天柱山投双蓬去了。

宋全兴既死，高岳感知遇之恩，决心访仇，辞了石帆村人，南下返家探亲去了。

图书在版编目(CIP)数据

双鞭将 / 赵焕亭著. —— 北京：中国文史出版社，
2019.3

（民国武侠小说典藏文库·赵焕亭卷）

ISBN 978 - 7 - 5205 - 0895 - 7

Ⅰ. ①双… Ⅱ. ①赵… Ⅲ. ①侠义小说 – 中国 – 现代
Ⅳ. ①I246.5

中国版本图书馆 CIP 数据核字(2018)第 270899 号

点　　校：袁　元
责任编辑：卢祥秋

出版发行：**中国文史出版社**

社　　址：北京市海淀区西八里庄 69 号院　邮编：100142
电　　话：010 – 81136606　81136602　81136603（发行部）
传　　真：010 – 81136655
印　　装：廊坊市海涛印刷有限公司
经　　销：全国新华书店
开　　本：720 × 1020　1/16
印　　张：16　　　　字数：207 千字
版　　次：2019 年 3 月第 1 版
印　　次：2019 年 3 月第 1 次印刷
定　　价：56.00 元